# A Cabana Da Solidão

Antonio Demarchi
pelo espírito
Augusto César

# A Cabana Da Solidão

intelítera
editora

# A Cabana da Solidão
Copyright© Intelítera Editora

Editores: *Luiz Saegusa e Claudia Zaneti Saegusa*
Direção Editorial: *Claudia Zaneti Saegusa*
Capa: *Casa de Ideias*
Projeto Gráfico e Diagramação: *Casa de Ideias*
Fotografias de Capa: *Shutterstock - Catalin Petolea*
*Shutterstock - Anatolii Riepin*
Revisão: *Rosemarie Giudilli*
4ª Edição: *2022*
Impressão: *Lis Gráfica e Editora*

*Intelítera Editora Ltda.*
Rua Lucrécia Maciel, 39 - Vila Guarani
CEP 04314-130 - São Paulo - SP - 11 2369-5377
intelitera.com.br - facebook.com/intelitera

Dados Internacionais de Catalogação na Publicação (CIP)
(Câmara Brasileira do Livro, SP, Brasil)

César, Augusto
A Cabana da Solidão / espírito Augusto César ; psicografado Antonio Demarchi. -- São Paulo : Intelítera Editora, 2017.

1. Espiritismo 2. Psicografia 3. Romance espírita I. Demarchi, Antonio. II. Título.

17-07213          CDD-133.9

Índices para catálogo sistemático:

1. Romance espírita psicografado : Espiritismo    133.9

**ISBN: 978-85-63808-80-6**

# Dedicatória

Dedico este livro aos meus filhos queridos, Nathália, Lívia, Thales e agora meu caçulinha Mathews.

Aos meus netinhos muito amados, Luciano, Giovana e Noah.

À minha esposa muito querida, Juliana Guimarães de Melo.

Aos amigos Claudia e Luiz Saegusa por acreditarem em nosso trabalho.

Agradeço a Deus, o Senhor da Vida, a Jesus nosso Divino Mestre, ao inesquecível Chico Xavier e ao queridíssimo Divaldo Franco.

# Sumário

|      | Apresentação | 9 |
|------|---|---|
| I    | Dolorosas recordações | 15 |
| II   | Dores, incompreensões e sofrimentos | 24 |
| III  | O confronto | 33 |
| IV   | Um acontecimento inesperado | 39 |
| V    | Nova experiência | 52 |
| VI   | Noites tormentosas | 63 |
| VII  | Uma triste notícia | 78 |
| VIII | Um grande desafio | 92 |
| IX   | Sonhos e esperança | 102 |
| X    | Nas mãos de Deus | 110 |
| XI   | A viagem | 116 |
| XII  | Verdadeiros anjos | 127 |
| XIII | Esclarecimentos oportunos | 144 |
| XIV  | Revelações do passado | 155 |
| XV   | Quando o amor bate à porta | 169 |
| XVI  | Um conflito e uma solução | 179 |

| XVII | Uma terrível tragédia | 190 |
| XVIII | Um século depois | 203 |
| XIX | Enfim, a libertação | 218 |
| XX | Nova oportunidade | 236 |
| XXI | Concretizando um sonho | 250 |
| XXII | Uma menção honrosa | 265 |
| XXIII | Uma trama diabólica | 278 |
| XXIV | Epílogo | 292 |

# Apresentação

Jesus Cristo, nosso amado e Divino Amigo, no curto espaço de tempo material que esteve entre nós deixou o maior legado de amor que a humanidade poderia receber: Seu Evangelho de amor. Quando perguntado, resumiu tudo em apenas dois mandamentos: Amar a Deus sobre todas as coisas, de todo seu coração e todo seu entendimento e um segundo mandamento, tão importante como o primeiro, disse o Divino Mestre: Amar ao próximo como a si mesmo. Nisso se resume toda Lei e os Profetas, finalizou.

Entretanto, O Divino Amigo sabia que a despeito do seu amor infinito pela humanidade, do seu esforço e sacrifício para estar entre nós, olhando em nossos olhos, sentindo de perto nossas dores, agonias e dúvidas, que a despeito do desvelo e dedicação de seus discípulos e do martírio dos cristãos das primeiras horas, com o tempo sua palavra seria alterada e deturpada ao sabor dos interesses mundanos e materiais.

Conhecedor das fraquezas humanas, antes de sua partida, o Mestre confortou seus discípulos dizendo: Não os deixarei órfãos. Rogarei ao Pai e Ele vos enviará outro Consolador a fim de que fique para sempre convosco. É o Espírito da Verdade que o mundo ainda não o vê nem o conhece, mas vós o conhecereis porque ele habitará convosco e estará entre vós. Mas, o Espírito da Verdade que meu Pai enviará em meu nome vos ensinará todas as coisas e vos fará lembrar tudo que vos tenho dito.

Dessa forma, irmãos, por meio da Codificação de Kardec, a Doutrina dos Espíritos veio materializar uma promessa de Jesus: O CRISTO CONSOLADOR, pela universalidade dos ensinamentos dos espíritos enviados pelo Pai, para recordar os ensinamentos de Jesus em sua simplicidade e pureza, bem como nos ensinar as coisas que ainda não podíamos suportar, porque ainda não tínhamos condição de entendimento.

O Consolador trouxe-nos a consciência de quem somos, de onde viemos, para onde vamos e nossa responsabilidade na atual existência. Trouxe-nos pela informação da reencarnação que ninguém será definitivamente condenado ao fogo do inferno, bem como não existe o paraíso eterno de bonanças e descanso improdutivo.

Assim sendo, cumprindo a vontade do Cristo, a palavra do Evangelho tem proliferado na universalidade das comunicações espirituais, com o devido cuidado de seu codificador. A análise criteriosa dos ensinamentos do Cristo e dos postulados da Codificação no conceito: recusar nove verdades, mas não aceitar uma mentira.

Na atualidade estamos assistindo ao princípio das dores e vivenciando a grande tribulação prevista por Jesus. Nesses momentos de incertezas e agonias, a palavra serena do Mestre é de extrema necessidade para trazer ao ser humano perplexo o equilíbrio e o alento, necessários para entender e suportar a situação do momento, em um mundo aparentemente injusto de corrupção e violência desmedidas.

A palavra do Evangelho tem sido pregada em todos os cantos do mundo e a dos mensageiros divinos, cumprindo os preceitos de Jesus, por meio dos esforços de médiuns falíveis, mas de boa vontade, materializada através de livros de mensagens de esclarecimento e consolo espiritual.

A palavra se espalha, os mensageiros desdobram-se e a verdade se expande sem monopólio nem donos absolutos da verdade.

Cada irmão a serviço do Cristo Consolador procura cumprir seu papel, seu trabalho, porque os tempos são chegados. Estamos em pleno curso da Transição Planetária.

Por essa razão, amigos, é grande a responsabilidade dos espíritos e dos médiuns a serviço do Cristo, para que a luz possa brilhar bem alto, onde possa ser vista por todos a fim de guiar os desviados do caminho.

Nosso querido Augusto César é um irmão que, nesses momentos de tribulação em que vivemos, tem se dedicado ao trabalho em favor do bem nas lides espirituais em que estamos afeitos. Médico em sua última existência, desencarnou ainda jovem trazendo em sua bagagem longo curriculum de realizações, por conquistas anteriormente realizadas. Nessa sua primeira obra, ele nos traz belíssima história em que relata a trajetória de personagens que por meio de algumas existências corpóreas vivem experiências dolorosas e de alegrias, de conflitos e redenção, mas acima de tudo, experiências enriquecedoras em termos espirituais, o que nos remete aos ensinamentos do Mestre de Lion: nascer, viver, morrer, renascer de novo, assim é a lei.

É objetivo de nosso Augusto César em suas próximas obras trazer a visão do lado espiritual de como funcionam os mecanismos de defesa da organização física relativa à saúde, doenças, curas e do agravamento dos estados patológicos dos pacientes que através de seus pensamentos, sentimentos, atitudes e comportamentos influenciam em seu favor ou contra si mesmo, dependendo de suas condições vibratórias.

É de suma importância nos tribulados dias em que vivemos, ter uma palavra serena, elucidativa, que nos traga conhecimento e paz. Afinal, asseverou Jesus: "Conheceis a verdade e a verdade vos libertará."

O ser humano somente se libertará do cipoal de conflitos, incompreensões, agonias e tribulação com o conhecimento da verdade libertadora contida na Doutrina dos Espíritos, que amplia nossos horizontes de entendimento e nos traz a exata dimensão de que cada espírito é o resultado de si mesmo, de seu esforço em favor do bem e da melhoria íntima. Colhemos o que semeamos e cada um de nós, sob os auspícios do Criador, edifica seu próprio amanhã e seu destino, construindo passo a passo a felicidade ou a infelicidade, sua alegria ou sua tristeza, a saúde ou doença.

Esse é o campo que nosso querido irmão Augusto César irá descortinar em suas próximas obras, para que o ser humano possa compreender que sob o amparo de Deus ele pode e deve assumir as rédeas de sua existência com consciência, conhecimento de causa e acima de tudo com amor no coração, porque nosso destino final é a perfeição.

Fomos criados para um dia alcançarmos a perfeição espiritual, esse é nosso grandioso destino. Não mais o temor do inferno dos tormentos eternos nem a ilusão de um paraíso de ócio e indolência improdutiva inúteis, pois a evolução espiritual é a necessidade imperiosa do espírito e ter a consciência que existem apenas dois caminhos para alcançarmos a perfeição: pelo amor ou pela dor. A escolha é nossa.

Desejamos a todos irmãos encarnados que possam apreciar essa primeira obra de nosso irmão Augusto César, que de forma romanceada oferece preciosos ensinamentos a respeito dos mecanismos da reencarnação, que vem cumprir a lei de justiça divina – nenhuma criatura é punida pelo Pai nem agraciada de privilégios – apenas se cumpre a lei, cada criatura colhe o resultado de sua semeadura do passado, sempre com a complacência Divina pela Lei da Misericórdia.

Irmão Virgílio
*São Paulo, 04 de julho de 2017.*

# I
## DOLOROSAS RECORDAÇÕES

Eram altas horas quando aportamos àquele sítio, em atendimento a uma rogativa em forma de prece que chegara até nós, de pobre mãe em estado de desespero. À distância, pudemos identificar a origem daquela oração tão fervorosa – um casebre muito humilde. Em meus pensamentos, imaginava tratar-se de alguém portador de sentimento de fé muito profundo.

Aproximamo-nos e à curta distância podia-se verificar que o estado daquela pequena choupana era de completa desolação. A primeira impressão que se tinha era que aquele casebre, longe de tudo, parecia abandonado e esquecido pelo mundo. Na verdade, era uma simples casa de madeira com as paredes de pau a pique exibindo algumas frestas que haviam sido rebocadas com barro cru de forma bem rudimentar.

Confesso que estava curioso, pois em minha condição de aprendiz desejava entender bem mais o funcionamento dos mecanismos da fé e da oração. Afinal, o Departamento de Preces havia recebido uma rogativa em caráter de urgência, conforme catalogado pelos nossos superiores, de forma que fomos incumbidos a nos deslocar para o local e, assim, observar, entender o ambiente e de alguma forma auxiliar com os recursos espirituais que nos eram facultados em casos justificados.

Adentramos o ambiente e pudemos constatar no interior da residência o estado de desolação absoluto de pobreza e de completa penúria que nos deixou extremamente comovidos.

Móveis velhos, desgastados pelo uso e pelo tempo. O chão batido de terra vermelha deixava suspensas no ar partículas de poeira que subiam, provocadas pela brisa que penetrava no ambiente através das frinchas das tábuas desgastadas das paredes chegando a assobiar quando o vento se fazia mais forte.

Nas paupérrimas enxergas puídas encontravam-se duas crianças gêmeas com idade que deveria variar entre oito e nove anos. Herculano era um médico já experimentado nas lides de assistência médico espiritual e naquelas circunstâncias era o responsável pelo atendimento em curso. Imediatamente, passou a examinar as crianças solicitando que o acompanhasse nos exames preliminares dos pequenos pacientes. Observei que ambas as crianças ardiam em febre altíssima enquanto tossiam insistentemente, em virtude de uma gripe forte que as havia acometido. Pude observar que a desnutrição aliada à falta de cuidados médicos deixavam prostradas aquelas infelizes crianças que se encontravam acamadas, sem força nem sequer para chorar, enquanto gemiam baixinho naquele triste leito de dor.

O problema, no entanto, não se resumia apenas à condição que estávamos diagnosticando: as crianças traziam um problema congênito da maior gravidade: ambas eram desprovidas da visão física, o que agravava a situação de penúria daquela pobre família.

Enquanto continuava a examinar as crianças, Herculano orientou-me para que me aproximasse da mãe e auscultasse seus pensamentos. Foi o que fiz de imediato. Percebi que a pobre mãe preparava alguma coisa no fogão a lenha, enquanto seus pensamentos prosseguiam em fervorosa prece.

Francisca, esse era o nome daquela criatura desventurada, sabia que o estado de saúde de seus filhos era precário e na medida de seus parcos recursos, procurava fazer o que podia de melhor para os filhos: um chá de camomila misturado com erva-doce e o mais importante: orava fervorosamente.

Enquanto mexia a água na panela, as lágrimas desciam pelo rosto sofrido daquela mulher lutadora, porque atenta aos filhos ela ouvia da cozinha o gemido das crianças adoentadas, enquanto se perguntava: por que, meu Deus?

A situação era de muitas dificuldades, mas pelos filhos Francisca seria capaz de lutar contra o mundo inteiro. Não se importava com as dificuldades, com as privações da vida, com as incompreensões de muitos, ela apenas desejava que os filhos tivessem saúde. Mas nem isso ela tinha, e quantas vezes chorava sua desventura? Contudo, em sua dura prova, jamais proferiu uma blasfêmia ou algum lamento quanto à sua sorte.

Aproximei-me procurando auscultar seu íntimo, percebendo de imediato que aquela mãezinha sofredora oferecia bom campo mental de sintonia vibratória, de forma que pude acompanhar seus pensamentos mais íntimos com facilidade.

Enquanto aguardava pacientemente a água ferver, ela pensava em sua infância sofrida. Acompanhei seus pensamentos. Francisca havia perdido o pai ainda criança em razão de uma infecção provocada por um prego enferrujado que atravessara seu pé e, sem o tratamento devido, a infecção tornou-se violenta, transformando-se em tétano, o que acabou por ceifar sua vida.

As pessoas do interior, naquele tempo, não se preocupavam em buscar os recursos da medicina, mesmo porque era difícil, tudo era longe e não havia meios de locomoção, além das carroças e charretes. Por sua vez, as doenças e ferimentos eram tratados com beberagens e chás, que nem sempre apresentavam solução adequada, principalmente para os casos mais graves de saúde.

Lembrou-se do desespero de sua mãe no enterro de seu pai, quando envolto apenas em um lençol foi baixado à cova!

A família era numerosa e em pouco tempo estavam passando fome. Não demorou muito para que sua mãe caísse prostrada de cama acometida por uma terrível doença, que na época dizimava inúmeras pessoas: a tuberculose. Almas piedosas a encaminharam para um hospital localizado em região distante. Nunca mais a viu.

Ela e seus irmãos foram amparados por pessoas simples, a maioria de bom coração, mas nem todos. Francisca tivera a infelicidade de cair em uma família até de boa situação financeira, mas logo cedo percebeu que não seria bem-vinda naquela casa.

Com apenas sete anos de idade fora incumbida de tarefas caseiras, muitas vezes mais pesadas que sua pouca idade e seu corpo franzino poderiam suportar. Entre suas tarefas tinha de arrumar as camas de seus "irmãos" adotivos, bem como a cama do casal, que era mais pesada. Eram colchões de "paina" macios, mas densos que ela tinha de remover e revolver seu conteúdo para torná-los macios, a cada manhã.

Via seus irmãos de criação indo para a escola, que ela nunca teve a felicidade de frequentar, embora fosse seu maior desejo. Apesar da pouca idade, sentia imensa tristeza ao ver seus irmãos de criação voltarem da escola com livros cheios de gravuras coloridas. Prestava atenção enquanto eles faziam as tarefas, pintando os desenhos com lápis de cor e depois liam em voz alta as lições do livro de leitura.

Seu coração palpitava de desejo de um dia poder ter um livro, ler e quem sabe ganhar uma caixa de lápis de cor para colorir as gravuras. Quando se aproximava um pouco para satisfazer sua curiosidade, logo vinha sua mãe adotiva dando bronca:

– Francisca, você tem de varrer o terreno. O que está fazendo aqui, vagabundeando?

A advertência sempre era seguida de um pesado tapa na cabeça, um puxão de cabelos ou de orelhas, que constantemente estavam vermelhas em virtude dos maus-tratos sofridos.

Assim foi sua infância difícil, sua adolescência desprezada e sua juventude sem esperança.

Quando completou quinze anos tornou-se mocinha. Apesar do sofrimento imposto pela vida, a simplicidade das roupas que vestia e os cabelos maltratados, não conseguia esconder a beleza rara e natural e os contornos de um corpo belo que começava a se definir. Isso também não passara despercebido pelo "pai" adotivo.

Em sua ingenuidade e pureza da vida que levava, de repente ela começou a perceber que seu pai a tratava de forma diferente, principalmente quando ninguém estava por perto.

Uma ocasião em que sua mãe havia saído para um passeio na vizinhança com seus irmãos, seu pai adotivo determinou a ela uma tarefa diferente dos trabalhos caseiros a que estava acostumada. Mandou que ela fosse até o paiol para descascar milho para os animais. Ela estranhou a nova tarefa, mas obedeceu, mesmo porque não tinha alternativa.

Entrou na tulha, encostando cuidadosamente a porta e começou a separar as espigas de milho, quando percebeu a porta se abrindo. Era seu pai que chegava. Pela primeira vez, ela olhou para seus olhos e ficou receosa, pois a expressão daquele olhar ela jamais se esqueceria em toda sua vida. Ele colocou o indicador sobre os lábios e sussurrou:

– Fique bem quietinha, nem um pio!

Francisca tremeu de medo sentindo arrepios pelo corpo, porque ele se aproximou e a envolveu com os braços. Sentiu seu hálito nauseante de dentes apodrecidos misturados com nicotina dos cigarros de palha que fumava. Seu corpo exalava um cheiro insuportável de suor de alguém que não tomava banho há dias.

Desejou fugir, gritar, chorar diante daquela violência, mas ele tapou sua boca com brutalidade enquanto consumava aquele ato repugnante. Depois a ameaçou:

– Não conte nada a ninguém. Se fizer isso eu te mato!

Depois daquele dia, Francisca desejava morrer. Sentia-se suja, imunda, passando a chorar pelos cantos da casa. Aquilo só piorava sua vida, porque a incompreensiva mãe achava que era frescura e distribuía sopapos e puxões de orelha à farta.

Aquele suplício começou a se repetir com frequência, algo extremamente insuportável. Já não conseguia mais olhar a figura balofa do pai adotivo, sentindo repugnância. Argumentando que ela tratava bem os animais, o pai determinou que periodicamente ela se dirigisse à tulha para cuidar da nova tarefa. E aquela violência se repetia com frequência, até que um dia Francisca percebeu que algo estranho acontecia com seu corpo e com ela mesma. Não entendia bem, mas começou a perceber que seu abdome aumentava de tamanho, além do que passou a sentir tonturas e vômitos constantes.

A mãe, cheia de estupidez e ignorância, aplicou-lhe uma surra de vara de marmelo.

– Vagabunda! Não aprendeu nada na vida, mas fazer filho aprendeu rápido.

E enquanto batia na infeliz, exigia o nome do responsável. Francisca apanhou até desmaiar, mas com medo não balbuciou o nome do covarde que havia perpetrado aquele hediondo crime.

Preocupado e com medo que ela revelasse a autoria da paternidade, Onofre, o pai adotivo, inventou uma história:

– Ah! Acho que sei quem é o autor disso tudo!

– Quem é? – perguntou a esposa irritada.

– Acho que foi Terenciano, aquele peão vagabundo que mandamos embora na semana passada. Bem que eu estava desconfiado, porque toda vez que Francisca ia para a tulha, eu o via rondando por lá.

– E o que vamos fazer com essa vagabunda? – questionou a mãe adotiva cheia de raiva.

– Vamos providenciar uma "garrafada" para botar esta criança para fora! Já não chega os filhos que temos e agora vem mais um com essa tonta desmiolada?

– Tem razão – retrucou a mulher insensível. – Temos de esvaziar o pandeiro desta maluca!

E assim aconteceu.

Francisca teve de tomar as beberagens e depois de longo sofrimento e dor, expulsou o feto que acabou enterrado em cova rasa no matagal próximo, pela mãe adotiva, não antes de ouvir uma dura reprimenda:

– Veja se cria mais juízo daqui pra frente! Vagabunda! – finalizou com desprezo.

Porém, seu suplício não havia ainda terminado. Como não bastasse a covardia e a violência dos abusos do pai, seus irmãos adotivos também começaram a se aproveitar de sua condição de desvalida. Sentia-se só, desprezada por todos, abandonada e com a fama de vagabunda por ter engravidado de um peão desconhecido, como fizera crer seu pai adotivo.

Assim se sucediam os dias que para a jovem Francisca eram um suplício interminável e sem esperança! A violência oculta e asquerosa de seu pai de criação, o oportunismo de seus irmãos que não a deixavam dormir para satisfazer seus desejos inconfessáveis, os castigos costumeiros perpetrados por sua mãe adotiva e o trabalho que se tornava cada dia mais pesado e difícil.

Uma vida sem esperança. Uma vida triste, apagada, difícil, um verdadeiro inferno.

A mãe parecia querer desforrar em Francisca sua ignorância e, vez por outra quando alguma coisa não estava bem, a surra era a única coisa que aplacava a ira de dona Honória.

Enquanto deitava varadas nas costas da menina, gritava feito uma tresloucada sua ira:

– Tome, sua vagabunda! – dizia enquanto desferia golpes doloridos. – Isso é para você aprender a ser uma mulher decente! Se depender de mim, eu te endireito com a vara de marmelo! – gritava como uma louca enfurecida.

As lágrimas desciam pelo rosto de Francisca e, às vezes, a pobre menina não conseguia conter o choro, o que enfurecia mais dona Honória, que batia ainda com mais violência!

– Não chore, senão apanha mais! – vociferava enlouquecida.

Quando era vítima das surras sofridas, quase não conseguia dormir à noite. Apenas de madrugada, quando vencida pelo cansaço a pobre menina conseguia fechar os olhos.

Dormia um sono sem sonhos, apenas pesadelos, em que sempre via a figura asquerosa de seu pai atormentando-a, perpetrando aquela violência que parecia não ter mais fim, e as surras de sua mãe.

# II

# DORES, INCOMPREENSÕES E SOFRIMENTOS

Nos dias seguintes, interessado na história de Francisca, procurei nos arquivos da Colônia os registros referentes às suas experiências anteriores. Autorizado pelos superiores, dei sequência à história daquela pobre mãe que tanto havia me comovido.

A vida seguia seu rumo sem esperança para Francisca. Até então, encontrara apenas sofrimento, torturas, desesperança, medo e desilusão.

Quando completou dezessete anos, apesar das marcas das surras constantes, seu corpo se tornara esbelto, de mulher feita. Em sua vida, não tinha recordação de alegrias nem de felicidade. Em seu íntimo, Francisca entendia que não havia nascido com direito a nada. Felicidade era um sonho impossível, inalcançável para ela.

Seus olhos estavam sempre tristes, vivia calada suportando todo tipo de violência, agressões gratuitas e adjetivos depreciativos. Nos momentos de maior tormento recordava uma oração que sua mãe havia ensinado quando ela era ainda pequena. Então, orava em silêncio e chorava sua desdita. Aquele momento de oração era seu único consolo.

Os dias amanheciam tristes e o entardecer era sempre sombrio e amedrontador. Francisca sentia medo da noite e seu coração ficava apertado ao observar que quando a luz do sol se despedia, vinham as sombras da noite povoar seus pensamentos com tristeza, solidão e medo das desagradáveis surpresas que cada noite reservava em sua vida permeada de tristezas e desencantos.

As noites eram sempre tormentosas, repletas de pesadelos que se confundiam com a realidade de sua vida. Tinha medo de fechar os olhos e ser importunada pelos irmãos de criação. Tinha medo de ficar sozinha para não sofrer a violência de seu pai adotivo e se sentia receosa de fazer qualquer coisa errada para não sofrer mais surras de sua mãe desnaturada.

Na verdade, sentia que a única coisa a que tinha direito era trabalhar sem descanso, sofrer calada as violências de seu pai e de seus irmãos, apanhar sem proferir nenhum lamento e esperar que algum dia alguma coisa ou algum milagre do destino trouxesse qualquer tipo de acontecimento inesperado, que viesse mudar sua vida cinzenta, descolorida.

Dessa forma, Francisca viveu uma infância sofrida, uma adolescência atormentada, perdendo a inocência da forma mais cruel possível. Já havia até pensado em suicídio, alternativa que alimentava em sua desdita, mas que ainda não havia se concretizado, porque no fundo de seu coração a jovem alimentava a esperança de que um dia alguma coisa diferente pudesse acontecer em sua vida.

A menina observava as outras moças da vizinhança que se vestiam e tinham o direito de ir à cidade, de namorar e de rir como se estivessem vivendo uma vida repleta de felicidades, a que ela não tinha direito. Mas, apesar de tantas dores e decepções, de vez em quando, Francisca dava-se ao direito de sonhar. Em seus pensamentos, imaginava que um dia, quem sabe, um príncipe encantado, montado em um cavalo branco, pudesse resgatá-la da tirania daquela família que a havia adotado apenas com a finalidade de explorá-la de todas as formas possíveis e imagináveis.

Naquela manhã acordou logo cedo, tão logo ouviu o galo cantar. Levantou-se de seu quartinho afastado dos demais para preparar o café. Era essa sua rotina diária: preparar o café para a família que sempre levantava um pouco mais tarde. Preparou o café, colocou a mesa e ficou à espera que os demais se levantassem. A primeira que se levantou foi sua mãe de criação e com a cara carrancuda foi logo dizendo:

– Não fique aí sentada pensando na morte da bezerra, sua imprestável. Pegue umas espigas de milho e vá tratar as galinhas.

A moça foi rapidamente ao paiol, apanhou meia dúzia de espigas, descascou e no terreiro chamou as galinhas, foi debulhando o milho e jogando enquanto a galinhada em algazarra comia.

Terminado o serviço, voltou e se sentou novamente a fim de aguardar novas ordens. Sentou-se por instantes, enquanto seus pensamentos voavam imaginando aquele sonho proibido para ela, o de poder encontrar um dia um príncipe encantado para libertá-la daquela prisão. Acordou de seus devaneios com um sonoro tapa no rosto! Assustada, observou sua mãe com o rosto congestionado de raiva, gritando impropérios através de adjetivos costumeiros:

— Sua desmiolada, preguiçosa, imprestável, vagabunda! Basta ter um minuto para sentar seu traseiro na cadeira! Levante-se, vá arrumar as camas!

Com o rosto avermelhado pela bofetada, Francisca levantou-se resignada com sua sorte e foi arrumar as camas, limpar o quarto e varrer a casa. Quando terminou, encostou a vassoura em um canto da casa e antes que houvesse nova explosão de ira de sua mãe adotiva, aproximou-se cabisbaixa, temendo as reações intempestivas de dona Honória. Com a voz quase imperceptível pelo medo pediu:

— Madrinha! — Era assim que a pobre menina se dirigia à sua mãe adotiva.

— O que quer, sua imprestável? — respondeu irritada a megera.

— Já terminei o serviço. O que a senhora quer que eu faça agora?

Qualquer coisa que Francisca ousasse falar era motivo de irritação para dona Honória.

— Você é mesmo uma criatura burra! Não sabe de suas obrigações? — respondeu com o rosto congestionado pela ira.

A menina ficou calada.

— Fale, sua imbecil, não sabe qual é sua obrigação de hoje?

Timidamente a menina respondeu:

— Não senhora!

— Não senhora não é resposta, sua vagabunda! Se não sabe qual é sua obrigação deveria perguntar: — Madrinha, qual é minha obrigação de hoje?

Os gritos de dona Honória eram possíveis de ser ouvidos à longa distância. Hesitante, a menina perguntou:

— Qual é minha obrigação de hoje, madrinha?

— Ah! Agora sim! Você precisa aprender a ter educação! Não é por acaso que é uma desvalida na vida! Não vale nada mesmo!

Francisca ficou em silêncio aguardando a ira da megera passar, pelo menos momentaneamente.

— Está vendo aquela bacia cheia de roupas? — apontou a megera com seu dedo indicador.

Francisca aquiesceu com um movimento de cabeça.

— Pois bem, vá até o rio e lave toda aquela roupa. E volte antes do meio-dia! Caso contrário, vai ficar sem almoço!

Desolada, Francisca apanhou a enorme bacia abarrotada de roupa suja e fez uma rodilha acomodando o pesado volume em sua cabeça. Cambaleou alguns passos, mas depois firmou-se, dirigindo para o riacho onde havia uma enorme tábua utilizada para lavagem da roupa.

Já passava das onze horas da manhã. O sol inclemente quase a pino queimava seu rosto, mas ainda havia muita roupa para ser lavada. Sentia o estômago dolorido pela fome, mas não podia reclamar. Precisava terminar o serviço para retornar a casa e almoçar.

Molhava as peças de roupa na água do riacho, esfregava o sabão de pedra e em seguida batia com a roupa na tábua para melhorar o efeito na limpeza no tecido. Seus braços doíam, seu rosto ardia pelo efeito da luz solar enquanto gotas de suor brotavam de sua fronte incomodando seus olhos, e seu estômago doía de fome. Distraída com seus problemas, não se deu conta que um cavaleiro se aproximou para que seu cavalo tomasse água no ribeirão.

O cavaleiro observou aquela moça ainda jovem, sozinha naquele lugar ermo. Enquanto o animal saciava a sede, continuou a observar aquela moça que parecia tão triste, mas ao mesmo tempo muito bela. Não pôde deixar de perceber que, por trás daquele simples vestido de chita que vestia, havia a presença de um corpo esbelto que a singeleza do vestido não conseguia esconder. O rapaz sentiu-se ainda mais interessado quando notou que a moça não dera a menor atenção para sua presença. Tentou entabular uma conversa:

— Bom dia, senhorita!

A moça deu uma olhada com o canto dos olhos, mas acostumada com os maus-tratos sofridos, não respondeu.

O cavaleiro insistiu:

— Bom dia, senhorita, será que não pode sequer responder a um simples cumprimento de bom dia?

A moça continuou calada, esfregando as roupas. O rapaz prosseguiu, dessa vez cheio de galanteios.

— Uma moça tão formosa como a senhorita não deveria estar estragando suas mãos lavando roupa! Você é linda feito uma princesa! Poderia saber seu nome, minha princesa?

Ao ouvir o adjetivo princesa, Francisca sentiu um estremecimento percorrer seu corpo. Não havia sonhado a vida inteira com um príncipe que viria salvá-la?

Tomou coragem e pela primeira vez olhou o rapaz nos olhos.

– A senhorita tem olhos lindos, princesa! Só que são muito tristes! Deveria sorrir mais! – prosseguiu o rapaz com seus galanteios.

Ao ouvir o rapaz mencionar que seus olhos eram tristes, a moça chorou. Seus olhos se encheram de lágrimas e a pobre criatura soluçou.

– Pelo amor de Deus, não quero magoar a senhorita com alguma coisa que tenha dito!

Dizendo isso, o rapaz desceu do cavalo e se aproximou.

– Por favor, não se aproxime de mim! – respondeu a moça assustada!

– Não tenha receio, senhorita! Não vou te fazer nenhum mal, muito pelo contrário, me simpatizei demais por sua beleza e simplicidade! Do que tem medo? Sou uma pessoa de bem, sou respeitador e jamais faria qualquer mal a uma donzela!

Entre soluços a moça respondeu:

– Por favor, vá embora porque, caso contrário, se minha madrinha me vir conversando com um estranho irá me surrar novamente! – replicou em lágrimas.

– Por favor, senhorita, sou Fernando Cruz da Paixão, esse é meu nome. Agora já não somos mais estranhos. Sou peão de boiadeiro da região de Andradina e tenho algum dinheiro guardado. Se você ainda apanha de sua madrinha, isso não irá acontecer por minha causa, porque não vou permitir! Venha comigo em meu cavalo e eu te farei a mulher mais feliz do mundo!

Francisca ficou muda! Foi então que criou coragem e seus olhos se fixaram em um homem frente a frente sem sentir medo. Fernando parecia ser um rapaz de bem, educado e galanteador. Gostou do jeito simples do peão e ficou imaginando se aquele não seria seu príncipe encantado com quem tanto sonhara!

O peão sentiu-se encorajado pelo olhar de Francisca e mais uma vez disparou palavras de galanteios:

– Olhando assim de frente, você realmente parece uma verdadeira princesa! Posso saber seu nome, princesa?

O rosto de Francisca ficou ruborizado de vergonha. Pela primeira vez na vida um homem a olhava de forma diferente e a tratava com respeito. Envergonhada respondeu:

– Meu nome é Francisca!

– Princesa Francisca, aceite meu convite que eu a levo agora mesmo na garupa do meu alazão. Na primeira cidade que pararmos iremos à igreja, conversamos com o padre e nos casamos!

O coração da pobre moça disparou acelerado no peito. Meu Deus, aquilo tudo era uma loucura, mas não seria talvez a oportunidade que tanto havia esperado em sua vida para se libertar de tanto sofrimento?

Foi despertada com os gritos costumeiros de sua madrasta, que a distância havia observado a presença do cavaleiro:

– Francisca, sua vagabunda, já está de desfrute com estranhos! Espere porque estou chegando para te dar uma surra, para aprender a não ficar conversando com aventureiros e vagabundos!

Os gritos estentóricos daquela mulher fizeram com que Francisca ficasse apavorada! "Meu Deus, pensou, só falta agora minha mãe me surrar diante de um desconhecido!" Em seguida começou a chorar desesperada!

– Por favor, moço, vá embora antes que as coisas fiquem piores. Eu sou uma moça órfã de pai e mãe e eles me criaram como se eu fosse filha deles. Imploro mais uma vez, vá embora porque irão me castigar novamente, mas depois passa!

Efetivamente dona Honória aproximava-se feito uma dementada, brandindo de forma ameaçadora uma vara de marmelo. Fernando, ao observar aquela mulher amalucada chegando, temeu pela segurança de Francisca.

"O que fazer? Teria de tomar uma atitude firme e definitiva."

# III
## O CONFRONTO

Quando dona Honória chegou mais perto, desandou a maltratar o rapaz que se pôs à frente para impedir que ela se aproximasse de Francisca.

– Saia da frente, seu safado! Seu Vagabundo! Ela é minha filha e não vou permitir que um desconhecido fique de desfrute quando ela tem muito trabalho a fazer.

Dizendo isso, ergueu o braço para desferir um golpe com a vara no rosto de Francisca. Imediatamente, Fernando segurou o braço de dona Honória e o torceu com tanta força que a mulher gemeu de dor, largando a vara de marmelo que caiu no chão. Descontrolada, tentou esmurrar o rapaz que novamente a imobilizou torcendo seus braços nas costas. Os gritos descontrolados de dona Honória eram ouvidos a distância. Não demorou para que surgisse a figura asquerosa de Onofre, também gritando tal qual um louco dementado!

– O que está acontecendo? – gritava, empunhando um enorme facão, de forma ameaçadora.

Francisca parecia em estado de pânico! Se Onofre ferisse o peão, ela seria novamente castigada de forma ainda mais severa que as anteriores. Implorava em pânico ao rapaz:

– Por favor moço, vá embora, porque meu padrasto irá te matar!

O rapaz, porém, estava determinado:

– De jeito nenhum, princesa, só saio daqui depois de dar uma boa lição em sua mãe e em seu pai e levá-la comigo na garupa. Isso que você está vivendo não é vida, essas pessoas não têm amor nem respeito por você!

Dizendo isso, deu um empurrão em dona Honória que se estatelou no chão e lá ficou gemendo. Enquanto isso, Onofre se aproximava furioso empunhando o facão, brandindo ameaçadoramente em direção ao rapaz.

Fernando aproximou-se do cavalo, apanhou o "relho" e com ele desferiu uma parábola no ar. A ponta do relho assobiou no espaço atingindo em cheio a mão do agressor fazendo com que o facão fosse arremessado longe dali. Cego de raiva, o pai adotivo de Francisca correu para apanhar a arma, mas novamente o relho atingiu violentamente suas costas. Onofre gritava de dor enquanto Fernando aplicava novas chicotadas. Onofre saiu correndo, covardemente, urrando de raiva e gritando em tom ameaçador!

– Espere aqui, porque vou pegar meu revólver e resolver esse assunto à bala!

Fernando correu atrás do falastrão e aplicou mais um golpe com o relho que ao enrolar em suas pernas o fez estatelar violentamente no chão, com as mãos erguidas clamando por misericórdia:

– Pelo amor de Deus, não me surre mais! Se quiser levar a menina pode levar! Não gostamos dela mesmo! É uma inútil, uma vagabunda!

Ao ouvir aquelas palavras, Fernando sentiu raiva daquele homem covarde, e ato contínuo aplicou mais uma chicotada que atingiu as mãos do pai adotivo de Francisca, que novamente gritou de dor.

Dona Honória, percebendo que a situação não estava nada favorável e que poderia piorar ainda mais, levantou-se mancando e bufando, proferindo impropérios. Em seguida, ajudou o marido a se levantar e lá se foram embora, enquanto Fernando arrematava:

– Não aconselho o senhor a buscar mais arma nenhuma, porque também tenho arma de fogo! Posso afiançar que o senhor irá apanhar com revólver e tudo. Por favor, não volte mais aqui em seu próprio benefício! – finalizou o peão.

Ao dizer isso, voltou-se para Francisca que atordoada com tudo aquilo não sabia o que falar! Intimamente, sentia-se agradecida por aquele homem ter aplicado uma bela surra naquele homem por quem ela sentia verdadeiro asco e que era o algoz de sua vida! Mas, o que fazer dali em diante? Simplesmente, não tinha mais alternativa a não ser ir embora montada na garupa daquele peão amalucado, mas simpático.

Ele estendeu a mão e a moça estremeceu ao contato daquela mão firme e máscula. Era a primeira vez que segurava a mão de um homem e, sentindo-se envergonhada, baixou a cabeça e balbuciou:

– Agora não tem mais jeito. O que vamos fazer?

– Vou repetir minha proposta, princesa! Na primeira cidade, vamos à igreja, procuramos o padre e pedimos que ele faça o nosso casamento! Você será minha mulher e eu vou te fazer a esposa mais feliz do mundo!

Aquilo tudo era irreal, um sonho, um delírio! Francisca não acreditava no que seus ouvidos ouviam. Ainda tentou argumentar:

– Nós nem nos conhecemos!

O rapaz não se intimidou, respondendo de imediato:

– Pelo que vi, não tem outro jeito. Mas você tem duas opções: vir comigo e eu farei você minha esposa e tenho certeza que será muito feliz, ou ficar e continuar sofrendo com as surras que sua madrinha costuma te aplicar.

As palavras de Fernando foram convincentes. Francisca percebeu que ele era sincero em sua proposta e, por outro lado, realmente ela preferia mil vezes sumir pelo mundo na garupa daquele peão do que continuar na vida infeliz que, até então, conhecia.

– Acho que vou aceitar sua proposta, Fernando! – falou baixinho com timidez, pronunciando o nome do rapaz, sentindo-se envergonhada.

– Ótimo – comemorou Fernando com um sorriso de alegria!

– Mas tem um problema – falou mais uma vez com a cabeça baixa, cheia de vergonha.

– Qual o problema, princesa? Diga que eu dou uma solução!

Sentindo-se estimulada, respondeu:

– É que não tenho vestido, nem sapatos, como poderemos nos casar?

O rapaz abraçou-a com ternura, afagou seus cabelos e depositou um beijo em sua fronte. Francisca sentiu no calor daquele abraço que Fernando era um homem rústico, estava longe do príncipe encantado com quem ela tanto havia sonhado, mas naquele momento era sua única alternativa de vida!

O rapaz repetiu sua proposta amalucada!

– Vamos, princesa, não tenha receio. Na primeira cidade que encontrarmos, vamos a uma loja comprar roupas para nosso casamento! Vou comprar também os sapatos mais lindos para calçar seus pés! Você vai ficar muito linda, prometo! Depois iremos à igreja para nos casar!

Aquilo foi demais para Francisca que em sua vida apenas havia experimentado desilusão e sofrimentos! Chorou emocionada nos ombros fortes de Fernando que acariciava seus cabelos!

– Vamos embora, princesa, dê adeus a esse lugar, porque você nunca mais voltará aqui nem verá novamente seus pais adotivos. Essa é uma promessa minha – falou com convicção.

A moça aquiesceu e o rapaz apanhou um pelego, ajeitando cuidadosamente na garupa do cavalo. Em seguida, com jeito, apanhou-a pela cintura e a colocou sobre o animal e depois montou. Estalou o relho mais uma vez e partiu a galope deixando uma nuvem de poeira para trás.

Francisca olhou pela última vez a casa de seus pais adotivos que à porta pareciam apalermados sem entenderem o que estava acontecendo. Abraçou Fernando com força, encostando seu rosto em suas costas e fechou os olhos! Naquele momento queria deixar para trás, juntamente com a nuvem de poeira das patas do cavalo, todo seu passado de tristezas e sofrimento. Naqueles ombros fortes que abraçava, queria experimentar a felicidade que tanto havia sonhado em toda sua vida. Ele não era um príncipe e ela não era uma princesa, mas era a oportunidade que talvez Deus havia enviado em resposta às suas preces.

# IV
## Um acontecimento inesperado

O cavalo parecia que conhecia os desejos de seu condutor, porque tinha pressa, dando a Francisca a impressão de que corria mais rápido que o vento. Após algumas horas de cavalgada, chegaram a uma pequena cidade, próxima de Andradina. Fernando diminuiu a marcha do alazão, ao se aproximarem de uma pousada.

– Vamos descer, princesa, precisamos comer alguma coisa e você deve estar faminta!

De fato. Já passavam das 14h, mas diante de tantos acontecimentos inesperados Francisca nem sequer tivera tempo para pensar em sua fome. Ela ainda se sentia um tanto quanto envergonhada diante daquela situação toda, afinal, Fernando era um estranho que ela havia conhecido apenas horas antes. Mas, a situação era real e ela teria de encarar a realidade dos fatos e torcer pelo melhor. Após alguns instantes, pensativa, concordou com um aceno de cabeça.

– Ótimo – exclamou o rapaz com entusiasmo! – Vamos entrar, tomar um bom banho, depois almoçamos e vamos procurar uma loja para comprar sapatos e roupas para nosso casamento.

Adentraram a pousada que era modesta, mas tudo era novidade para Francisca. Estava deslumbrada com a educação com que era tratada pelas pessoas, juntamente com Fernando, que segundo pôde observar, já devia ser velho conhecido naquela hospedaria.

– Muito boa tarde, senhor Fernando! – saudou o dono da hospedaria. – Que bons ventos te trazem em nossa modesta casa? – perguntou sorridente.

– Bons ventos e boas notícias me trazem, meu amigo Manuel! Quero que conheça minha noiva Francisca! Por favor, peça à dona Manuela que nos reserve o melhor quarto da hospedaria e prepare um bom banho para que minha futura esposa se refresque. Em seguida, iremos almoçar, prepare um bom bife a cavalo porque hoje mesmo iremos à capelinha para nos casar!

– Ora! Ora! Ora! – saudou o sempre sorridente Manuel. – Até que enfim o peão tomou juízo nessa cabeça maluca e resolveu se casar!

Em seguida chamou a esposa.

– Manuela, venha cá por favor!

Imediatamente, Manuela atendeu ao apelo do marido, chegando também sorridente e cheia de simpatia!

– Ora! Ora! – minha querida Manuela, temos novidades e das boas!

A mulher olhou com simpatia para Francisca que se sentia o centro das atenções perante aquelas pessoas simpáticas.

Em seguida, Manuel esclareceu com um sorriso:

– Nosso amigo Fernando encontrou uma belíssima rapariga e deseja casar-se! – disse se referindo à Francisca.

– Ora! Ora! – repetiu Manuel. – Realmente é uma notícia alvissareira!

Francisca parecia descontrair e divertir-se com o linguajar diferente daqueles simpáticos anfitriões!

Imediatamente, a simpática esposa de Manuel envolveu Francisca em um abraço:

– Parabéns, minha filha! Fernando é nosso velho amigo, além de uma pessoa muitíssimo boa! Certamente, serás muito feliz! Venha comigo, convidou-a, vou preparar um bom banho, porque hoje é um dia muito especial para você.

Os donos daquela estalagem eram muito simpáticos e pareciam gostar muito de Fernando. Antes que sua esposa levasse Francisca para o banho ainda recomendou:

– Manuela, minha querida, depois que a rapariga tiver tomado um banho, arrume a ela um de seus vestidos para que ela fique bem vestida até que nosso amigo Fernando providencie a compra de novos vestidos!

– Lógico, Manuel, acha que já não tinha pensado naquele vestido rodado? Certamente, Francisca irá ficar muito linda nele!

Fernando também tomou um banho rápido regressando em seguida para almoçar. Francisca ainda não havia retornado, mas não precisou esperar muito para que Manuela surgisse no alto da escada com a moça. O rapaz olhou para

Francisca e seu coração bateu descompassado: a moça estava linda, com os cabelos bem cuidados e penteados pela esposa de seu amigo Manuel. A simplicidade da roupa e o rosto rosado de Francisca representavam uma pintura que balançou o coração do peão!

Manuel não se conteve exclamando com espontaneidade:

– Mas que bela rapariga tu encontrastes, Fernando! Essa moça é muito linda! Parabéns! Sinto que é uma boa moça e desejo que vocês sejam muito felizes!

O rapaz não se conteve, indo ao encontro da moça. Abraçou-a, estreitando-a nos braços e pela primeira vez beijou-a nos lábios.

Fernando havia também tomado banho e estava barbeado! Sua aparência, diante dos olhos de Francisca, havia melhorado bastante.

Francisca sentiu a energia daquele abraço envolvendo sua cintura! Sentiu todo seu corpo estremecer de emoção. Fechou os olhos e em sua imaginação reconheceu que naquele abraço havia encontrado um homem que poderia não ser um príncipe, mas que talvez fosse ainda mais belo e verdadeiro que um príncipe que só existia em seus sonhos e devaneios de menina.

Então, era a realidade!

Nos breves segundos daquele primeiro beijo de amor de sua vida, viajou no tempo recordando sua infância sofrida, os maus-tratos, a violência e seu medo dos homens pelas dolorosas experiências a que havia sido submetida.

Acordou de seus sonhos voltando à realidade com as palmas e os gritos de Manuel e Manuela:

– Parabéns aos noivos!

Manuel recomendava divertido:

– Vá com calma gajo, porque tu ainda não estás casado!

Fernando parecia estar apaixonado, de forma que confessou em voz alta:

– Meu amigo Manuel, pode ser possível você conhecer uma pessoa há apenas algumas horas e descobrir que já não poderá mais viver a vida sem essa pessoa?

Manuel respondeu com um sorriso, que era sua especialidade:

– Ora, Manuela, nosso amigo Fernando realmente está apaixonado! Vamos – convidou – vamos sentar à mesa para que vocês almocem porque desse jeito a moça não vai aguentar se casar, porque certamente antes vai desmaiar de fome!

Sentaram-se à mesa e dona Manuela trouxe farta refeição, simples mas saborosa. Francisca estava acanhada, mas aos poucos foi se soltando diante do jeito simples daquelas pessoas simpáticas.

– Se vocês vão se casar, vão precisar de padrinhos. Vocês já arrumaram padrinhos? – perguntou Manuel.

Fernando respondeu com um aceno negativo de cabeça.

– Então, não precisa procurar mais, porque eu e Manuela seremos os padrinhos!

Manuela imediatamente concordou:

– E meu primeiro presente para a noiva é o vestido que ficou lindo! É seu, minha filha!

Os olhos de Francisca encheram-se de lágrimas. Jamais em toda sua vida havia sido tratada com tanto respeito e consideração. As lágrimas desceram por seu rosto e a moça, envergonhada, procurou enxugar com o guardanapo.

– Pobrezinha! – exclamou dona Manuela. – Está emocionada! É assim mesmo, minha filha, o dia do casamento é o dia mais importante na vida de uma mulher. Lógico que será também tão importante quando você for mãe, o que não é meu caso, porque Manuel não prestou sequer para me dar um filho!

Manuel respondeu de imediato:

– A culpa não é minha, você é que deve ser estéril!

– Calma, meus amigos, apaziguou Fernando em tom conciliador. – Hoje é um dia feliz e não quero que meus padrinhos briguem.

– Tem toda razão, meu amigo! – retrucou Manuel. – Bem que gostaria de ter pelo menos um menino e uma menina, mas Deus não nos abençoou nesse quesito.

Francisca parecia descontraída e começou a sorrir achando graça na forma de se expressar do casal.

Terminada a refeição, Manuel, todo prestativo, sugeriu:

– Manuela, vá com Fernando e sua futura esposa para ajudar na compra das roupas, mas tem de ser rápido, caso contrário, não vai dar tempo de se casarem hoje ainda.

Assim fizeram.

Chegaram a uma loja onde vestidos lindos estavam expostos na vitrine. Francisca jamais havia colocado seus pés em um lugar como aquele. Seu coração pulsava de alegria, porque para ela tudo era novidade. Mas, no fundo estava nervosa. As coisas haviam caminhado depressa demais. Afinal de contas, ela havia começado aquele dia com uma enorme bacia de roupas sujas para lavar no riacho e quase no final do dia estava comprando vestido para se casar na capelinha daquela cidade.

Fernando queria deixar claro que dinheiro não era problema:

– Escolham o vestido mais lindo, porque quero que minha noiva seja a mais linda que já existiu.

Enquanto Francisca experimentava um vestido escolhido a dedo por Manuela, Fernando fazia questão de comprar uma bota nova, um chapéu novo de couro cru que era muito cobiçado na época, além de uma calça "rancheira" com dupla costura e uma camisa branca. Vestiu-se rapidamente, apresentando-se todo galanteador, enquanto Francisca experimentava o vestido branco que não chegava a ser um vestido de noiva, mas que a deixava lindíssima.

Fernando tirou o chapéu cheio de galanteios e fez uma reverência diante da noiva, mas suas palavras foram proferidas com a fisionomia séria:

– Você está muito linda, meu amor! Aceita ser esposa desse peão bruto e caipira?

O rosto da moça ficou completamente ruborizado, e Manuela não perdeu tempo para fazer sua observação:

– Fernando, sua noiva realmente mostra ser uma pessoa recatada, porque uma moça que fica com o rosto vermelho diante de um elogio como esse é porque tem pureza de sentimentos!

A voz parecia engasgada na garganta de Francisca. Ela queria responder que aceitava, mas a matraca de Manuela não parava de falar. Por fim respondeu:

– Claro que aceito seu pedido, Fernando! Quero sim ser sua esposa! É o que mais quero nesse momento!

O rapaz exclamou em um arroubo de alegria!

– Até que enfim, minha noiva diz que deseja casar comigo!

Abraçou-a mais uma vez e a beijou com sofreguidão. Depois de alguns segundos disse olhando em seus olhos:

– Francisca, nós nos conhecemos há apenas algumas horas, mas tenho a impressão que já te conheço de tanto tempo!

Fernando pronunciou aquelas palavras com a fisionomia séria e com os olhos cheios de lágrimas. Aquele coração bruto de peão acaipirado demonstrava possuir sentimentos nobres, um amor sincero que parecia ter tomado completamente conta de todos seus sentidos.

– Tenho certeza que seremos um casal muito feliz, abençoados por Deus!

A dona da loja e Manuela, que presenciavam aquela cena, também estavam emocionadas.

– Que cena linda! – comentou Manuela, tomada pela emoção daquele momento. – Faz tempo que meu Manuel não me faz nenhum tipo de elogio, nem diz mais que me ama!

Após alguns instantes, prosseguiu:

– Mas tenho certeza que ele me ama, porque ele é o homem de minha vida e eu o amo muito!

Discretamente, enxugou as lágrimas para em seguida arrematar:

– Tenho esperança que o casamento de vocês e esse amor tão lindo vai reacender nossa antiga paixão! Principalmente, porque seremos os padrinhos! Manuel hoje que me espere! – concluiu com um sorriso.

Fernando e Francisca não puderam deixar de sorrir diante da espontaneidade de Manuela.

Depois de alguns minutos, Fernando acertou as contas e já estavam de saída quando apareceu Manuel todo faceiro:

– Está tudo pronto! Falei com o padre Miguel e ele está na igreja esperando para oficializar o casamento.

Imediatamente, dirigiram-se à igrejinha da cidade. Quando Francisca colocou os pés no recinto, seu coração pulsou forte tomado pela emoção que sentia. Observou as pinturas nas paredes simbolizando as doze estações do martírio de Jesus bem como os vitrais coloridos que filtravam os raios do sol daquela tarde inesquecível para a moça. O padre os aguardava diante do altar. No mesmo instante, Francisca simpatizou-se com a figura do sacerdote que aparentava ser bastante idoso, e seus cabelos todos branquinhos emprestavam-lhe uma aparência de santidade.

A igreja estava vazia, apenas eles e o sacerdote, a cerimônia seria bem simples. Era assim mesmo que Francisca desejava. Naquele instante, ela se sentia como a mulher mais feliz do mundo! Jamais havia imaginado um momento tão sagrado e feliz como aquele. Estava em uma igreja, diante de um sacerdote que em nome de Deus haveria de abençoar aquela união com um rapaz praticamente desconhecido, mas que em seus pensamentos tinha a impressão de o conhecer de há muito.

"Quem sabe de outras vidas!" – pensou consigo mesma.

O sacerdote olhou os noivos no fundo dos olhos e falou amoroso:

– Meus filhos, sejam bem-vindos à casa do Senhor! Se é a vontade de vocês se unirem pelos santos laços do matrimônio, Deus abençoará essa união, para que vocês tenham uma vida feliz e abençoada, e o que Deus uniu, homem nenhum venha separar! – proferiu o vigário dando início à cerimônia. Fez um breve intervalo, para em seguida continuar com voz suave e amorosa que penetrava no íntimo do coração de Francisca que parecia viver um sonho acordada. – Quando dois corações se amam, eles pulsam na mesma sintonia, e nessa sintonia geram o amor! O amor é a luz que fecunda os desertos mais áridos e traz a felicidade e a felicidade enche os corações de alegria! O casal que se ama de verdade se fortalece sob as bênçãos de Deus, torna-se vitorioso porque os dois, unidos auxiliarão um ao outro e serão capazes de superar todos os obstáculos porque não estarão nunca sozinhos, porque Deus estará sempre presente em suas vidas!

Manuel e Manuela choravam emocionados com as palavras do sacerdote. Os olhos de Francisca vertiam lágrimas grossas que desciam pelo seu rosto. Apenas Fernando procurava demonstrar que era forte e não queria chorar, mas seus olhos também estavam orvalhados de lágrimas.

O sacerdote prosseguiu:

– Nas dificuldades, procurem a Deus porque Ele estará sempre com vocês. Nas dores, orem a Deus, porque ele trará o conforto espiritual para as dores físicas e da alma! Nos momentos de tormenta, recorram a Deus com fé e confiança porque ele jamais os deixará desamparados. Unidos no amor de Deus, vocês enfrentarão com coragem todas as dificuldades, todas as dores e todas as tormentas e serão vencedores, porque quando caminhamos com Ele, somos sempre vitoriosos!

Fez mais uma breve pausa, talvez para que suas palavras fossem bem assimiladas pelo casal, prosseguindo em seguida:

– Sejam vocês nessa união o sal da terra e a luz do mundo, porque o sal dá sabor à vida e a luz iluminará seus caminhos! Recebam os filhos que Deus vos enviar como presentes preciosos que ele confiará a vocês e os eduquem na fé cristã e no amor de Deus, porque vossas vidas serão abençoadas sempre, mesmo na dor! – finalizou profeticamente o sacerdote, para em seguida fazer a clássica pergunta:

– Fernando, é de livre e espontânea vontade que você deseja se unir a Francisca pelos laços sagrados do matrimônio?

– Sim – respondeu o rapaz emocionado.

– Francisca, é de livre e espontânea vontade que você deseja se unir a Fernando pelos laços sagrados do matrimônio?

– Sim – respondeu a moça com os olhos cheios de lágrimas! – Sim! – reforçou mais uma vez.

O sacerdote, por sua vez, pediu as alianças. Só, então, Fernando se deu conta de que tinha esquecido aquele detalhe tão importante: não havia comprado as alianças.

Ao ver que o noivo não comprara as alianças, sorriu com compreensão e bondade:

– Eu tenho algumas alianças aqui na paróquia, mas são de cobre. Se não se importam, posso abençoar essas alianças.

Imediatamente, o casal concordou com a saída espirituosa do bondoso vigário.

Pediu ao coroinha que trouxesse todas as alianças que tinha na gaveta e logo Fernando e Francisca ostentavam felizes duas alianças meio amareladas nos dedos, após serem abençoadas pelo sacerdote que finalizou a cerimônia:

– Sejam felizes, meus filhos! Cresçam no amor do Senhor, porque a partir de agora vocês são uma só carne e devem se entregar no amor de Deus! Procurem ser compreensivos um com o outro, tenham confiança na vida porque vocês hoje fizeram a mais importante aliança da vida: a do matrimônio sagrado. E essa aliança está estabelecida por Deus e nosso Senhor Jesus Cristo, na unidade do Espírito Santo! Vão com Deus e sejam felizes sempre!

Finalizada a cerimônia, Francisca chorava copiosamente. Sentia-se envolvida por eflúvios espirituais que ela não conseguia definir, mas seus olhos pareciam ter adquirido novo viço, nova esperança. Os raios da luz solar multicoloridos penetravam o ambiente filtrado pelas vidraças da igreja.

O sacerdote abraçou-a com carinho!

– Parabéns, minha filha! – cumprimentou. – Que Deus te abençoe sempre para que seja muito feliz!

Em seguida, abraçou o noivo com os mesmos votos de felicidade. Fernando, emocionado e atarantado, perguntou ao sacerdote:

– Padre, a cerimônia foi linda e suas palavras tocaram meu coração! Sei que isso não tem preço, mas preciso acertar com o senhor as despesas do casamento.

O padre sorriu bondoso diante da ingenuidade do noivo, naquele momento recém-casado:

– Meu filho, as bênçãos de Deus não têm preço e por essa razão não cobro nada! Se você se sente agradecido, auxilie os mais necessitados, levante os caídos, ofereça roupa aos desnudos e àqueles que têm frio e alimente os famintos. Deus e Jesus irão se alegrar quando fizer qualquer dessas coisas a um necessitado e se regozijarão contigo! É assim que pagamos as bênçãos recebidas, praticando o bem, perdoando os desafetos e inimigos e nos respeitando mutuamente!

– Sigam na paz de Cristo e que Deus os abençoe sempre! Sejam felizes, meus filhos – arrematou o sacerdote.

Aquela noite na estalagem de Manuel e Manuela houve um jantar especial aos noivos e música. Foi reservado ao casal o melhor quarto da hospedaria, com lençóis e cobertores novos que serviram de ninho aos recém-casados.

Aquela foi a primeira noite que Francisca se entregou a um homem sem medo e conheceu o carinho de um sentimento verdadeiro. Chorou emocionada ao aconchego dos braços de seu esposo e experimentou a alegria de um amor que viera visitar seu coração de forma inesperada.

Adormeceu nos braços de Fernando sonhando com um futuro radioso, feliz e abençoado por Deus!

# V
## Nova experiência

No dia seguinte partiram cedinho.
Francisca chorou ao se despedir daqueles amigos queridos.

– Vê se não esquece os amigos – cobrou Manuel quando o casal já havia montado no cavalo.

– Esqueço não – respondeu Fernando.

– Principalmente, porque agora somos seus padrinhos e temos responsabilidade nesse casamento – reforçou Manuela.

– Queremos ficar sabendo quando vierem os filhos! – insistiu Manuel!

– Meu Deus – retrucou Fernando, esporeando o animal. – Acabamos de nos casar e vocês já estão pensando em filhos! – respondeu com um sorriso, partindo em uma nuvem de poeira deixada pelas patas do fogoso alazão.

A caminhada foi longa. Já passava do meio-dia quando chegaram a uma pequena casa distante alguns quilômetros da cidade mais próxima. Cheio de pompa, Fernando deu boas-vindas à esposa, como se a estivesse recebendo em um palacete:

– Seja bem-vinda, minha princesa! Essa casa pode não ser a melhor nem digna de sua beleza, mas é somente nossa! – arrematou com satisfação!

Na verdade, à primeira vista a impressão não era das melhores. Era fácil observar o aspecto de abandono daquele casebre malcuidado, feito de táboas de madeira tosca e piso de chão batido com terra vermelha que levantava muita poeira.

Um fogão de alvenaria rústico e alguns móveis e prateleiras velhas, com panelas e outros apetrechos de cozinha encardidos e chamuscados pela fumaça do fogo, possivelmente daquele fogão a lenha completavam a visão do imóvel.

Na sala, a simplicidade era completa: uma mesa velha e quatro cadeiras de palha, ao lado de uma prateleira praticamente vazia, enquanto que no quarto havia uma cama de varas, com colchão batido e velho, essa era a imagem da desolação e do abandono da casa. No entanto, para Francisca aquele era um palacete! Fernando havia dito a palavra mágica: podia não ser aquelas coisas, mas era só deles! Emocionada, a moça chorou e o esposo a abraçou:

– Por favor, princesa, não fique triste! Essa casa está assim porque estava faltando aqui a presença de uma mulher para cuidar das coisas. Eu vivo viajando e não tenho tempo para cuidar de nada!

Ela, por sua vez, respondeu com um sorriso que contrastava com suas lágrimas, dizendo:

– Não, meu marido, minhas lágrimas não são de tristeza! Estou chorando de alegria, porque essa casa pode ser a mais simples do mundo, mas você mesmo disse: é nossa! É aqui que iremos construir nosso ninho de felicidade!

O rapaz, então, sorriu e a beijou com carinho e muito amor!

Após o beijo ficaram em silêncio, abraçados feito dois seres apaixonados que desfrutavam a alegria de um momento de carinho e intimidade. Francisca parecia mais desembaraçada, mais solta, mais à vontade. Ao observá-la pensativa o marido perguntou:

– No que estava pensando agora, meu amor?!

Ao ouvir Fernando chamá-la de meu amor, a moça estremeceu. Em seguida, respondeu pensativa:

– Estava pensando no que você me disse ontem quando estávamos na loja.

O rapaz sorriu intrigado!

– Mulheres, é impressionante como vocês são detalhistas! O que foi que eu disse ontem quando estávamos na loja?

Foi a vez de Francisca sorrir com espontaneidade diante da pergunta do esposo.

– Não acredito que você se esqueceu do que disse!

– Ah! Por favor, não vamos ficar agora com mistérios. Ontem eu estava muito emocionado! Disse tantas coisas!

– Você disse uma coisa que me deixou pensativa – respondeu a moça. – Tanto pensei que à noite sonhei com o que você havia me dito!

– Meu Deus! Afinal de contas, o que foi que eu disse que mexeu tanto com você, minha querida esposa?

Ela ficou pensativa mais alguns momentos, para em seguida responder com ar de mistério:

– Você comentou que tinha a impressão de que já nos conhecíamos de outras vidas!

Foi a vez de Fernando ficar com a fisionomia séria.

– É o que sinto, de verdade! Tenho a impressão que já te conhecia! Que você não era uma estranha que eu havia encontrado e que esse amor que sinto por você não é de apenas um dia atrás, quando nos conhecemos.

Sentaram-se à mesa tosca, segurando as mãos. Fernando olhava apaixonado para Francisca!

– Mas, não queria que isso te incomodasse tanto!

– Não me incomodou, meu amor!

Ela mesma se sentiu arrepiada ao chamá-lo pela primeira vez de "meu amor". Aquilo soou um tanto quanto estranho aos seus próprios ouvidos, mas trouxe a ela sensação boa, chamar alguém por quem nutria um sentimento tão bom, de "meu amor".

– Não me incomodou não – repetiu. – Muito pelo contrário, porque é o mesmo sentimento que partilho contigo! Também tenho a mesma impressão de que já nos conhecíamos antes! Mas não era dessa vida!

– Se não era dessa vida, de onde seria então?

A moça ficou séria e pensativa, para em seguida responder:

– Será que não existem mesmo outras vidas?

– Por que você acha que existem outras vidas?

– Porque o sonho que tive foi muito real.

– Depois você me conta seu sonho, minha princesa, pois primeiramente preciso ir até a venda mais próxima para comprar mantimentos para que você prepare um almoço para nós. Estou faminto!

Ela sorriu feliz porque sentia-se à vontade com Fernando e como dona daquela casinha simples e rústica, longe de tudo, mas muito perto de seu coração. Acompanhou o marido até o terreiro onde o alazão estava amarrado. Fernando montou, tirou o chapéu esporeando o animal, partiu a galope, dizendo a distância:

– Não demoro! É só meia hora e já volto!

Ela sorriu vendo a imagem do marido desaparecer no horizonte empoeirado.

Voltou-se para dentro da casa para tomar conhecimento completo do que havia. Observou um pote de barro cozido para colocar água que, imediatamente, lavou e jogou fora a água que ali estava, por certo deveria estar no pote há muito tempo.

No terreiro havia um poço com corda à manivela o que permitiu que em breves minutos Francisca pudesse dali retirar alguns baldes de água para encher o pote e algumas vasilhas. Em seguida, promoveu uma limpeza completa em todos os cômodos da casa. Jogou água no chão batido e depois varreu com uma vassoura improvisada, arrumou a cama com os lençóis que encontrara no guarda-roupa. Estavam encardidos pelo uso, mas limpos, o que a deixou satisfeita.

Tirou o pó que havia se acumulado sobre a mesa e sobre os demais móveis. Era fácil observar que apenas algumas providências tomadas por Francisca haviam modificado de alguma forma a aparência interna daquele casebre: estava bem mais agradável, porque havia a presença de um toque feminino.

Fez um breve inventário dos utensílios domésticos: uma panela velha e amassada, uma concha de madeira, uma escumadeira de alumínio, algumas colheres tortas e meio enferrujadas juntamente com meia dúzia de garfos, um bule de café em esmalte e um coador de café bem surrado!

Ajeitou as coisas como pôde e quando concluiu, olhou feliz e satisfeita com a nova aparência da casa. Estava pensativa observando as coisas quando ouviu o tropel dos cascos de cavalo. Saiu à porta. Era Fernando que retornava com um saco de mantimentos no lombo do cavalo. Apeou e com um sorriso deu-lhe um beijo:

– Será sempre assim, minha querida! Cada vez que eu retornar de minhas viagens, quero você na porta me esperando e eu quero sempre beijá-la para matar as saudades! Beijou-a novamente!

– Já estava com saudades, acredita em mim?

Ela sorriu feliz com as palavras daquele homem rústico, mas que sabia expressar seus sentimentos.

– Acredito, meu amor, porque eu também já estava com muitas saudades!

Quando ele entrou na casa, não conteve uma exclamação de espanto:

– Meu Deus! Em meia hora você mudou a casa inteira!

Francisca ficou apreensiva. Será que ele não havia gostado?

– O que foi, meu amor? Não gostou do que fiz?

Ele sorriu satisfeito.

– Muito pelo contrário! Achei que você fez tanta coisa em tão pouco tempo. Olhe só – exclamou admirado ao passar a mão pela mesa da sala. – Nenhum pó! E a cama está arrumadinha como eu nunca tinha visto antes!

– Então, você gostou?

– Se gostei? Está brincando! Adorei! Confesso que estou surpreso porque nunca imaginei encontrar uma mulher assim como você: linda e prendada!

Francisca ficou com o rosto ruborizado! E para descontrair disse:

– Ora, meu marido, isso não foi nada. O importante é que terei tempo para cuidar da casa melhor daqui para frente. Agora tenho de preparar um almoço porque estamos com fome.

Fernando, então, tirou as compras do saco. Trouxera alguns quilos de arroz, feijão, fubá, farinha de trigo, uma porção de carne seca, óleo de cozinha, banha de porco, sal, açúcar e café.

– Ótimo, disse ela, vou preparar um arroz rápido e fritar alguns ovos que achei em ninhos escondidos no mato ao lado do terreiro.

Fernando estava admirado com a esperteza de Francisca.

– E como descobriu os ninhos e os ovos escondidos?

– Porque você tem algumas galinhas caipiras que ciscam no terreiro e ouvi uma delas cantar.

Deu um sorriso de satisfação e concluiu:

– E galinha quando canta é porque botou ovos! Então, segui na direção da cantoria e descobri o ninho cheio de ovos! E não é só – fez com ares de mistério – descobri que na beirada do mato temos "serralha"[1]. Apanhei um pouco, vou refogar na banha que você comprou com ovos mexidos!

— Nossa, estou admirado com sua esperteza, meu amor! Pelo que estou vendo, será uma excelente dona de casa, e quando vierem nossos filhos tenho certeza que será uma mãe maravilhosa!

Enquanto o marido elogiava, Francisca acendia o fogo e colocava no fogão uma panela de água para ferver.

— E não bastasse, ainda arrumou lenha para acender o fogo! Confesso que estou muito admirado por ver que é uma pessoa que tem iniciativa. Você é uma mulher admirável e o melhor, é minha esposa! — completou.

Francisca sorriu feliz e lisonjeada. Até então, estava acostumada a ouvir apenas impropérios, palavras depreciativas e maus-tratos, e, as palavras de Fernando representavam promessa de dias felizes.

Rapidamente, lavou o arroz e a serralha, picou rapidamente a verdura, untou na frigideira alho picado com gordura no qual misturou ovos mexidos, refogando a serralha, cujo aroma recendeu e se espalhou pelo ar.

Em seguida, fritou alguns ovos enquanto o arroz ficava pronto na panela. Rapidamente, a moça colocou uma toalha surrada sobre a mesa tosca, apanhou dois pratos e os ajeitou enquanto tirava a panela de arroz do fogo, juntamente com os ovos fritos e a serralha refogada.

---

1 Serralha ou "serraia" no dito caboclo é uma planta silvestre da família das compostas asteráceas, parente do almeirão e da chicória (nota do autor espiritual).

A jovem dona de casa não cabia em si de contentamento. Aquela era a primeira refeição que preparava para seu marido, em sua nova casa.

Era uma choupana simples? Piso de chão batido? Paredes de tábuas que deixavam pequenas frinchas à mostra? Móveis velhos e malcuidados? Para ela nada disso importava, sentia-se como em um palacete tendo por companheiro um homem maravilhoso que só tinha trazido alegria e amor para sua vida!

Querendo agradar o esposo e retribuir os elogios, ajeitou a cadeira para que Fernando se sentasse e o serviu com carinho, sentindo o coração pulsando de alegria.

O rapaz saboreou o arroz com a serralha refogada e o ovo frito com a gema bem amarelinha, que ele furou no meio para deixar colorido de amarelo a comida!

– Meu Deus! – exclamou entusiasmado. – Nunca comi uma comida tão saborosa como essa! Você é muito prendada, minha esposa! É uma cozinheira de mão cheia!

Deu mais algumas garfadas para em seguida completar:

– Você fez de um simples prato de arroz, alguns ovos fritos, uma serralha refogada, mexida com ovos, um verdadeiro banquete!

A moça não cabia em si de tanta alegria e satisfação ao observar que o marido havia aprovado a comida.

Após o almoço, Fernando pediu que ela ficasse sentada à mesa e saiu para o quintal. Não demorou e voltou com uma enorme melancia nos braços dizendo:

– Agora você irá saborear a melhor melancia da região!

Em seguida partiu a melancia, estendendo a primeira fatia para a esposa. A moça saboreou e não pôde conter uma exclamação de admiração:

– Que delícia! Nunca, jamais em toda minha vida, experimentei uma melancia tão doce como essa!

– Eu que a plantei faz algum tempo, meu amor! Até parecia que estava adivinhando que você seria a primeira a saborear essa fruta que plantei com tanto amor!

Terminada a refeição e a sobremesa, Francisca cobriu o que tinha sobrado da melancia com um pano de cozinha e em seguida começou a lavar os pratos e os vasilhames sujos em uma bacia toda amassada.

Foi, então, que pela primeira vez Fernando se sentiu envergonhado da casa modesta e dos móveis rústicos e gastos pelo tempo.

– Perdoe-me, minha amada, porque minha casa é simples e meus móveis são muito velhos! Na verdade, nunca liguei muito para isso. Vivia aqui sozinho, queimava panela no fogo, preparava de qualquer jeito minhas coisas e nunca tive muito cuidado com nada.

Fez um breve silêncio e prosseguiu:

– Você é uma princesa e merecia coisa melhor! – Me perdoe por ter sido tão descuidado!

Ela o abraçou com os olhos orvalhados de lágrimas e o beijou nos lábios.

– Meu amado esposo, é nessa casinha, na simplicidade das coisas, que construiremos nosso ninho de amor. É aqui que me sinto feliz e é aqui que teremos nossos filhos para encher nossa vida de alegrias!

O rapaz a abraçou fortemente. Em seguida, a convidou para que deitassem um pouco:

– Vamos descansar da viagem que, afinal, foi longa. Estamos cansados e merecemos um bom repouso!

Dormiram abraçados vencidos pelo cansaço, apesar do calor intenso daquela tarde de verão. Para Francisca, foi um sono profundo e sem pesadelos, uma vez que dormiu serenamente nos braços de Fernando. Quando acordaram o sol já havia declinado, estando próximo do horizonte, tingindo o céu e as nuvens com seus raios rubros.

Fernando levantou-se, apanhou um machado para cortar lenha, enquanto Francisca preparava um café. Decorridos alguns minutos, o rapaz voltou com os braços cheios de lenha e, então, Francisca ofereceu a ele o cafezinho que havia acabado de preparar. O rapaz não conseguiu conter um sorriso de satisfação:

– Desse jeito vou ficar mal-acostumado!

– E é para ficar mesmo! Quero cuidar de você com muito amor, meu querido!

Assim passaram a primeira noite naquela casinha distante de tudo, com os corações repletos de alegrias e esperanças de um futuro risonho e cheio de amor.

O céu escuro cravejado de estrelas parecia ser um manto cintilante a cobrir aquele casal ditoso, que o aparente acaso os havia unido. Contudo, a noite foi tormentosa para Francisca.

# VI
## Noites tormentosas

Tão logo adormeceu, Francisca viu-se em um lugar ermo e escuro. Seu coração parecia pulsar descontrolado dentro do peito, quase saindo pela boca, porque aquele lugar era assustador. Sombras estranhas pareciam pairar no espaço, enquanto ouvia gemidos e imprecações. Observou, em meio à penumbra, várias mãos que mais pareciam garras estendendo-se ameaçadoras em sua direção. Procurou gritar, mas sua voz morria na garganta. Tentou correr, mas suas pernas pareciam não obedecer. Em meio àquele terror, percebeu na escuridão a figura asquerosa de Onofre que se aproximava de forma ameaçadora, tentando agarrá-la. Quando ele se aproximou mais, então, ela conseguiu gritar e acordou desesperada, com o coração pulsando descompassado. Sentiu-se aliviada ao perceber que se tratava apenas de um sonho. Um sonho ruim! Acalmou-se ao observar o marido que dormia placidamente ao seu lado.

A escuridão do quarto era total. Que horas poderiam ser?

Deitou-se novamente com cuidado para não acordar Fernando, mas não conseguiu conciliar o sono novamente. Não passou muito tempo quando ouviu o galo cantar anunciando a alvorada, um novo dia! Depois de algum tempo, notou que a escuridão da noite dava lugar à luz do sol que inundava todo espaço com seu calor e alegria. Levantou-se rapidamente para preparar um cafezinho gostoso ao esposo, sacudindo a cabeça para afastar os fantasmas que povoavam sua cabeça, após uma noite maldormida.

Assim, seguiram-se os dias. Alguns meses se passaram.

Fernando preparou, no espaço disponível de terra, pouco além do quintal, uma pequena horta e um pomar onde plantou milho, feijão, alguns pés de tomate, alface, almeirão, melancia e várias outras frutas.

Em suas idas para a cidade, trazia novas roupas e utensílios domésticos. Ativo e trabalhador, consertou algumas telhas da casa e reparou algumas tábuas que estavam soltas.

Quem olhasse novamente a casa de Francisca e Fernando veria uma casa totalmente remodelada. Continuava com a simplicidade de sempre, mas se podia observar o quintal bem cuidado, a presença de uma horta e de um pomar verdejante que dava nova fisionomia à minúscula residência.

Dentro da casa, leve toque feminino havia modificado muitas coisas. A mesa sempre com uma toalha limpinha, os pratos e utensílios domésticos guardados, o fogão asseado e a cama sempre arrumada.

A felicidade parecia estar presente, apesar dos constantes pesadelos de Francisca. Às vezes, ela até tinha receio de adormecer para não ser importunada por pesadelos que evitava comentar com o marido, para não incomodá-lo.

Para Fernando, aquela era a vida que havia sonhado. Esposa amorosa, comida sempre bem preparada, roupas limpas, enfim, uma vida sossegada e cheia de amor. Todavia, Francisca começou a perceber que o marido vez ou outra demonstrava preocupação e naquela noite resolveu conversar a respeito. Logo após o jantar, preparou um gostoso cafezinho, sentou-se à mesa, serviu o marido e perguntou:

– Meu marido, venho observando que nos últimos dias você parece que anda um pouco preocupado. O que está acontecendo? É algum problema comigo? Você não está feliz?

O peão que até então estava calado, sorriu.

– Não, minha princesa, não é nada com você não.

Ela ficou calada, receosa de insistir. No entanto, como não estava satisfeita com a resposta, criou coragem e perguntou novamente:

– Se está tudo bem, se não é problema comigo, o que poderia ser então?

Ele sorriu mais uma vez e dessa vez respondeu, porque percebeu que a esposa não iria se sentir bem sem que houvesse um esclarecimento.

– Olhe aqui, minha princesa, não quero que você fique preocupada. É coisa de homem.

Tomou mais um gole de café, enquanto Francisca esperava pacientemente que o marido pudesse finalmente esclarecer.

– Você sabe que eu sou peão, não sabe?

– Sim – respondeu ela timidamente.

– Pois é – continuou ele – ocorre que o trabalho de peão de boiadeiro é ganhar a vida levando a boiada de um lugar para outro, das grandes fazendas para os grandes frigoríficos, que são distantes.

Após nova pausa para tomar outro cafezinho, Fernando disse:

– Então, meu trabalho é viajar sem ter dia para ir nem prazo para voltar.

Francisca sentiu um frio na barriga. O que Fernando estava dizendo não a deixava feliz, porque já antevia o resultado e sabia que para ela não seria bom.

Em seguida, Fernando prosseguiu:

– É essa minha profissão, é assim que ganho a vida! Não posso ficar parado, já recusei vários convites para participar de comitivas que saíram com boiadas, mas não aceitei porque não queria partir te deixando sozinha. Pelo menos, no momento.

O coração de Francisca pulsou descompassado no peito e seus olhos se encheram de lágrimas. O peão continuou:

– Mas, está chegando o momento em que não posso mais ficar parado. O dinheiro está acabando e sem trabalho, como poderei sustentar a casa?

Fernando parecia contrariado, pois era visível seu descontentamento. Francisca percebeu que tinha de encarar a realidade dos fatos, porque afinal aquela era a profissão do marido. Ele precisava trabalhar e não era justo que ficasse em casa sem ganhar dinheiro para prover as necessidades. Teria de ser forte e enfrentar a dura realidade.

– Querido, você tem de trabalhar, essa é sua profissão. Você tem de ir, não se preocupe porque ficarei bem – disse ela fazendo um tremendo esforço para demonstrar uma confiança que estava longe de sentir.

No fundo, era o que Francisca mais temia: ficar sozinha naquele lugar ermo, sujeita à solidão, aos pesadelos noturnos e sabe-se lá o que mais. Entretanto, entendia que não havia outro jeito, afinal, amava o marido e confiava nele cegamente. Sentia-se completamente dependente de seu carinho, de seu apoio, de sua presença. Naqueles poucos meses, havia descoberto o que era o amor verdadeiro, sem sentimento de culpa, sem remorsos ou repulsa ao contato masculino que ela antes tanto temia. Fernando era para ela muito mais que um esposo: era seu apoio, seu sustento e sua segurança.

Mas, o peão não percebeu a voz trêmula de Francisca. Se tivesse prestado um pouco mais atenção, teria visto seus olhos marejados de lágrimas, mesmo à chama da luz mortiça da lamparina que iluminava com debilidade o ambiente.

– Que bom que você me compreendeu, minha princesa, porque nessa última vez que estive na cidade encontrei um fazendeiro muito famoso da região, criador de gado de corte. Ele contratou meus serviços para levar uma grande boiada para um frigorífico que fica muito longe. A viagem é longa, vai demorar algumas semanas, mas o dinheiro é bom e vem em boa hora.

Francisca esforçou-se para segurar o choro, sufocar sua emoção porque quase tinha soluçado ao ouvir o marido dar a notícia. Reuniu as forças que tinha para perguntar:

– E quando pretende partir, meu marido?

– Amanhã mesmo, minha princesa. Amanhã devo me apresentar na fazenda, para me reunir com os demais peões.

Minha missão é muito importante nessa comitiva porque serei o "ponteiro"[2].

Naquela noite, Francisca abraçou fortemente seu marido. Beijou-o como se fosse a última vez, e o peão correspondeu ao amor da esposa, pois certamente sentia que a distância e a saudade seriam duras para ele também.

No dia seguinte, tão logo se ouviu o galo cantar, Fernando pulou da cama enquanto Francisca preparava o café e um farnel onde colocou algumas broas de milho que ela mesmo havia preparado.

O peão tomou café, arreou o alazão, despediu-se beijando longamente a esposa, montou no cavalo e o esporeou desaparecendo na distância, envolto em uma nuvem de poeira deixada pelas patas do cavalo.

Francisca, estática, acenava, fixando a figura do amado sumindo ao longe, observando que ele a distância acenava com o chapéu na última visão que teve do marido. Depois, ele desapareceu no horizonte. Ela, por sua vez, encostou na alvenaria do poço e chorou desconsolada. Naquele momento, sem que ninguém a observasse, deixou que as lágrimas fluíssem aos olhos de forma abundante, soluçando desconsolada. Sentia-se desamparada sem a presença do marido. O sentimento de medo, de que algo ruim pudesse acontecer, rondava seu peito. Um pouco mais calma, permaneceu ainda lá fora no quintal olhando as hortaliças e as galinhas ciscando alegremente, alheias à

---

2 Ponteiro é o peão que vai à frente conduzindo a boiada, tocando o berrante. É ele que dá o toque da cavalgada de forma que o gado siga o cortejo estimulado pelo toque do berrante (Nota do Autor espiritual).

sua dor. Ouviu a rolinha "fogo-pagô"³ cantando embaixo das árvores próximas e o canto triste do sabiá poca.

O dia correu lento, monótono e melancólico. Francisca tentou se distrair procurando ninhos de galinhas desgarradas pelo mato, depois tirou algumas pragas da horta, debulhou milho e tratou das galinhas, tirou água do poço e regou as plantas. Quando chegou a hora do almoço, sentou-se para comer, mas não sentia fome. Ficou apenas chorando diante do prato.

À tarde, o sol estava muito quente e ela preferiu ficar fora da casa lavando roupas, acariciando com saudades as camisas do marido. Olhou a distância, tudo era deserto, não havia um vizinho próximo, apenas a estrada poeirenta e a capoeira que se perdia de vista.

O dia parecia interminável, e quando o sol pendeu para o lado do horizonte, no prenúncio na noite próxima, Francisca mais uma vez sentiu imensa tristeza tomar conta de seu peito. Ficou lá fora no quintal chorando, observando os raios luminosos do sol a se despedirem daquele dia, para dar lugar às sombras da noite escura e sem lua.

Logo, o céu se apresentou cravejado de estrelas, deixando à mostra um rastro luminoso à semelhança de uma gaze leitosa fosforescente, conhecido por "Caminho de Santiago"⁴ que se estende pelo infinito em um espetáculo de rara beleza que encanta os olhos de quem tem o privilégio de observar.

---

3 Uma ave columbiforme da família "Columbidae" popularmente conhecida por rolinha carijó ou fogo-pagô (Nota do Autor espiritual).

4 Caminho de Santiago – é na verdade um braço espiral da Via Láctea que podemos observar no céu nas noites escuras (Nota do Autor espiritual).

Todavia, Francisca não via nenhuma beleza naquele momento, porque seu coração parecia sangrar de saudade, misto de medo e preocupação que vinham com as sombras da noite. Adentrou a casa, acendeu a lamparina cuja chama débil mal iluminava o ambiente, fechou bem a porta com uma tranca de madeira e acendeu o fogão.

O calor do fogo pareceu reanimar um pouco a moça que preparou uma sopa de legumes e tomou. Sem ter mais o que fazer, seguiu para a cama, que sem a presença do marido parecia-lhe estranha. Era a primeira vez que dormia sozinha, longe de Fernando. Na verdade, sentia-se receosa, e, por medo, não apagou a lamparina que continuou com sua luz débil a iluminar o ambiente.

À noite, insone, tinha a impressão que o tempo não passava. Tentou fechar os olhos, mas o sono não vinha. Ouviu o canto agourento do curiango e o piado da coruja noturna. Qualquer barulho que ouvia lá fora era motivo para se assustar. Mas, após algumas horas, vencida pelo cansaço, finalmente adormeceu profundamente. No entanto, foi só adormecer para que as sombras dos pesadelos viessem atormentar. Sonhou novamente que se encontrava sozinha em um local ermo e escuro. Sentia medo e gritava, mas ouvia apenas o eco de sua própria voz. Tentou caminhar por uma trilha que ela conseguia vislumbrar em meio à escuridão quando de repente se viu frente a frente com um animal disforme, à semelhança de um cachorro enorme e preto, com os olhos vermelhos e os dentes arreganhados e ameaçadores.

Francisca, em meio ao pesadelo, sentiu-se paralisada pelo medo, enquanto o animal caminhava em sua direção, rosnando ameaçador. Desesperada, gritou enquanto o cão pulava em sua direção. Quando tudo parecia perdido, sentiu que um braço forte a apanhava e a levantava no espaço, então, viu-se na garupa do alazão! Era Fernando que havia aparecido em seu pesadelo para salvá-la.

A jovem sentiu-se feliz ao ver que Fernando aparecia novamente para salvá-la da perdição, mas de repente, em seu pesadelo, viu que o esposo a deixava abandonada, partindo em disparada com seu cavalo, desaparecendo de sua vista. Chorou desconsolada. Gritou, implorou pela volta do marido, mas qual o que, observou que se encontrava sozinha novamente em outro lugar. Pelo menos, a escuridão havia desaparecido. Ouviu, então, uma voz que era sua conhecida e estremeceu: era Onofre que mesmo em sonhos não a deixava em paz.

– Venha comigo, Francisca! Venha comigo, venha descascar milho no paiol comigo! Venha!

Ao ouvir aquela voz, Francisca entrou em desespero, porque identificou a presença horripilante do seu pai de criação que se aproximava do mesmo modo que nos dias de desespero que havia passado.

A moça começou, por sua vez, a correr desesperada, observando que, aos poucos, Onofre aproximava-se mais e mais, quando de repente, sentiu que caía em um abismo! Um abismo sem fundo que deixava a impressão de que aquele seria seu fim! Quando atingiu o chão, acordou na cama gritando desesperada!

O quarto estava na mais completa escuridão, porque a chama da lamparina havia se apagado. Levantou-se, tateando para achar a caixa de fósforo e acender novamente a chama.

Havia sido mais um pesadelo horrível que tivera! Com o coração pulsando descompassado no peito, a fronte suarenta, deitou novamente, mas dessa vez não conseguiu dormir. Ficou acordada pensando em tudo aquilo. "Por quê? Perguntava para si mesma. Por que tinha tantos pesadelos? Por que aquela sensação de perseguição, a figura odiosa de Onofre que sempre aparecia em seus pesadelos, sem lhe dar trégua?" Abraçou o travesseiro do marido e chorou baixinho pensando onde ele estaria naquele momento. Possivelmente longe, dormindo ao relento, tendo por cama um tecido de saco de estopa e um pelego de cobertor.

Pensar no marido trouxe-lhe algum conforto e assim ficou, até que ouviu os galos cantando, anunciando mais um novo dia. Levantou-se e foi até o terreiro observar ainda as estrelas que tremeluziam no firmamento, empalidecendo seu brilho ofuscado pelo clarão do sol que tingia de rubro o horizonte.

O medo que sentia, porém, desapareceu completamente ao sentir o suave toque da brisa matutina em seu rosto. Ouviu a alegria da passarada que cantava saudando com alegria a chegada de mais um dia de sol e calor. A vida parecia novamente plena com o chilrear dos pássaros, com o barulho do voo das galinhas pulando do poleiro para o terreiro, ciscando em busca de alimento e o suave marulhar do regato próximo à residência.

Entrou em casa e preparou um cafezinho, sentindo saudades imensas do esposo.

Naquele dia, Francisca resolveu tomar uma decisão: tentaria ser forte para não se deixar abater pela ausência do marido. Trabalharia bastante a fim de ocupar seu tempo de forma que, além de cuidar das coisas em casa, pegou a enxada e começou a capinar em uma área além dos domínios do terreiro e da horta. Trabalhou bastante e o esforço foi benéfico. Quando sentiu fome, parou e foi para casa onde preparou uma refeição leve e almoçou. Comeu algumas frutas colhidas no pomar e novamente voltou ao trabalho.

O sol estava causticante e ao sentir que sua pele estava suarenta e queimando, Francisca apanhou um chapéu de palha e continuou sua faina, parando somente quando o sol já declinava no horizonte. Olhou a área capinada e sentiu satisfação. Já tinha planos para o dia seguinte, porque rastelaria o mato seco, atearia fogo e depois revolveria a terra para plantar feijão e milho.

Ao retornar a casa, foi guardar a enxada embaixo do forno de barro e verificou que havia uma lata de cal e um pincel. Foi, então, que teve uma feliz ideia: após preparar o chão e plantar o feijão e o milho, daria uma pincelada de cal na casa. Certamente, seria uma grande surpresa ao esposo quando retornasse da viagem vendo de longe a casa pintada de branco. Sonhou com a fisionomia de alegria e surpresa do marido e sorriu: uma casinha branca no meio do nada, que era seu ninho de amor, ventura e esperança.

O trabalho cansativo do dia fizera bem à Francisca, pois se sentia extenuada pela noite maldormida e pelo cansaço do esforço do dia. Jantou e em seguida deitou-se, adormecendo profundamente. Naquela noite os pesadelos lhe deram trégua e o sono foi tranquilo e reparador. Acordou novamente no dia seguinte ao ouvir o canto dos galos e, rapidamente, pulou da cama. Foi novamente ao terreiro porque sentia alegria ao ver o céu com as últimas estrelas e seu brilho pálido, para em seguida ver o vermelhão do sol tingir o horizonte e o canto dos pássaros felizes pela vida que se renova a cada dia.

O dia transcorreu sem incidentes dignos de nota. Juntou os arbustos capinados e secos e em seguida ateou fogo que consumiu rapidamente o amontoado de gravetos e mato seco. Em seguida, com um enxadão, cavou o terreno exaustivamente e no final do dia o terreno estava todo revolvido, pronto para o plantio após a chuva. Sentiu que o trabalho representava uma terapia para sua solidão e saudade.

Durante o trabalho, no momento de maior calor, tomava água na "moringa"[5] que saciava sua sede. A água fresca do recipiente parecia renovar suas energias e, então, prosseguia em sua faina.

No dia seguinte, ao observar que o tempo estava muito firme e que possivelmente a chuva poderia demorar ainda, tomou uma decisão: apanhou um balde com água e começou a molhar o terreno. Foi um trabalho exaustivo, mas compensador, porque a partir daí pôde começar o plantio. Selecionou um espaço onde resolveu semear milho e no restante do terreno ela semeou feijão e tomate.

Dando asas aos pensamentos, Francisca imaginava quando o milho estivesse crescido e com as espigas verdes ela poderia preparar coisas gostosas: curau, pamonha, bolo de milho verde que ela tanto gostava, mas que não pudera usufruir na casa onde fora criada, porque sua mãe adotiva não permitia.

---

5 Moringa – recipiente de barro cozido utilizado pelos trabalhadores do campo, para levar água na lavoura, e tem a capacidade de conservar a água fresca – (Nota do médium).

Ficou ainda imaginando as espigas de milho assadas na brasa e aquele cheiro gostoso que exala. Fechou os olhos e até sentiu o cheiro, dando água na boca. Sorriu feliz, porque aqueles pensamentos traziam lenitivo da saudade que sentia de Fernando.

Dez dias haviam transcorrido desde a partida do esposo. Cuidadosa, todos os dias Francisca molhava o chão cultivado com o balde improvisado de regador e logo as sementes começaram a germinar. Mais três dias e o chão ficou verdejante com graciosos brotos de feijão e milho.

Mas, aquele lugar era extremamente deserto, e Francisca temia por sua segurança, de forma que estava sempre atenta para não ser surpreendida por algum visitante estranho. Naqueles dias, apenas dois cavaleiros passaram pela estrada e ela, preocupada, trancou-se em casa para evitar possíveis problemas, contudo, os viajantes seguiram viagem sem tomar conhecimento de sua presença.

E os dias foram seguindo seu curso e, aos poucos, ela se acostumava à nova rotina do dia a dia. À noite já dormia melhor e os pesadelos davam trégua, embora vez ou outra ela sonhasse com coisas ruins, porém, acabou por não dar mais tanta importância.

Francisca tinha tudo que precisava, porque Fernando havia deixado uma boa provisão de mantimentos. Não fosse a saudade angustiante do esposo, poderia dizer que estava feliz, pois sentia prazer em fazer as coisas, arrumar a casa, cuidar da plantação e das galinhas que ciscavam alegres no terreiro em busca de bichinhos e sementes para se alimentarem.

Certo dia, achou uma ninhada de ovos na beira do mato e resolveu deixá-los para que a galinha pudesse chocá-los e criar uma ninhada de pintinhos, o que não demorou, pois uma manhã, ao acordar, surpreendeu-se com a galinha choca e uma dezena de pintinhos amarelinhos piando ao seu redor, exigindo atenção da zelosa mãe, pedindo comida para a fome insaciável.

Ao ver a graça da mãe ciscando o chão e chamando os filhotes que corriam felizes ao chamado materno Francisca sorriu, observando o carinho e o cuidado do animal para com seus filhos e, então, imaginou a ventura de ser mãe. Em pensamentos, viajou no futuro sonhando acordada, vendo-se segurando um filho no colo e amamentando aquele ser que seria um pedaço dela e do marido tão amado.

Mas, o barulho das aves devido à aproximação de um gavião que certamente não tinha lá boas intenções fez Francisca voltar à realidade. Imediatamente, a galinha cacarejou e os filhotes instintivamente correram para debaixo de suas asas em busca de segurança. Francisca gritou ao mesmo tempo que atirou um pau para espantar o visitante importuno e perigoso.

Aquela manhã Francisca acordou com sentimento de tristeza e saudades tomando conta de seu peito. Já transcorriam exatamente vinte dias desde a partida de Fernando, e a cada dia sua expectativa pelo retorno do marido aumentava. Era difícil conviver com a incerteza, e aquele sentimento de saudades era insuportável.

Será que seria aquele o dia em que Fernando retornaria?

Ficou na janela por mais de meia hora olhando a estrada poeirenta, onde vira a figura de Fernando pela última vez, desaparecendo a distância na linha do horizonte. Era lá que ela olhava a todo instante na esperança de ver o esposo surgir na estrada a distância.

Passados dois dias e Francisca também estava muito triste, porque no dia anterior o gavião havia arrebatado um dos pintinhos da "Maricota", o nome que ela havia batizado a galinha choca. Estava distraída plantando alguns pés de rosas quando ouviu uma algazarra imensa das galinhas no terreiro. Correu gritando e brandindo um pedaço pau, mas foi em vão. O esfomeado gavião já havia levantado voo levando em suas garras um dos filhotinhos da Maricota. Observou a galinha desarvorada e passou a imaginar a dor daquela mãe com a perda de um de seus filhos, ainda tão pequenino. Francisca sentia-se extremamente sensível e chorou copiosamente. À noite, nem dormiu direito e os pesadelos vieram novamente importuná-la, mas ela sentia que se fortalecia e que aqueles sonhos horríveis não a assustavam tanto quanto nos primeiros dias.

Chegou a hora do almoço, mas nem sentiu vontade de comer. Aquilo não era bom. Chorava a todo instante e seus olhos perdiam-se na direção da estrada. Assim o dia foi passando, lento e melancólico, enquanto a saudosa esposa procurava de alguma forma ocupar seu tempo para não ficar com o pensamento fixo no esposo e em um sentimento ruim que começava a tomar conta de sua mente, de que algo ruim pudesse ter acontecido.

# VII
## Uma triste notícia

Aquele dia parecia o mais longo da vida de Francisca. O tempo parecia escoar lentamente insensível à dor da saudade da jovem esposa.

E se tivesse acontecido alguma tragédia com o esposo? E se Fernando não retornasse mais? O que faria de sua vida? Aqueles pensamentos a importunavam e ganhavam espaço torturante que não a deixavam em paz. Procurava afastar aquelas ideias infelizes, mas volta e meia via-se novamente com os mesmos pensamentos atormentados.

O sol já declinava no horizonte, e Francisca sentia que mais um dia sem notícias de Fernando seria insuportável. Sentia que a persistir mais alguns dias aquela situação, certamente, acabaria por enlouquecer. Resolveu apanhar gravetos e lenha para acender o fogo, puxou água do poço e encheu o pote de barro na cozinha e de repente veio uma feliz ideia em sua cabeça: quem sabe no final daquele dia tão triste não seria recompensada com o feliz retorno de seu amado esposo?

Assim sendo, tomada por súbita esperança saiu para o terreiro, colheu alguns legumes da horta, apanhou alguns pés de serralha e foi para a cozinha preparar um belo jantar, digno de alguém que ela esperava com tanta ansiedade por tanto tempo e que era merecedor de seu amor.

Enquanto preparava o cozido, cantarolava uma canção antiga que havia aprendido ainda criança. Distraída, terminou o jantar e só, então, percebeu que ouvia alguém que gritava a distância. Ao ouvir os gritos, sentiu seu coração pulsar descompassado, tomado pela emoção, e não se decepcionou: aquela figura que vislumbrava ao longe montado em um cavalo era impossível de não ser reconhecida. Era Fernando que acenava ao longe, depois da longa viagem. As sombras da noite já cobriam todo espaço, mas a imagem do amado tomava completamente seus sentidos e, então, ela correu ao seu encontro com o peito explodindo de tanta alegria.

Aquele encontro era tão esperado por Francisca. Beijaram-se com a paixão avassaladora dos corações apaixonados e saudosos. Tinha tanto que falar com o amado, dizer de sua saudade, expressar sua alegria e seu amor, mas as palavras eram insuficientes para traduzir todo amor que existia naquele coração.

Os dois se amaram como se amam os casais apaixonados, como se amam dois corações que pulsam na mesma sintonia do amor. Eles se amaram como se amam duas almas que se reencontram depois de longa noite de tormentas, embalados no carinho do amor verdadeiro que acalenta, conforta e aquieta um coração sofrido que até então da vida só havia experimentado dor, sofrimento e desilusão.

Acenderam o lume para iluminar o ambiente e, com sentimento incontido de felicidade Francisca queria agradar o amado, falar de sua alegria e de sua felicidade com seu retorno. Serviu o jantar que ela havia preparado, como um prenúncio de boas notícias e enquanto Fernando, que estava faminto, devorava o guisado, Francisca preparava um gostoso cafezinho, cujo cheiro rescendeu no ambiente com um aroma saboroso.

– Ah! Que saudade que estava de você, meu amor! – declarou Fernando. Ela que desejava falar tanto, emudeceu emocionada, enquanto o marido prosseguia:

– Quantas noites dormindo ao relento, sonhava com esse momento de retorno à nossa casinha, simples e modesta, mas cheia de amor! Eu sou feliz, meu amor, porque estou de volta!

Francisca chorava emocionada, enxugando discretamente suas lágrimas. "Depois da tormenta sempre vem a bonança", pensava consigo mesma. Sofreu a tortura da solidão naqueles dias de ausência do marido, mas naquele momento ele estava novamente à sua frente.

– À noite, ficava olhando as estrelas no céu e ficava imaginando que você aqui pudesse estar observando aquela mesma estrela que eu estava vendo. Sentia sua falta e mandava recado pelas estrelas!

Finalmente, Francisca conseguiu destravar a língua. Serviu o cafezinho, sentou-se ao lado do esposo e disse:

– Ah! Meu querido esposo, não tenho palavras tão bonitas para te dizer, como as que você está me dizendo, mas posso te dizer que só não morri de saudades porque sabia que você voltaria e que sua volta valeria a pena! O que me mantinha viva era a esperança de ver novamente você surgir no horizonte, como se fosse uma graça de Deus! Esperei todos os dias, contei as horas e meu pensamento esteve contigo em todos os momentos, porque não me esqueci de você um minuto sequer.

Embalados por tantas saudades, por tantas promessas de amor, o casal se beijou novamente. A noite foi curta para saciar os anseios e tantas saudades represadas naqueles corações apaixonados.

Pela madrugada, quando o galo cantou novamente anunciando mais um dia, Francisca fez menção de se levantar, mas Fernando a abraçou carinhosamente pedindo:

– Não se levante não, fique na cama. Vamos descansar até mais tarde, porque não precisamos levantar assim tão cedo. Hoje, o dia é somente para matarmos as saudades, meu amor!

Assim fizeram.

Quando se levantaram já passava das nove horas e o sol estava alto no céu. Fernando saiu para o terreiro e se admirou com as mudanças que Francisca havia promovido ao derredor. Ao lado da casa havia um belíssimo jardim com várias flores cujos botões viçosos não tardariam a desabrochar. Mais adiante, uma horta verdejante com verduras e legumes variados e o pequeno roçado onde os pés de feijão e milho se apresentavam com folhas cheias de viço.

Francisca, ao seu lado, esperava pelo comentário do esposo que não tardou:

– Você fez uma verdadeira revolução por aqui, meu amor! Além de pintar nossa casa, você ainda encontrou tempo para revolver a terra e plantar tantas coisas! Estou admirado, como conseguiu fazer tudo isso sozinha?

Ela se aproximou do marido e o abraçou pela cintura, falando baixinho sua emoção:

– Foi no trabalho que consegui me distrair, meu amado. Foi trabalhando que procurei esquecer a tristeza, a solidão e a saudade que sentia de você. Não fosse a ocupação com os afazeres, teria enlouquecido. Francisca sentiu os braços fortes do marido que a enlaçava pela cintura. Em seguida, puxou-a de encontro ao seu peito beijando-a com paixão. Era como se quisesse transmitir naquele abraço e naquele beijo a segurança de sua presença, como a dizer: serene seu coração, porque estou aqui e isso é o que importa. Todavia, Francisca observou que havia uma sombra de tristeza no semblante do esposo, que pareceu ficar pensativo por alguns instantes.

– Você está bem? – perguntou ela. – Tem alguma coisa que o incomoda?

Ele sorriu diante da sagacidade da esposa.

– Fico admirado de nos conhecermos há tão pouco tempo e você já perceber em meu semblante quando tenho alguma coisa para dizer.

O coração de Francisca deu um sobressalto.

– O que está acontecendo querido?

– Fique calma – ponderou. – Não é nada que se refira a nós.

– Então, o que é? Você me deixa desesperada, fale logo, por favor!

Fernando silenciou por alguns segundos, que para Francisca pareciam uma eternidade.

– Você se lembra dos nossos amigos Manuel e Manuela? Nossos padrinhos de casamento?

– Lógico que me lembro! Como esquecer pessoas tão amigas e queridas? O que foi, aconteceu alguma coisa ruim?

– Sim, minha querida, aconteceu. Eu tinha muita estima por aqueles amigos, mas no retorno da nossa comitiva passamos pela cidade e fui fazer uma visita a eles, quando fiquei sabendo da notícia. Nosso querido Manuel faleceu por um problema do coração.

Aquela notícia trouxe à Francisca um sentimento de perda e dor muito profunda. Havia se afeiçoado àqueles amigos tão queridos e tão atenciosos. Na realidade, encontrava-se fragilizada em seus sentimentos após tantos dias de solidão e aquela notícia abalou ainda mais o seu coração. Francisca chorou copiosamente. Suas lágrimas desciam abundantes pelo rosto e os soluços eram incontroláveis.

Fernando abraçou-a forte.

– Eu também fiquei muito triste com essa notícia, minha querida, e não fosse a saudade que sentia de você, teria ficado mais alguns dias para confortar nossa amiga Manuela.

Tentando recompor sua emoção, Francisca perguntou:

– E o que vai ser de Manuela agora? Coitada!

Antes que Fernando respondesse, ficou pensando no caso dela: "e se algum dia ficasse viúva? O que faria da vida?" Fernando era tudo para ela, sua motivação para viver, seu norte e seu apoio. Sentia que o marido era sua própria vida.

– Manuela está muito triste e abalada e tomou uma decisão: vai voltar para Portugal, porque aqui no Brasil os dois eram sozinhos e ela deseja retornar ao convívio com seus familiares que lá ficaram.

Aquela notícia entristeceu o coração de Francisca e ela resolveu ficar em silêncio. Em seguida, adentraram a casa. Enquanto Francisca preparava o almoço, Fernando cuidava do cavalo, alimentando-o e dando um bom banho de água fria. O animal relinchou feliz com o agrado do cavaleiro que lhe oferecia uma espiga de milho. Colocou ao lado da despensa os arreios e os pelegos de lã de carneiro. Passou sebo nas tralhas feitas de couro, bem como nas barrigueiras do arreio para que não ficassem enrijecidas e maltratassem o animal. Quando o almoço ficou pronto, a esposa o chamou e ele atendeu prazeroso.

— Hoje ainda estou cansado e acho que devemos tirar o dia para repousar – disse – mas amanhã quero ir até a cidade e você vai comigo. Ganhei um bom dinheiro nessa viagem e quero comprar algumas coisas para nossa casa e algumas roupas para você.

A moça sorriu satisfeita. Seria bom dar um passeio e conhecer a cidade. "Iria se distrair um pouco", pensou feliz, estampando um sorriso no rosto.

— Você tem um sorriso lindo – disse ele lisonjeiro. – Alguém já disse que você tem o sorriso mais lindo do mundo?

Ela sorriu mais uma vez desconcertada e com o rosto ruborizado. Ainda se sentia envergonhada quando Fernando a elogiava, e sem jeito respondeu:

— Você sabe que em minha vida, antes de te conhecer, jamais havia ouvido um elogio sequer.

Carinhoso, o rapaz afagou o rosto moreno da esposa.

— Pois, fique sabendo que de agora em diante você sempre irá ouvir elogios. Muitos elogios de minha parte. Pode ter certeza que serão merecidos, porque você é uma mulher maravilhosa.

No dia seguinte bem cedo, Fernando preparou o cavalo e em seguida chamou a esposa.

Francisca saiu e o marido não pôde deixar de exclamar com admiração:

– Como você está linda, meu amor!

Realmente, apenas com um vestido de chita e os cabelos penteados a moça não precisava de mais nada para exteriorizar sua beleza natural, mas que se destacava e encantava por sua simplicidade.

O rapaz montou no alazão e chamou Francisca que se aboletou na garupa. Naquele momento, ela relembrou o dia em que colocara sua vida nas mãos daquele estranho e partira em direção a um destino desconhecido. Enquanto o cavalo galopava célere pela estrada poeirenta, Francisca recordava aquele dia, que fora há tão pouco tempo, mas que à sua percepção, parecia já ter transcorrido uma eternidade. Sentia-se muito feliz e a certeza de que Fernando não era um estranho em sua vida. "Como explicar aquele sentimento?", pensava com seus botões. "Deve ser porque estava apaixonada", justificava para si mesma.

A cidade não era muito perto. Galoparam mais de hora até que chegaram a um pequeno vilarejo de ruas poeirentas onde se destacava um grande armazém, que portava uma inscrição velha e quase apagada em suas paredes: "Empório de Secos e Molhados". Apearam e Fernando amarrou o alazão em um pau transversal ancorado por estacas junto a outros cavalos amarrados à espera de seus cavaleiros.

Entraram no armazém onde as sacarias de arroz, feijão, farinha, milho e de outros cereais ficavam expostas para que os clientes pudessem examinar a mercadoria. Suspensos e pendurados em paus acima do balcão, carne seca, linguiças, toucinhos e tantas coisas que deixaram Francisca admirada com a quantidade e variedade. Em outro lado do enorme salão, enxadas, foices e apetrechos de uso na agricultura.

O movimento no estabelecimento era grande e um grupo bebia no balcão. Entre eles havia alguns que pareciam alterados pela ação da bebida, e, Francisca não se sentiu bem com a algazarra que faziam enquanto bebiam. Um dos presentes, que parecia já em estado bem avançado de embriaguez, ao ver Fernando entrar com a moça, resolveu fazer um gracejo:

– Ora! Ora! Vejam quem está por aqui hoje! Faz tempo que você não aparece para beber com os amigos, Fernando.

De forma inconveniente, aproximou-se cambaleante para dar um abraço no amigo, mas sua intenção era se aproveitar para dar um abraço em Francisca.

– Vejam só – disse com o hálito fétido da bebida – parece que nosso amigo Fernando encontrou em alguma casa de diversão na beira das estradas da vida uma rapariga muito bonita! Esperto você, hein Fernando? Aproveite bastante, meu amigo, e quando se cansar, não esqueça dos amigos! – concluiu de forma inconveniente.

Em seguida, fez menção de dar um abraço malicioso na moça que se esquivou. Francisca sentiu que faltava chão aos pés. Sentiu um frio percorrer sua espinha e seu coração ficou dolorido, parecendo que sangrava. As palavras daquele homem haviam ferido profundamente seus sentimentos e naquele momento colocou em dúvida o que realmente Fernando sentia por ela. Não conseguia imaginar que aquele amor poderia ser apenas uma mentira. "Seria possível que Fernando fosse apenas um espertalhão que surgira em sua vida e se aproveitara de sua ingenuidade e de sua fragilidade?" De repente, em uma fração de segundo seu mundo desmoronou como um castelo de cartas. Porém, não teve tempo para continuar com seus pensamentos, porque Fernando havia agarrado o bêbado pelos colarinhos com tamanha fúria e o arremessado violentamente para longe.

O homem se estatelou no chão e quando tentou se levantar, Fernando o agarrou novamente desferindo violento murro em seu rosto. A turma do "deixa disso" logo se juntou separando os brigões.

Fernando olhou para os presentes assustados com sua reação violenta e disse:

– Quero que todos saibam que essa moça, que aqui está, é minha esposa! Eu me casei com ela de papel passado porque é uma moça de boa família e muito honrada. Quero que todos tenham por ela o maior respeito porque se alguém mais ousar e proferir novo gracejo com referência à minha esposa, juro que sou capaz de acabar com a vida do sujeito!

A fisionomia do rapaz estava alterada pela raiva, e ninguém ousou comentar qualquer coisa que fosse.

– Desculpe o Alfredo, ele está bêbado e não sabia o que estava falando – comentou alguém.

Fernando voltou-se para o bêbado que continuava no chão com um filete de sangue escorrendo pelo nariz e concluiu:

– Bebida, sempre a desculpa da bebida. Vocês acham que sou bobo? Também já enchi a cara e mesmo bêbado sabia o que estava fazendo. E vocês que se consideram meus amigos peço um grande favor: respeitem minha esposa, porque ela será mãe dos meus filhos e quero que saibam que para ela exijo o maior respeito do mundo!

Ninguém comentou mais nada, todos ficaram em silêncio. Logo, o dono do estabelecimento veio ao encontro de Fernando com um sorriso simpático no rosto.

– Não se aborreça, senhor Fernando, porque esses peões são gente boa, mas abusam um pouco da bebida. Esse aí – disse se referindo a Alfredo – é um bobo alegre que bem mereceu as bofetadas e os safanões que recebeu. Pode ter certeza de que durante um bom tempo vai até parar de beber – concluiu sorridente.

Em seguida fez um gesto de simpatia para com Francisca:

– Por favor, senhora, vamos para o outro lado do estabelecimento onde minha esposa irá lhe mostrar lindos vestidos e tecidos finos para que a senhora possa costurar bonitas camisas ao Fernando.

O jeito simpático e descontraído do proprietário acalmou Fernando.

– Muito obrigado por sua atenção, meu amigo Lourenço! Há quanto tempo você me conhece e sempre respeitei seu estabelecimento. Desculpe-me pelo desacato, mas Alfredo me tirou do sério.

O proprietário sorriu apaziguador.

– Não se preocupe com isso, Fernando. Já te conheço há tantos anos e sei de sua índole de gente boa que é. Você sempre foi de minha inteira confiança e por essa razão me sinto feliz e honrado com sua presença e de sua esposa.

Francisca sentia-se melhor. Tinha certeza de que aquele fora apenas um incidente que não seria digno de registro.

– Essa é minha esposa Francisca! – apresentou Fernando. – Se eventualmente eu estiver ausente em alguma viagem e ela precisar de suprimentos, pode fornecer sem preocupação, Senhor Lourenço, marque em minha conta que na volta eu acerto tudo.

Lourenço sorriu satisfeito. Fernando sempre fora um bom cliente e cumpridor de seus compromissos. Até aquele momento sempre havia honrado suas dívidas de forma que era digno de crédito no estabelecimento.

– Muito honrado com sua visita ao nosso modesto empório, dona Francisca. Minha esposa ficará muito feliz em conhecê-la, venham!

O estabelecimento era na verdade uma casa grande, preparada especialmente para as variedades de mercadorias que eram oferecidas aos clientes. Nas portas principais, que davam entrada pela rua, estavam expostos os cereais, bebidas, carnes e linguiças que ficavam penduradas para alcançar a cura devida. Havia o balcão com grande variedade de queijos, mortadela e salame que também ficavam à disposição do público. Mais além, ferramentas e utensílios domésticos e para a lavoura. Mas, no que Lourenço havia caprichado mesmo era no compartimento mais adiante que era separado por uma divisória de madeira e vidro, de onde era possível observar roupas, calças masculinas, vestidos, calçados, além das prateleiras cheias de tecidos coloridos.

Francisca ficou com os olhos brilhantes ao ver a variedade imensa de tecidos expostos em rolos e vestidos já prontos. Dona Esmeralda, a esposa de Lourenço, era a simpatia em pessoa!

– Parabéns, Fernando, soubemos que havia se casado! As notícias correm e posso dizer que sua esposa é muito linda! – disse abraçando a moça com espontaneidade.

Em seguida, pegou-a pelo braço e a conduziu para o interior da loja. – Venha, minha querida, porque vou te mostrar tecidos lindos e maravilhosos para você costurar um bom vestido, camisas e calças para seu marido.

Francisca sentiu-se à vontade com a tagarelice e a simpatia de Esmeralda que mostrava as novidades à nova amiga e cliente, enquanto Fernando conversava com Lourenço.

– E como está a vida, meu amigo? – perguntou Lourenço.

– A vida está muito boa, mas poderia estar melhor – respondeu o peão.

– Como assim? Você está casado com uma moça linda, tem saúde e disposição para trabalhar, o que mais te falta?

Fernando ficou um pouco pensativo, para em seguida responder:

– É exatamente esse meu problema, Lourenço: sou casado e estou muito feliz!

– O que quer dizer com isso? – perguntou perplexo o amigo.

– É que antes podia viajar à vontade. Não precisava ficar preocupado. Você sabe que, às vezes, levamos boiada de um Estado a outro. São viagens longas, demoradas e cheias de desafios e perigos.

Lourenço coçou o queixo e respondeu:

— Agora estou entendendo o que está dizendo. Aquele lugar é muito longe, isolado do mundo e você se preocupa com sua esposa que fica lá sozinha.

— Isso mesmo, meu amigo — respondeu preocupado. — Não terei mais sossego nem paz mais em minhas viagens de comitiva. Fico pensando em minha esposa naquele lugar distante de tudo e na eventualidade de acontecer alguma coisa. Não terei mais sossego em minha vida, meu amigo Lourenço, nunca mais.

Lourenço complicou ainda mais a situação com uma pergunta:

— E quando vierem os filhos?

— Aí, então, terei de repensar minha vida, meu amigo! Você sabe que amo a vida de peão de boiadeiro, mas terei de mudar de vida por minha esposa e por meus filhos quando vierem.

Os dois ficaram algum tempo em silêncio. Lourenço sabia o que Fernando estava querendo dizer, porque conhecia o peão e sabia de sua paixão pelo trabalho que realizava.

— Mas ter filhos é o que mais sonho na vida! Por eles e por Francisca terei de mudar de profissão. Quem sabe sossegar minhas viagens e me tornar um pacato lavrador, cultivando a terra, plantando feijão, milho e arroz. Fico preocupado porque poderá ser uma vida muito monótona, mas acho que não tem jeito e o sacrifício valerá a pena.

# VIII
## Um grande desafio

Fernando conversava descontraído com Lourenço enquanto Esmeralda procurava entreter Francisca com as novidades que o armazém podia oferecer às mulheres.

Os empregados de Lourenço atendiam os clientes com presteza e agilidade. Eram acostumados no atendimento a tantas pessoas que lotavam o estabelecimento, que era a referência naquela pequena cidade.

De repente parou em frente ao estabelecimento um veículo imponente: era um Ford Bigode preto de onde desceu um homem elegante, idade madura, bem vestido, trajando botas cor marrom brilhantes que completavam o apuro de sua aparência.

À sua passagem todos se curvaram respeitosos. Deveria ser algum fazendeiro muito importante na região. Tinha destino certo, pois foi direto ao proprietário do estabelecimento e o

Sr. Lourenço, ao perceber a presença daquela figura imponente, foi ao seu encontro com os braços abertos:

– Doutor Mota, que prazer recebê-lo em nosso humilde estabelecimento! – cumprimentou-o com alegria.

– Ora, deixe de bobagem, Lourenço. Sabe que não sou afeito a frescuras. Além do mais, seu estabelecimento nada tem de humilde, pois é o maior e mais completo da região.

Ao ver a figura de Fernando, o fazendeiro sorriu demonstrando satisfação!

– Olha só quem está por aqui, ninguém menos que Fernando, meu peão preferido!

Fernando ficou satisfeito com as palavras do fazendeiro.

– Doutor Mota, para mim também é uma honra encontrá-lo por aqui.

– Ora Fernando, não precisa de salamaleques comigo, não precisa me chamar de doutor, porque não sou advogado e nem médico. Só os puxa-sacos é que ficam me chamando de doutor e confesso que não gosto.

Sem se dar conta pela espontaneidade, Fernando se desculpou:

– Me desculpe, Doutor Mota!

O fazendeiro sorriu.

– Você e o Lourenço podem me chamar que não irei me incomodar, sei que não são puxa-sacos. Mas só vocês – completou com um sorriso.

Todos sorriram diante do bom humor do fazendeiro.

– Mas, olha só – complementou o fazendeiro – vim aqui para fazer uma encomenda para uma próxima comitiva e acabei te encontrando, Fernando. Acho que é um momento oportuno, porque quero fazer um convite para você.

– Pode falar que estou ouvindo, Doutor Mota.

– Veja bem – disse ele pausadamente, enquanto acendia um cigarro de papel. – Acabei de comprar uma boiada com mais de mil garrotes. Fica em uma fazenda bem longe daqui, no interior de Mato Grosso.

Fez uma pausa para uma baforada e prosseguiu:

– É uma jornada longa, preciso de gente boa, peões de confiança e um ponteiro de primeira. É uma boiada valiosa, investi muito dinheiro e não quero deixar na mão de qualquer borra-botas essa grande empreitada.

Fernando já antevia o final daquela conversa. Ficou em silêncio respeitoso para que o fazendeiro concluísse seu arrazoado.

– Pois bem, Fernando, é aí que você entra. Vou precisar de seus bons serviços, como de outras vezes. Só que agora, a importância dessa tarefa é muito maior.

O peão pensou com seus botões. Havia acabado de retornar de uma grande viagem e desejava mais do que tudo permanecer alguns dias em paz, descansando e desfrutando do amor de sua esposa. Ainda não havia amainado todo seu sentimento de saudade.

Diante do silêncio do peão, o fazendeiro insistiu:

– Vou precisar muitíssimo de seus préstimos, Fernando, o que me diz?

O peão pensou um pouco antes de responder.

– Doutor Mota me perdoe, mas acho que não poderei aceitar sua honrosa oferta. Acabei de me casar, estive fora quase um mês, retornei ainda ontem de outra viagem e gostaria imensamente de ficar alguns dias em casa descansando.

Sem se abalar, o fazendeiro deu outra baforada assoprando a fumaça que se esvaia no espaço.

— Fernando, estou disposto a pagar um grande salário.

Fez outra pausa para dar mais suspense e emendou:

— Pode ter certeza que você jamais ganhou tanto dinheiro em sua vida!

— Não se trata de dinheiro, Doutor!

— Do que se trata, então? Não seria bom demais você fazer essa grande viagem, ganhar um bom dinheiro e depois descansar um mês inteiro na companhia de sua jovem esposa?

O rapaz sentia-se tentado, mas não era justo com Francisca. Mal acabara de chegar de uma viagem e partir para outra que demoraria sabe Deus lá quanto tempo!

— Não se trata apenas de dinheiro, Doutor Mota. Na verdade é que não gostaria mesmo era ter de partir imediatamente. Preciso de pelo menos uma semana para poder repousar.

O fazendeiro deu um sorriso largo! Fernando chegou onde ele desejava.

— Pois bem, peão, você tem uma semana para descansar. Depois você parte com a comitiva e não se discute mais!

O fazendeiro havia apanhado o peão na palavra. Agora não tinha mais como recuar. Meio sem jeito, estendeu a mão em sinal de que o acordo estava selado.

O fazendeiro apertou a mão de Fernando satisfeito:

— Assim é que se fala, peão. Sabia que não iria me decepcionar contigo.

Em seguida, passou uma lista de provimentos que necessitava ao dono do empório:

— Lourenço, providencie tudo que está nessa lista para que a comitiva possa seguir em frente muito bem alimentada!

E olha que esses peões comem muito! – concluiu com um sorriso brincalhão.

Antes de se retirar, o fazendeiro ainda reforçou com Fernando:

– Aguardo você daqui a sete dias na sede da fazenda, de onde irá partir a comitiva. Até lá, peão, e que Deus te abençoe! – finalizou.

Lourenço estava feliz, porque acabara de receber uma formidável encomenda de suprimentos para uma grande comitiva. O valor do faturamento seria muito bom e o fazendeiro honrava com seriedade seus compromissos financeiros.

– O dia foi bom para nós, Fernando! – disse alegremente. Só então, percebeu que o peão parecia entristecido.

– O que foi, meu amigo? Muita gente estaria muito feliz com essa oportunidade e você a teve, você foi escolhido e será muito bem remunerado. O que o entristece?

O peão olhou para a esposa que se encontrava no outro lado do empório em companhia de Esmeralda examinando tecidos coloridos.

– Está vendo a alegria de minha esposa? Ela está feliz nesse momento, porque estamos juntos! Só de pensar em deixá-la novamente por mais trinta dias meu coração sangra de dor. Minha esposa foi uma moça que sofreu muito, passou por privações e experiências difíceis na vida. Quando a encontrei foi paixão imediata que consumiu meu peito como labareda ardente, amigo Lourenço. Casei-me com ela em um momento de arrebatamento e paixão e não me arrependo em momento nenhum. Só não queria partir assim, quase que imediatamente, deixando-a mais uma vez sozinha naquele fim de mundo!

O dono do empório abraçou o amigo em sinal de respeito.

– Agora entendo o que está sentindo, meu amigo. Eu no seu lugar estaria sentindo a mesma coisa.

– Pois é, estou imaginando sua tristeza quando der a ela a notícia de que partirei novamente em uma semana.

– Ela irá compreender, meu amigo – consolou Lourenço.

– É isso que acaba comigo, meu amigo. Ela irá compreender, mas eu já imagino a tristeza que ficará estampada em seu semblante. Ela não conseguirá disfarçar e confesso que eu também não.

– Pense no lado bom de tudo isso, amigo Fernando. Você irá ganhar um bom dinheiro que irá possibilitar a você descansar bem mais na próxima viagem.

– Deus me livre, nem quero imaginar uma próxima viagem.

Ficou pensativo e emendou:

– Pelo menos por enquanto!

Em seguida, dirigiu-se à seção dos tecidos onde Francisca parecia deslumbrada com tantos tecidos, tantas cores, tantas novidades. Fernando sorriu dizendo:

– Tudo o que Francisca escolheu pode embrulhar, Esmeralda, porque hoje quero que minha esposa se sinta feliz!

A jovem sorriu diante das palavras do marido.

– Até agora não consegui escolher nada! É tanta coisa que Esmeralda me mostrou que me sinto confusa!

O rapaz a abraçou carinhosamente dizendo para a esposa de Lourenço:

– Já que minha mulher está confusa, escolha você tecidos de qualidade para que ela costure dois vestidos lindos! Quero que minha esposa esteja sempre linda quando eu tiver de partir e mais linda ainda para me receber quando eu retornar das comitivas.

Esmeralda era uma pessoa muito amiga, simpática, mas acima de tudo boa comerciante. Separou alguns cortes de tecido e apresentou:

– Senhor Fernando, esses dois cortes dariam dois vestidos lindos para sua esposa, não acha?

Realmente, o tecido era muito bonito e ao perceber que Fernando havia gostado, insistiu:

– Francisca ficará mais linda que uma princesa! Esse tecido é popeline da melhor qualidade!

Em seguida, desdobrou outro fardo de tecidos sobre o balcão, tão lindo quanto o primeiro, mas com cores mais sóbrias.

– Esse tecido também é popeline que poderia fazer um vestido para Francisca e uma camisa para você.

Fernando queria agradar a esposa de qualquer jeito:

– Você gostou dos tecidos, meu amor?

Ela estava se sentindo até meio zonza com a esperteza e a tagarelice de Esmeralda. Apenas conseguiu aquiescer com a cabeça.

– Então, está decidido, dona Esmeralda. Um corte de vestido do colorido e outro que seja suficiente para costurar um vestido e uma camisa conforme sua sugestão. Gostei da ideia!

Não havia dúvidas que a esposa de Lourenço era mesmo uma boa comerciante. Com um sorriso de satisfação pela venda, providenciou os cortes de tecidos conforme Fernando havia solicitado, fez um belo pacote e entregou nas mãos de Francisca.

Em seguida, Fernando comprou provimentos necessários para casa, incluindo linguiça defumada, toucinho defumado, pacotes de farinha de trigo e mortadela e meia dúzia de pães. Francisca adorava mortadela, e o peão estava comprando uma peça inteira para agradar a amada.

Concluídas as compras, o casal montou no alazão e galopou de retorno ao lar. Ao chegar, Fernando cortou alguns pães fazendo sanduíche com a mortadela enquanto Francisca preparava uma limonada deliciosa. Comeram os lanches felizes, rindo feito bobos tomados pela alegria da felicidade que os envolvia. Aquele lanche de pão com mortadela era mais saboroso que o mais requintado dos banquetes, e aquela cabana perdida naquele sertão no meio do nada era para eles mais aconchegante que a mais bela das mansões dos bairros mais nobres das grandes cidades.

Depois de satisfeitos, deitaram para uma merecida soneca. Fernando desejava desfrutar com a esposa o máximo de tempo que ainda tinha disponível até o início da próxima semana. Todavia, precisava reunir coragem para dizer a ela que partiria novamente. Sabia que ela entenderia, mas seu coração se angustiava só de imaginar a fisionomia de tristeza da esposa diante daquela notícia.

Não muito distante da casa, em meio ao matagal, havia um pequeno regato e por volta das 15:00 horas, quando o sol estava inclemente, Fernando convidou a esposa para juntos irem até lá se refrescarem nas águas cristalinas do riacho.

Lá se foram de mãos dadas, apaixonados, e quando chegaram Fernando tirou as botas, a camisa, arregaçou as calças e em seguida entrou na água. O lugar não era de mata fechada, mas a sombra do arvoredo permitia que o local estivesse com a temperatura bem fresca e agradável.

– Venha, meu amor, venha se refrescar porque a água está fresca e muito gostosa – convidou Fernando.

Ela parecia meio acanhada. Para entrar na água teria de levantar o vestido de forma que se sentia envergonhada.

– Não, meu amor, refresque-se você porque eu não quero. Prefiro ficar aqui na sombra da margem que para mim está muito bom.

O rapaz não insistiu, mesmo porque a água era muito rasa e o leito do riacho extremamente curto. Quanto muito a água dava pelo meio das canelas do peão. Mas, ele não perdeu a oportunidade de jogar, com as mãos, borrifadas de água na amada, que se divertia enquanto riam felizes com a brincadeira. Estimulada, ela entrou na água de roupa e tudo, molhando o vestido, o corpo e os cabelos. Riram feito duas crianças brincando na diversão predileta.

Os corações apaixonados são assim mesmo. Não precisam de motivos para sorrir, porque qualquer coisa faz com que os corações que amam pulsem felizes, o rosto se ilumine de felicidade e a fisionomia irradie alegria de modo que tudo pareça perfeito. Não existe pecado para aqueles que amam, uma vez que o sentimento é verdadeiro, genuíno e tudo mais perde a importância diante de um simples olhar, de um sorriso e de um beijo apaixonado.

O verdadeiro amor é puro, é inocente e não tem maldade.

Quando dois corações pulsam na mesma sintonia, o universo se harmoniza, a natureza se engalana, os pássaros cantam, a luz do sol brilha intensa iluminando os dias dos apaixonados e tudo se torna lindo, belo e maravilhoso.

Aqueles que se amam não temem o futuro, não sentem temor dos desafios, não se amedrontam diante dos obstáculos, porque juntos se fortalecem e unidos no sentimento do amor vencerão todos os obstáculos enquanto seus corações pulsarem na mesma sintonia.

Amor é vida, é energia, é alegria, é paz e é felicidade. Por essa razão, os que amam não temem nada e confiam no futuro, pois o presente lhes sorri.

Francisca e Fernando estavam apaixonados, amavam-se intensamente porque haviam descoberto no amor a simplicidade da vida. Seus corações pulsavam na sintonia da alegria, da simplicidade sem as preocupações do amanhã.

O dia sorria para eles, os pássaros entoavam cânticos e melodias, enquanto as flores desabrochavam para enfeitar aqueles momentos de paz e amor.

Assim é a vida! Viver cada momento com intensidade e alegria no coração, porque não sabemos o que nos reserva o amanhã! Porque o amanhã, a Deus pertence!

# IX
## SONHOS E ESPERANÇA

Nos dias seguintes, sempre acordavam felizes! Era assim mesmo, cada dia parecia mais lindo que o anterior. Acordavam com o canto dos galos e ela se levantava para preparar o café e depois levava na cama para o marido.

Naquele dia, ele tomou o café sossegadamente, beijou-a e em seguida abraçou-a forte puxando-a para a cama.

– Vamos ficar deitados mais um pouco, minha esposa – disse ele apaixonado. – Não temos nada importante para fazer hoje a não ser nos amar!

Ela aquiesceu de bom grado, com um sorriso de felicidade.

Francisca não desejava outra vida. Não importava se a casa era simples, longe de tudo, o que importava é que ela se sentia feliz e tinha tudo aquilo que desejava. Um marido amoroso que ela amava intensamente.

Jamais havia imaginado que a vida lhe reservaria momentos de tanta felicidade, tinha até medo de pensar que aquilo tudo pudesse ser apenas um sonho e que de repente pudesse despertar para a dura realidade da vida que tão bem conhecia.

Durante o almoço naquele dia, Fernando deixou-a preocupada, quando disse com a fisionomia séria:

– Francisca, preciso te dizer uma coisa.

O coração da moça pulsou descompassado e sua mão tremeu. Teve naquele instante um pressentimento ruim. Com a voz embargada e os olhos cheios de lágrimas balbuciou:

– Fale, meu marido! Do que se trata? Algum segredo que escondeu de mim?

Ele suspirou fundo e disse:

– Não se trata de nenhum segredo, mas uma notícia que não gostaria de te dar.

Com o coração apreensivo e com os olhos cheios de lágrimas Francisca quase não teve forças para perguntar do que se tratava.

– É que segunda-feira terei de viajar novamente!

Ela não disse nada, levantou-se atordoada e se segurou no batente da porta para não cair. As lágrimas desciam abundantes de seus olhos e seu peito soluçava.

Penalizado, Fernando abraçou-a forte, tentando de alguma forma amenizar o sofrimento da esposa. Ele sabia que ela não estava esperando por aquela notícia, pelo menos não tão cedo assim.

– Você mal chegou de uma viagem! – soluçou.

– É o meu ganha-pão, meu amor! Eu também estou muito triste, mas tenho de ir, afinal de contas, essa viagem vai render um bom dinheiro que vai permitir que eu possa ficar em casa mais tempo!

Francisca sofria intimamente, por sua insegurança, pela saudade que sabia, iria sentir, pela solidão daquele lugar distante de tudo. Com a presença do marido era um paraíso, mas sozinha, aquelas paragens se transformavam em um tormento sem fim. Entretanto, sabia que na condição de esposa tinha de ser forte mesmo sofrendo, sua obrigação era apoiar o marido. Enxugou os olhos, suspirou fundo, olhou firme nos olhos do esposo e disse com determinação, procurando demonstrar alguma segurança que estava longe de sentir:

– Vá, meu amor! Não se preocupe, vá sem preocupação porque ficarei bem! Fique tranquilo. Irei sentir muitas saudades, mas quando você voltar, será muito bom, porque iremos nos amar muito novamente!

Fernando jamais suspeitaria que aquela segurança toda fosse apenas aparência. Diante das palavras da esposa, pronunciadas com tamanha determinação, tirou um peso de sua consciência. Abraçou-a de encontro ao peito e a beijou com paixão, enquanto acariciava seus cabelos.

– Obrigado por me compreender e me apoiar, meu amor! Era isso que eu realmente esperava de você. Na verdade, estou preocupado, uma vez que essa viagem será bem mais longa que as anteriores.

Intimamente, o coração de Francisca chorava, seu peito soluçava. Entretanto, apenas Deus sabia o que se passava em sua alma. No entanto, as últimas palavras de Fernando deixaram-na mais apreensiva quando ele mencionara que "aquela viagem seria bem mais longa que as anteriores". Porém, procurou disfarçar e sorrir.

– Sou sua esposa e minha vontade é que nunca mais você tivesse de viajar, para que pudéssemos ficar aqui juntos, mas sei que precisa ganhar dinheiro, que sua profissão é ser peão, e tem de viajar nas comitivas. Eu até pensei que não sabia orar, mas nesses dias que fiquei sozinha, senti que Deus estava comigo e até recordei algumas orações que aprendi em minha infância com minha mãezinha. Vou ficar orando por você, esperando sua volta com muito amor guardado aqui no fundo do meu coração – concluiu Francisca.

Aquela noite foi a despedida. Eles quase não dormiram e Francisca, quando dormiu, teve pesadelos acordando sobressaltada. Abraçou o corpo adormecido do esposo sentindo segurança e pôs-se a pensar nas noites que acordaria e não o teria a seu lado. Chorou silenciosamente para não perturbar o esposo.

No dia seguinte, antes da partida, sentiu que iria fraquejar. Desejou pedir, rogar e implorar que não fosse. Que ficasse com ela porque juntos poderiam trabalhar na lavoura, cultivar, colher e vender no povoado. Viveriam assim, de maneira muito simples, sem necessidade de ficar viajando para ganhar a vida.

Quando ele a abraçou para se despedir, não conseguiu conter as lágrimas que desceram abundantes de seus olhos. Fernando carinhosamente enxugou seu rosto e a beijou com carinho. Deu um último abraço apertado, montou no alazão e foi embora.

Como da vez anterior, Francisca ficou apalermada no meio do terreiro vendo a figura do amado desaparecer na distância da linha do horizonte. Ficou ainda por longo tempo parada imaginando que lá, bem distante, além do horizonte onde a terra parece encontrar o céu, estaria seu amado pensando nela a todo instante.

E tinha razão. Fernando galopava para frente, mas seu pensamento havia ficado com a imagem de sua esposa chorando, acenando para ele. Estivesse onde estivesse a lembrança da esposa amada estaria sempre ocupando seus pensamentos.

Passada uma semana e, a exemplo da vez anterior, Francisca procurou ocupar seu tempo com alguma atividade. Preparou uma boa enxada, amolou-a devidamente e capinou as ervas daninhas que ameaçavam a horta e o roçado onde havia plantado o feijão e o milho.

Havia chovido bastante naqueles dias e as plantas estavam verdejantes, crescendo a olhos vistos. Já imaginava o milho dando espigas permitindo que ela pudesse colher para fazer guloseimas que tanto gostava.

Cuidava das galinhas e constantemente procurava ovos pelos ninhos deixando sempre meia dúzia para que pudessem ser chocados e gerar novos filhotinhos, pois ela gostava de observar a graça da mãe e dos pequenos filhotes se alimentando de minhocas e pequenos insetos.

Aquilo tudo era uma distração para passar os dias. Trabalhar, cuidar das galinhas e espantar os gaviões, de forma que o tempo corria rápido, porque quando chegava a noite, era um tormento, pois parecia que o tempo parava. Procurava se distrair fazendo alguns bordados nos panos de prato que havia comprado. Era sua única distração. Depois de cansada, apagava a chama da lamparina e se recolhia ao leito. Entretanto, era só se deitar que parecia que o sono ia embora.

Ouvia lá fora o canto do curiango, o pio agourento da coruja e o barulho de algum bicho noturno na mata. Poderia ser cachorro do mato ou raposa que normalmente vinha para comer ovos nos ninhos.

Já havia se acostumado com os bichos e não dava mais tanta importância. Na verdade, o que ela tinha mesmo era receio de que qualquer hora aparecesse algum malfeitor por aquelas paragens. Preocupada, ela sempre deixava um facão bem afiado ao lado da cama e um belo porrete ao lado do batente da porta para alguma eventual necessidade.

Francisca, talvez forçada pelo medo, talvez motivada pela saudade do marido, adotou no hábito da oração o recurso que parecia fazer seu coração sentir-se mais sereno. Fazia sua oração de forma muito singela, mas com muita fé, pedindo a Deus que protegesse Fernando, onde estivesse. Às vezes, em suas orações chegava às lágrimas. Notou que algum tempo após ter iniciado a rotina das preces os pesadelos pouco a pouco desapareciam, e ela passou a dormir melhor, acordando no dia seguinte bem mais disposta.

Após duas semanas transcorridas da partida de Fernando, Francisca começou a sentir algumas tonturas, enjoos e mal-estar. No início não deu importância, atribuindo o mal-estar ao esforço em demasia no trabalho do roçado, ou, às vezes, pelo calor excessivo das tardes, quando a temperatura ficava extremamente elevada.

Nesses momentos, entrava em casa, tomava um pouco de água fresca, deitava-se um pouco e melhorava. Depois, retornava ao trabalho, procurando não se expor em demasia ao sol inclemente. Porém, como aquela sensação se prolongava, recordou sua primeira e infeliz gravidez. Sentiu um arrepio percorrer sua espinha, uma sensação de insegurança, de medo, de desamparo.

"Estaria grávida novamente?" – sentou-se à mesa da sala, colocou o rosto sob as mãos e chorou copiosamente. "Meu Deus! Que será de mim?" – perguntava a si mesma.

Mas, logo novo pensamento pareceu tomar conta de sua mente, como se alguém estivesse sussurrando em seus ouvidos:

– Calma, minha filha, porque agora é diferente! Os filhos que vierem são frutos de muito amor e terão um pai amoroso para auxiliá-los!

Surpreendeu-se com aquele pensamento feliz, porque de imediato sentiu sensação de alívio, como se alguém tivesse tirado de seu peito enorme peso que até sufocava sua respiração.

"Sim, agora é diferente! Os filhos que virão, terão um pai amoroso, fruto de um amor verdadeiro, de um marido que eu amo!", Francisca pensou.

"Sim, deveria estar grávida, mas não deveria sentir nenhum temor!" Na verdade, era um acontecimento feliz e imaginou a fisionomia de Fernando quando retornasse da viagem e recebesse de sua boca a notícia que seria pai. Como ele reagiria? Certamente, ficaria muito feliz, iria abraçá-la e a beijaria em transportes de alegria. Sorriu com aquela ideia, de como faria para dar aquela notícia tão feliz ao marido! Teria de se preparar, escolher as palavras e abraçar muito seu amado esposo.

Aquela foi uma motivação a mais para os dias que se seguiram. Francisca tinha certeza que estava grávida e acariciava a todo instante seu ventre, pensando que lá em suas entranhas havia uma pequena sementinha germinando e crescendo. Aquela sementinha era um filho que viria e certamente seria muito amado.

Transcorrido mais de um mês e Francisca percebia seu corpo se modificar gradativamente. Sua barriga já transparecia um pequeno volume e ela se sentia mais sensível, diferente e emocionada. Chorava por qualquer coisa e se emocionava até as entranhas apenas imaginando que em breve estaria segurando um filho em seus braços. Os sentimentos de saudades misturavam-se com sentimentos de alegria e esperança. Sentia-se encorajada, pois sentia a presença de um filho que embora ainda não tivesse nascido, estava lá juntinho dela em seu ventre. Sabia, a partir de então, que nunca mais estaria sozinha novamente.

# X
## NAS MÃOS DE DEUS

Dois meses transcorreram e a longa espera de Francisca tornara-se angustiante. Pensamentos desconexos vinham em sua mente juntamente com uma sensação de que algo ruim pudesse ter acontecido.

Todavia, nos momentos de mais desespero recordava que Fernando havia dito que aquela viagem seria muito mais demorada que as anteriores e com isso se aquietava. Ficava sempre à tarde olhando na direção da estrada, na expectativa de que a qualquer momento pudesse avistar a figura de seu amado retornando ao lar. Esse pensamento sempre renovava suas esperanças.

Mas os dias foram se sucedendo e nada...

Três meses se passaram sem nenhuma notícia de Fernando, aumentando cada vez mais o desespero que tomava conta de seu coração. Seu abdome já estava bem saliente e o único consolo daquela pobre criatura era pensar que em seu ventre carregava a semente de um amor tão verdadeiro, que ela jamais havia sentido antes em sua vida. Entretanto, em seu pensamento, ainda havia uma réstia de esperança, imaginando que a viagem realmente deveria estar sendo mais demorada que haviam inicialmente imaginado, possivelmente ocasionada por algum imprevisto e assim, dividida entre o desalento e a esperança, Francisca procurara ocupar seu tempo trabalhando para encontrar alguma distração no serviço.

O milharal já estava repleto de espigas, com seus cabelos coloridos pareciam bonecas de vitrine que Francisca sempre desejara e jamais tivera em sua infância. O feijão estava igualmente maduro, quase pronto para ser colhido, e as ninhadas das galinhas haviam enchido o terreiro com novos frangos.

Sabendo que estava grávida, começou a tomar alguns cuidados, evitando trabalhar no roçado em horário em que o sol estava mais forte, procurando alguns afazeres domésticos mais suaves. Em certo final de tarde, quando a temperatura se fez mais amena, resolveu apanhar algumas espigas de milho que estavam mais sazonadas, pensando em fazer um bolo gostoso. "Quem sabe no dia seguinte Fernando chegaria e eles poderiam juntos saborear o bolo?"

Foi alimentando essa ideia que ela se entreteu à noite, descascando as espigas, limpando e depois passando pelo ralador. Dessa forma, tinha planos para o dia seguinte, pois assaria o bolo no forno de barro, e para tanto precisaria apanhar lenha e alguns gravetos.

No dia imediato, acordou cedo se levantando animada, pois queria deixar o bolo pronto, caso Fernando retornasse.

Dessa forma, tomou todas as providências, acendeu o fogo no forno e depois de quente limpou-o com alecrim do campo que rescendia seu perfume diante do calor exalado. Em seguida colocou o bolo para assar.

Algum tempo depois, era possível sentir ao longe o aroma saboroso que exalava do bolo assado. Rapidamente, tirou-o do forno e o levou para a mesa, deixando-o pronto para ser servido. Sentiu certo desalento, porque não tinha coragem de comer o bolo sem a presença de seu esposo. Desanimada, sentou-se à soleira da porta olhando ao longe na direção da estrada. Sentindo-se triste, só, esquecida e abandonada, começou a chorar em desalento.

"Meu Deus, dizia em pensamento, o Senhor se esqueceu de mim? O que fiz nessa vida para merecer tanto sofrimento, desde minha infortunada infância?"

Em seu íntimo, Francisca dialogava com Deus e parecia ouvir uma voz reconfortante no interior de sua alma.

"Será que aconteceu alguma coisa ruim com Fernando?" – perguntava para si mesma.

Abaixou a cabeça e chorou, só de imaginar que se tivesse acontecido algo ruim, ela jamais veria novamente aquele sorriso aberto e aquele rosto lindo de seu amado esposo.

"Me auxilie, meu Deus! Mande-me um sinal que não estou sozinha e que o Senhor não me abandonou."

De repente, Francisca teve um estremecimento, porque dentro de seu ventre sentiu um movimento diferente que ela jamais havia sentido antes. Aquilo trouxe-lhe momentaneamente um sentimento, uma sensação de alegria. "Teria sido o sinal que havia pedido a Deus?"

Logo em seguida, um beija-flor veio bem pertinho dela, esvoaçante, e pairou no ar diante de seu rosto. Ficou assim por uma fração de segundo partindo rápido feito uma bala.

O casal de João-de-barro, que estava construindo uma casinha na árvore bem em frente, entoou em uníssono o canto característico de comemoração e alegria pela vida. Ato contínuo, o bem-te-vi saudou o dia com seu canto alegre, como que se estivesse se dirigindo a ela:

– Bem-te-vi! – repetiu seu canto várias vezes!

Depois, foi a vez do sabiá entoar seu cântico de saudação no alto da laranjeira.

Parecia que toda natureza estava naquele instante manifestando a vontade de Deus, como um sinal à infortunada esposa, que já havia perdido a esperança no retorno do marido.

Ela, por sua vez, sorriu, imaginando em seus pensamentos que Deus não a havia desamparado e que enviara sinais de que Ele estava presente em tudo e vigiava por ela. Compreendeu que deveria ter um pouco mais de paciência.

No dia seguinte, o calor estava mais intenso, o sol estava insuportável de forma que Francisca manteve-se quase o dia inteiro recolhida. No íntimo, sentia que uma energia diferente a envolvia. Não se sentia mais tão triste nem ansiosa. Chegara à conclusão de que deveria deixar tudo nas mãos de Deus e confiar no Pai. Ele sabia o que estava fazendo.

Quando chegou a noite a escuridão tomou conta de todo espaço. Era quarto minguante e a lua ainda demoraria para se levantar no horizonte, porque estava em sua fase reduzida, até chegar na lua nova. Todavia, o céu destacava as luzes das estrelas e a Via Láctea parecia uma gaze leitosa cravejada de diamantes refulgentes, que tremeluziam a distância. Francisca ficou no terreiro por alguns instantes admirando a beleza das estrelas na imensidão do infinito.

"Deus é grande, pensou consigo mesma, admirada com a beleza que descortinava à sua vista."

A jovem esposa ficou a imaginar que em algum lugar, onde estivesse, Fernando naquele mesmo instante estaria olhando as mesmas estrelas que ela olhava naquele momento. Bateu um sentimento de saudade do esposo e ela começou a chorar, entrando imediatamente para o recinto doméstico.

Quatro meses haviam transcorrido e embora a saudade fosse grande, Francisca parecia mais conformada. Suas orações, suas conversas silenciosas com Deus lhe faziam bem. Em pensamento imaginava: "Se Fernando estiver vivo, uma hora dessas ele aparece. E se tiver acontecido alguma coisa mais grave, certamente alguém virá para dar notícias."

E assim, ela tocava seus dias, na esperança de que a qualquer momento receberia alguma notícia, boa ou ruim. Deveria estar preparada para tudo.

Francisca estava no quinto mês de gestação, desde a partida de Fernando, quando em uma tarde calorosa, em que o sol já descia na direção do poente, observou, ao longe, a figura de um cavaleiro que vinha em direção a casa. Seu coração bateu descompassado como que querendo sair pela boca. "Meu Deus, seria Fernando que estava voltando?"

Não era.

Francisca reconheceria a figura inconfundível do amado a quilômetros de distância e aquele cavaleiro não era seu marido. Esperou pacientemente que o visitante se aproximasse e quando ele chegou à porta da casa, cumprimentou-a educadamente:

– Boa tarde, minha senhora! É com dona Francisca que estou falando?

– Boa tarde! Sim, sou eu mesma, Francisca, esposa de Fernando!

O estranho parecia ser de boa índole, mas era bom deixar claro que era casada e quem era seu marido.

O estranho pigarreou, como que querendo ganhar tempo para dar uma notícia não muito boa.

– Venho de longe para trazer notícias exatamente de seu marido, o Sr. Fernando!

Francisca parecia antever a notícia daquele estranho, então, apoiou-se no cabo de uma enxada que segurava para não cair. Sentiu que tudo rodava ao seu redor, sua vista escureceu, mas procurou demonstrar firmeza ao perguntar:

– Se o senhor veio trazer notícias de meu marido, que fale logo! Fale tudo sem rodeios porque estou preparada para ouvir o que o senhor tem a me dizer.

O estranho pigarreou mais uma vez, olhou penalizado para a fisionomia de Francisca, cujos olhos estavam marejados de lágrimas que não chegavam a cair.

# XI

## A VIAGEM

O cavaleiro pigarreou mais uma vez tentando ganhar coragem para ele mesmo, quando Francisca insistiu de forma resoluta:

– Fale logo o que tem a dizer, senhor, porque não tenho tempo para ficar aqui nessa angústia. Diga logo, pois não adianta ficar adiando a verdade. Veio trazer a notícia da morte de meu marido, é isso? – perguntou com a fisionomia contraída pela agonia da dor.

Aquele homem poderia ser um peão duro na lida, acostumado às duras lutas da vida, que derrubava o animal, feria, matava e tirara o couro, separava a carne e os ossos. Um homem acostumado à crueza e à dureza do trabalho em que o peão, para sobreviver, tinha de muitas vezes ser duro de coração e insensível de sentimento. Mas, diante daquela mulher frágil ele não conseguiu proferir uma palavra sequer. Tirou seu chapéu, abaixou a cabeça e soluçou.

— Não precisa dizer mais nada, meu senhor, sua atitude já me disse tudo! Fernando está morto, não é mesmo?

A voz de Francisca estava embargada pela emoção enquanto as lágrimas banhavam seu rosto. Naquele momento, seu mundo, seus sonhos, suas esperanças desabavam como um monte de folhas secas sopradas pela fúria dos ventos! Fernando havia morrido e nunca mais ela veria novamente aquele rosto rude, mas bondoso, aquele sorriso largo e aqueles olhos cheios de brilho e amor que ela sentira nos últimos dias em que estiveram juntos!

O homem criou coragem e com a voz rouca confirmou as apreensões de Francisca.

— Sim, minha senhora, meus mais profundos sentimentos. Eu era muito amigo de Fernando e ele só falava na senhora! Como ele a amava!

Sentada em um pequeno banco de madeira, no meio do terreiro, Francisca soluçava alheia a tudo. Ouvia apenas a voz do peão que continuava seu relato:

— Foi uma viagem longa! Atravessamos o pantanal e Fernando era o ponteiro. Meu nome é Deolindo e sempre seguia a comitiva ao lado de seu marido, para facilitar a travessia da boiada nos lugares mais perigosos. Fernando confiava muito em meu trabalho e às noites, enquanto o gado descansava, acendia-se a fogueira e Fernando estendia seu "pelego" de pura lã de carneiro e se cobria com a manta para se proteger do sereno da noite um pouco distante dos demais peões da comitiva. Eu também preparava minha cama improvisada ao lado do amigo e ficávamos horas conversando. Ele falava muito da senhora! Ele a amava de verdade e toda noite ficava observando as estrelas que brilhavam no alto do céu pensando que aquelas estrelas estavam vigiando sua amada, que se encontrava tão distante daquele lugar.

Francisca ouvia a voz do peão enfeitando seus pensamentos com a figura do amado, tecendo imagens em sua mente de acordo com a narrativa de Deolindo, que prosseguia:

– Quantas vezes ele me dizia: "Deolindo, essa vida é muito ingrata e se nessa jornada alguma coisa ruim acontecer comigo, você é o amigo que confio para levar a notícia à minha esposa."

– Eu brincava com ele: "Para com essa conversa peão, o que é isso? Quando terminar essa viagem você vai encontrar sua esposa e serão muito felizes juntos".

Deolindo fez uma pausa, para logo prosseguir:

"É o que mais desejo, que essa viagem termine logo porque não vejo a hora de encontrar minha doce Francisca!" – Fernando dizia isso e sorria olhando para o céu! Ocorre que quando terminamos nossa empreitada e entregamos a boiada em seu destino, o patrão nos chamou e nos convocou para uma nova viagem. Fernando não queria aceitar, mas os argumentos do patrão foram convincentes: "Essa viagem não é tão longa, vocês já estão no meio do caminho e a recompensa é muito boa: vinte e cinco contos de réis!"

– Realmente era muito dinheiro. E o trajeto não era muito distante como da viagem anterior e dessa forma, valeria a pena. Fernando chamou-me do lado e disse: "Deolindo, vamos fazer essa viagem e com o dinheiro da empreitada eu pretendo me aposentar da vida de peão! Esse dinheiro, juntamente com o que ganhei nessa última viagem vão me permitir viver uma vida sossegada ao lado de minha doce Francisca. Vou mudar de vida cultivando a terra, plantando, colhendo e procurando viver uma vida tranquila que sempre pedi a Deus. Estou morrendo de saudades, mas o sacrifício vale a pena! Aguento mais um mês nessa lida e depois volto de uma vez para nunca mais viajar em comitivas pelo resto de minha vida!"

– Lembro-me que os olhos de Fernando brilharam. Ele fazia planos de levar uma vida pacata ao lado da esposa e dos filhos que sonhava um dia ter.

"Só tem uma condição", disse ele ao patrão.

– O patrão gostava de decidir tudo sem rodeios. Perguntou: "E qual é a condição?"

"Que Deolindo seja meu auxiliar direto nessa comitiva!"

– O patrão sequer piscou, respondendo de pronto: "Está combinado! Você é o chefe da comitiva e contrata quem quiser para essa viagem".

– Aquela noite quase não dormimos. Fernando estava cheio de planos para o futuro.

"Sabe Deolindo, minha esposa é muito linda, mas acima de tudo muito trabalhadora. Imagina que em minha última viagem ela pintou a casa dando uma demão de cal, construiu um forno de barro onde ela faz um pão e bolos deliciosos, plantou uma horta ao lado da casa, plantou milho e feijão nos terrenos próximos e ainda cuida das galinhas no terreiro".

– Estávamos deitados no gramado, como de costume, porque o calor era intenso e gostávamos de dormir ao relento olhando o céu e as estrelas.

"Mas eu amo Francisca não apenas por sua beleza, por sua dedicação, por seu esforço no trabalho. Eu a amo porque sinto alguma coisa diferente em meu coração, como se já a conhecesse de outras vidas".

– Eu ainda brinquei com Fernando. Outras vidas? Temos apenas uma vida, morreu acabou! Você vai pedir bênção para São Pedro, ou bater na porta do capeta!

Fernando sorriu com a bobagem que falei.

"É engraçado porque não tenho outra explicação. Como podemos amar tanto uma pessoa de uma hora para outra? Qual a vi pela primeira vez, seus olhos falaram muito ao meu coração. Senti que era uma moça desamparada e eu tinha obrigação de cuidar dela. Eu a amei desde o primeiro instante e a cada dia que passa a amo mais ainda. Só posso entender que se não existem outras vidas, Deus a enviou especialmente para enfeitar minha vida".

– Fui obrigado a concordar com o amigo. Se não existem outras vidas, Deus deve mesmo ter enviado para você de encomenda.

"Pode ter certeza, Deolindo: Francisca foi um presente que Deus me enviou."

– Conversamos até altas horas. Fernando sonhava em ter dois filhos. Queria ensinar os filhos a montar, a correr pelos campos, a brincar no riacho e tantos outros sonhos mais. No dia seguinte acordamos cedo. O sol tingia o horizonte de vermelho e o orvalho molhava a barra de nossas calças quando montamos em nossos cavalos e seguimos em frente.

– Demoramos mais de uma semana para chegar ao local onde se encontrava a boiada. Havíamos atravessado a fronteira de São Paulo com Mato Grosso até o pantanal.

– Na cidade próxima à fazenda, Fernando contratou os peões que iriam compor a comitiva e no dia seguinte estávamos reunindo o gado para o início da viagem. As estradas pantaneiras eram perigosas e empoeiradas, mas nossa experiência era muito boa de forma que nos primeiros dias a viagem correu tranquila.

– Havia um trecho perigoso à frente e Fernando sabia muito bem dos riscos daquele terreno. Chamou-me ao seu lado pedindo que lhe desse cobertura para evitar que os primeiros garrotes se desgarrassem e provocassem descontrole no restante da boiada. Esse é o grande segredo, fazer com que os primeiros sejam bem tangidos porque os demais seguem os bois da frente.

– Aquele dia será inesquecível em minha memória. No céu havia uma densa formação de nuvens escuras e os raios cortavam o espaço trazendo o estrondo dos trovões, prenunciando mau tempo.

"Vamos nos apressar para ver se conseguimos passar por essa região antes da chuva", alertou Fernando, repicando o berrante.

– O gado parecia arredio e meio esbaforido cada vez que um raio riscava o ar. Talvez o melhor fosse ter parado naquele instante, mas já tínhamos enfrentado antes tantas tempestades e tudo havia corrido bem de forma que tocamos em frente.

– Quando chegamos no pior trecho, começou a chover torrencialmente. As barrancas da estrada eram elevadas, ladeadas por árvores de grande porte. Em determinado momento, um raio explodiu, derrubando uma das árvores em cima da boiada que, assustada, estourou. O espaço na estrada era pequeno para conter a fúria tresloucada dos animais assustados em disparada. Algumas reses subiram pela encosta da barranca desmoronando o terreno, o que tornou a situação ainda mais perigosa. Não havia mais controle sobre os animais desatinados que se espalhavam pela capoeira enquanto a chuva caia inclemente.

– Foi a última vez que vi a figura de Fernando. Montado em seu cavalo desapareceu pela capoeira adentro na tentativa de controlar os bois estourados que corriam a esmo. Depois de algumas horas a chuva passou e finalmente conseguimos controlar as reses. Fernando não havia retornado de forma que assumi o controle com o berrante repicando, e os peões treinados fazendo um trabalho hercúleo para acalmar a boiada.

– Todos nós estávamos muito preocupados. A ausência do líder não era um fato comum, uma vez que Fernando era um peão conhecido e respeitado por sua grande experiência na lida.

– Deve estar ainda atrás de alguma rês desgarrada, daqui a pouco ele aparece com a danada amarrada na chincha. Um estranho pressentimento tomou conta do meu coração. Alguma coisa não estava certa de forma que orientei o pessoal para que pernoitássemos por ali mesmo e me dirigi na direção onde vira Fernando pela última vez. Segui em frente, passei por algumas barrocas e uma capoeira mais fechada. De repente vi à frente um descampado onde havia uma grande vala e o cavalo de Fernando pastando mais adiante. Aquilo era muito estranho.

– Aproximei-me com o coração apertado, temendo que alguma coisa ruim houvesse acontecido. Minhas apreensões se confirmaram, porque quando cheguei mais perto verifiquei que havia um corpo no fundo da vala, que não era muito profunda. Gritei por seu nome e percebi um leve movimento do braço. Aquilo me trouxe um pouco de esperança de forma de apeei rápido do cavalo descendo até o fundo da vala.

– Fernando estava muito ferido. Respirava com dificuldade e naquele momento teve um acesso de tosse expelindo uma golfada de sangue pela boca, enquanto corria um pequeno filete pelo nariz. Tive o pressentimento que aquilo não era bom sinal. Levantei sua cabeça e apoiei em meu braço e ao identificar minha presença com os olhos mortiços, ainda conseguiu sorrir, mas era um sorriso triste e dolorido.

– Fez um sinal para que eu aproximasse meus ouvidos de sua boca, porque queria me dizer alguma coisa e com um sussurro quase imperceptível disse: "Deolindo, sei que estou morrendo, mas não posso ir para a outra vida sem que você faça minha última vontade".

– Eu ainda tentei animá-lo dizendo que escaparia dessa e que iríamos ainda rir muito e contar histórias juntos, mas ele me disse sério: "Por favor, meu amigo, não precisa me animar porque meu tempo é pouco. Não sinto as pernas nem os braços e um frio intenso invade meu corpo. Já não vejo mais nada, apenas a escuridão à minha volta. Não tenho tempo, então preste atenção".

– Tossiu mais uma vez e nova golfada de sangue escorreu por sua boca. Aquiesci para facilitar e poupar meu amigo, porque percebi que Fernando fazia um tremendo esforço para reunir o último sopro de energia que lhe restava para me transmitir algo que para ele, naquele momento que sentia estar no limiar da morte, era de suma importância. Então, com a voz apagada, ele me disse: "Diga a Francisca que ela é o amor de minha vida, que eu a amei como jamais amei qualquer outra mulher nessa vida!"

– Fernando estava emocionado, talvez por prever que jamais veria novamente aquela pessoa que ele amava tanto. De seus olhos mortiços, já quase sem vida, duas lágrimas rolaram por sua face. Ele prosseguiu: "Que pena que não atendi à sua vontade, porque ela não queria que eu fizesse essa viagem! Devia ter ficado ao seu lado, mas agora é tarde! Procure em meu arreio que do lado esquerdo tem um bolso disfarçado onde guardo a importância de vinte contos de réis. Com o dinheiro dessa viagem deixe tudo com Francisca para que ela possa ter algum recurso para sobreviver".

– Fernando estava ofegante e quase não conseguia mais falar. Peguei um pouco de água do cantil e coloquei em sua boca, mas foi em vão. Ele fechou os olhos e por instantes achei que seria seu último suspiro, mas de repente ele abriu os olhos parecendo ter recuperado um pouco de energia. Olhou fixo em meus olhos e disse: "Por favor, Deolindo, jure que irá levar esse dinheiro para Francisca. Diga a ela que jamais a esquecerei e que se Deus existe e é bom, certamente Ele vai me levar para algum lugar de onde eu estarei sempre olhando por ela".

– Dizendo isso, sua cabeça pendeu e percebi que ainda dizia alguma coisa. Encostei meus ouvidos em seus lábios e pude perceber em um sopro quase imperceptível sua voz que dizia: "Francisca, eu te amo e sempre te amarei! Meu amor..."

– Foram suas últimas palavras. Ainda tentei reanimá-lo, mas Fernando já havia transposto o portal para a outra vida. Confesso que chorei muito e foi com o rosto banhado em lágrimas que levantei o corpo de Fernando. Foi com grande esforço que o tirei da vala e o coloquei sob o lombo do meu cavalo voltando para o acampamento.

– Os peões ficaram consternados porque Fernando era um peão muito conhecido e querido por todos. A noite já havia descido de forma que velamos seu corpo ao lado de uma fogueira. Alguns peões fizeram oração para Nossa Senhora de Aparecida, outros pediram intercessão de Nossa Senhora das Graças, outro pediu que Jesus o amparasse durante a noite toda, ninguém pregou o olho. No dia seguinte, chegamos a um povoado à beira da estrada e procuramos o padre, mas a cidade era muito pequena e o único padre vinha de uma cidade distante, de vez em quando, para rezar a missa.

– Um senhor que era encarregado da limpeza da igreja se dispôs a abrir a capela e fez uma oração antes de enterrarmos o corpo no cemitério daquela cidade. Completamos a viagem, mas foi a viagem mais triste de minha vida. Por onde passávamos que as pessoas sabiam da morte de Fernando todos se comoviam. Seu marido era uma pessoa admirada por todos, senhora! O patrão no final da viagem pagou o que foi combinado, paguei os demais peões, tirei minha parte e juntei com o dinheiro que Fernando havia guardado no arreio de seu cavalo e hoje, cumprindo uma promessa feita a meu amigo, estou aqui para entregar à senhora!

Dava pena ver a figura de Francisca. Aquela mulher tão sofrida em sua vida havia encontrado a felicidade, mas a felicidade havia durado muito pouco. Olhou para o céu e as primeiras estrelas começavam a brilhar no firmamento. Agora ela tinha certeza: jamais veria novamente seu amado, jamais sentiria novamente o calor de seus abraços, nem o carinho de seus beijos.

Profundamente consternado e também em lágrimas, Deolindo depositou em suas mãos um pequeno pacote:

– Dona Francisca, aqui tem quarenta e cinco contos de réis. Esse dinheiro irá permitir que a senhora não passe necessidades por um bom tempo.

Meio encabulado e sem saber mais o que fazer, Deolindo despediu-se:

– Fique com Deus, dona Francisca. Vou continuar viajando porque é assim a vida de peão, até quando morrer! Mas de vez em quando, sempre que puder virei aqui para auxiliar em algo que precisar.

Sem saber o que dizer, Francisca ficou calada, observando Deolindo montar em seu cavalo e sumir a distância na escuridão da noite que já cobria todos os cantos com seu manto negro.

Aquela noite, Francisca chorou muito. Não conseguiu conciliar o sono e o novo dia raiou encontrando-a com os olhos abertos, vermelhos, de tanto chorar. O mundo parecia pequeno demais para conter toda dor que ia em seu coração.

Quanto a Deolindo, nunca mais retornou, nem Francisca teve notícias suas.

# XII
## Verdadeiros anjos

Os últimos meses da gravidez de Francisca foram muito difíceis.

Ela tinha a impressão de que não era apenas uma criança, mas sim duas. Aos poucos, foi se convencendo de que eram filhos gêmeos, e que Fernando jamais teria a ventura de conhecê-los.

A barriga havia crescido muito e ela quase não conseguia fazer mais nada. Dormir era impossível, não havia posição confortável, sentia-se cansada principalmente nos últimos dias em que as crianças pareciam extremamente agitadas em seu ventre.

Mas a moça era valente, guerreira e não entregaria os pontos, jamais. Mas no fundo estava preocupada: sozinha naquela região distante, em que condições poderia dar à luz aos filhos?

Àquela noite estava em completo desalento. A preocupação com as condições que daria à luz era para ela uma situação desesperadora, mesmo porque não tinha nenhuma experiência. Sabia que muitas mulheres morriam no parto. Pensamentos negativos começaram a rondar sua mente já há alguns dias, mas aquela noite pressentia que sua hora estava chegando e, sozinha, ela absolutamente não sabia o que fazer. Não se sentia em condições de procurar auxílio na cidade mais próxima, mesmo porque era distante algumas léguas e não possuía condições de mobilidade.

Deitou-se, mas não encontrava posição adequada para repouso. O corpo doía e os bebês pareciam muito agitados em seu ventre. Lembrou-se da figura do esposo e chorou copiosamente. Foi, então, que se lembrou de orar, conversar com Deus como fizera outras vezes. Fechou seus olhos e começou a pedir amparo, não apenas para ela, mas para as crianças que agasalhava em seu ventre. Sentiu um calor percorrer seu corpo e de repente o medo que sentia desapareceu. Uma força estranha tomou conta de sua alma e ela se sentiu encorajada. Implorou em lágrimas para que Deus não a desamparasse naquele momento tão difícil de sua vida e, sem perceber, adormeceu.

E foi, então, como que em um sonho muito real, Francisca viu-se em um local todo iluminado. Um homem e uma mulher vestidos de branco aproximaram-se sorrindo, estendendo as mãos em sua direção. Não soube explicar, mas aquelas pessoas transmitiam confiança e ela, pela primeira vez, após a perda do marido, sentiu-se amparada e confortada. Percebeu que eram médicos ou enfermeiros que com cuidado a posicionaram em uma maca onde foi examinada. Depois de algum tempo, notou uma enfermeira muito simpática e sorridente que lhe disse algumas palavras de estímulo, que Francisca registrou com clareza em sua memória, recordando perfeitamente no dia seguinte, quando despertou.

"Minha filha, suas preces foram ouvidas porque Deus não desampara nenhum filho seu. Confie, pois você receberá o auxílio que necessita. Dois anjos virão em seu socorro e tudo correrá bem. Você dará à luz a duas crianças que necessitarão de seu carinho, de seu amor e de sua coragem, mas se prepare porque provas difíceis ainda virão".

Aquelas palavras ficaram gravadas com muita nitidez na mente de Francisca. A verdade é que acordara naquele dia experimentando uma paz que há muito não sentia. Sabia que sua hora estava próxima, mas estava confiante. Alguma coisa boa aconteceria, disso não tinha dúvidas. Apenas não havia entendido muito bem o significado das palavras da enfermeira quando em seu sonho dissera: prepare-se "porque provas difíceis ainda virão". Qual o significado daquelas palavras? No entanto, não deu muita importância porque se sentia disposta de forma que resolveu colher alguns legumes e frutas para preparar a refeição daquele dia. Deveria fazer uma boa provisão para que a despensa ficasse bem guarnecida caso tivesse de fazer repouso após dar à luz.

Já havia colhido grande quantidade de mantimentos quando começou sentir algumas dores, mas como eram espaçadas continuou a tarefa com mais cuidado.

Passava das 10 horas da manhã e o sol demonstrava que o dia seria muito quente, quando ela observou na estrada uma charrete que se aproximava. Interrompeu momentaneamente suas atividades para prestar atenção às pessoas que chegavam, fato raro naquela região, uma vez que ninguém aparecia por aquelas bandas. Observou que na charrete havia um homem e uma mulher. O homem era gordo, com bigode, e a mulher tinha um sorriso permanente no rosto. – Bom dia, minha senhora! – disse o homem com um sorriso e muita simpatia. – Meu nome é Chedid e esta é minha esposa Sara! Somos mascates e trazemos novidades para a senhora. Temos roupas, utensílios domésticos e muitas novidades, temos certeza que a senhora irá gostar muito! – completou aquele homem falante.

Francisca foi colhida de surpresa com a simpatia e o desembaraço daquelas pessoas. Respondeu meio acanhada:

– Bom dia, meu nome é Francisca, esposa de Fernando! – disse automaticamente, como se o esposo ainda ali estivesse.

A esposa de Chedid, ao observar o tamanho da barriga de Francisca, fez um comentário espontâneo e de surpresa ao mesmo tempo:

– Que beleza "Habib" nossa amiga Francisca deve estar grávida de nove meses!

A naturalidade daquelas pessoas fez com que a moça se sentisse desarmada espiritualmente. Sentiu confiança observando e sentindo que eram pessoas boas e, então, lembrou-se de seu sonho em que a enfermeira havia dito que ela deveria confiar porque receberia o auxílio que necessitava.

Com um sorriso de confiança Francisca respondeu:

– Não sei exatamente de quantos meses, mas acho que minha hora está chegando, porque ainda hoje já senti dores várias vezes, mas passou. Só que agora as dores estão voltando novamente. Naquele momento, ela se lembrou do marido e começou a soluçar. Preocupada, a esposa de Chedid tentou consolar:

— Não chore minha filha, porque ter filhos é uma bênção de Deus! Quisera eu ter tido essa graça, mas infelizmente não tive.

A verdade é que a moça sentia-se confortada por aquele casal tagarela, que viera trazer a ela um sopro de esperança naquele momento difícil. Então, explicou:

— Estou chorando porque fiquei viúva há poucos meses. Infelizmente, meu finado esposo não irá conhecer os filhos e isso me deixa muito entristecida.

Em seguida, procurando se armar de confiança, Francisca acariciou a barriga e completou:

— A senhora está admirada com o tamanho de minha barriga, não é? – deu um sorriso e concluiu: – São gêmeos!

— Não diga! – exclamou Sara. – E como a senhora sabe?

— Uma enfermeira muito bondosa me disse ontem à noite, mas eu já sabia! – respondeu a moça.

Sara não teve tempo para questionar quem era a enfermeira a que ela se referia, porque Chedid exclamou com os olhos arregalados:

— Meu Deus, Sara, essa senhora vai dar à luz aqui no meio do roçado! Ela está sentindo contração e continua trabalhando, possivelmente até já esteja em trabalho de parto!

O casal, então, correu e amparou Francisca que estava extremamente pálida, quase desfalecendo. Com cuidado a conduziram para casa. Sara parecia ter muita experiência porque imediatamente a deitou na cama e a examinou com presteza.

– Tenha confiança, minha filha, porque tenho uma boa experiência em partos. Sou enfermeira formada, servi na guerra em meu país nas frentes de batalha. Tenho uma boa experiência, fique tranquila!

Para transmitir mais confiança à parturiente, continuou tagarelando: – Nasci no Líbano onde morávamos até trocar minha profissão para mascate! Isso foi quando me casei com "Habib" e estamos construindo nossa vida como mascates nessa terra abençoada que é o Brasil. Aqui encontramos paz!

Após os exames, demonstrando experiência e segurança, orientou Chedid:

– Meu Deus, "Habib", ela já está em trabalho de parto e a qualquer momento poderá dar à luz! Está com boa dilatação e seu ventre está muito baixo. Esquente água em uma bacia, arrume algumas compressas, pegue um frasco de álcool na charrete e providencie uma tesoura.

Prestativo, Chedid correu e tomou todas as providências solicitadas pela esposa. As contrações se aceleravam e Francisca parecia enlouquecer tamanha a dor. Experiente, Sara colocou a parturiente na posição de parto orientando para que a abertura ficasse adequada permitindo a passagem da cabeça do primeiro bebê que apontou. Com um pequeno auxílio de Sara o primeiro bebê pôde ser retirado, enquanto Chedid auxiliava com compressas molhadas. Sara limpou o bebê, cortou o cordão umbilical e logo após os estímulos, Francisca ouviu emocionada o choro de seu primeiro filho. Sara repetiu os procedimentos e em breves minutos Francisca aconchegava, junto ao seu peito, os dois filhos tão amados.

Chorou copiosamente, recordando que Fernando não tivera a ventura de ver seus filhos tão esperados. Mas, não teve muito tempo para divagações, porque Sara não permitiu.

– Parabéns, minha filha, seus filhos são lindos e saudáveis. Posicione-os de encontro aos seus seios para que eles sejam estimulados a sugar seu leite.

– Será que eu tenho leite suficiente para os dois? – perguntou preocupada.

– Com certeza tem, minha filha – sorriu maternalmente Sara, acariciando os cabelos da jovem mãe.

Em seguida, orientou Chedid.

– "Habib", embrulhe a placenta e os demais resíduos, abra um buraco e enterre por favor.

O marido tomou todas as providências sem titubear e quando voltou, viu que Sara já havia matado um frango para preparar uma refeição à jovem parturiente que feliz observava os filhos sugando seus seios. Chedid aproximou-se sorridente falando com seu sotaque libanês:

– Não se "breocupe", filha, Sara é muito experiente e gosta de cuidar de bebês. Você não tem condições de se cuidar nesses próximos dias, então, se não se incomodar, Sara e eu ficaremos aqui uns dias para te ajudar.

Francisca chorou emocionada. Lembrou-se de seu sonho e reconheceu em Chedid e Sara os anjos que Deus havia enviado em seu socorro, no momento em que ela mais necessitava. O que teria acontecido se aqueles amigos providenciais não tivessem aparecido?

– Não tenho como agradecer – respondeu ela profundamente emocionada. – Essa casa é humilde e pequena, mas é de vocês. Fiquem o tempo que quiserem, porque para mim a presença de vocês é uma bênção que recebi de Deus!

Em seguida, chegou o aroma de uma gostosa canja que Sara havia preparado e que Francisca tomou com gosto. Estava muito saborosa, uma vez que estava incrementada com couve e serralha picada.

Ouviu-se fora da casa o barulho de um machado e de um facão. Era Chedid que tinha facilidade no manejo daquelas ferramentas, improvisando dois pequenos berços de madeira para acolher os pequeninos.

Enquanto isso, Sara tomava todas as providências dentro de casa, não permitindo que Francisca se levantasse. Teria de fazer repouso, e, ela e Chedid ficariam alguns dias para auxiliá-la no que fosse preciso.

– Estou preocupada com vocês, dona Sara – comentou Francisca respeitosa.

– Minha filha, por que você está preocupada conosco?

A moça enxugou as lágrimas que desciam por seu rosto. Eram lágrimas de saudade de seu esposo, de emoção pelos filhos que segurava nos braços, de gratidão profunda por aquele casal de estranhos que viera em uma hora em que ela tanto precisava.

– É que vocês não poderão ficar aqui muito tempo! Vocês terão de ir embora para vender suas mercadorias, vivem disso! Não tenho como pagar vocês tamanha caridade! Só Deus! – exclamou emocionada em prantos.

Sara também estava emocionada, pois se afeiçoara àquela moça tão humilde, ingênua, mas de um coração puro como ela jamais havia encontrado antes. Mas tinha também uma preocupação em seu coração – observando os olhos das crianças pareciam não ter brilho, um pouco opacos. Talvez fosse apenas impressão sua, mas alguma coisa não estava certa.

Talvez as crianças tivessem algum problema grave de visão. Resolveu mudar seus pensamentos, comentou sua preocupação com o marido. O mascate também ficou preocupado diante da ponderação da esposa. Mas Sara estava decidida.

– Habib, não podemos deixar essa moça aqui nesse fim de mundo, sozinha, ainda convalescente, com seus dois filhinhos pequeninos. Também temos de vender nossas mercadorias, porque senão, como vamos viver?

O bonachão Chedid estampou um largo sorriso respondendo de imediato:

– Você pensa que já não pensei nisso, Sara? Não podemos mesmo deixar essa nossa filha com seus filhinhos pequenos. Não podemos mesmo! Mas também precisamos vender nossas mercadorias, não é mesmo?

– Habib, você não esclareceu nada! Afinal de contas, o que vamos fazer?

O mascate aproximou-se, deu um abraço na esposa e acariciou os cabelos de Francisca de forma enigmática, demorando um pouco na resposta para aumentar a curiosidade de Sara.

– Fale, homem de Deus! – exclamou a esposa.

– "Babai Chedid" pensa em tudo! Daqui a três dias eu vou partir em busca de novos fregueses e você fica com Francisca! Assim que vender nossas mercadorias, volto para te apanhar e, então, os filhinhos estarão melhores e Francisca estará em condições de se cuidar!

Sara estava radiante com a ideia de Chedid.

– Perfeito "Habib", você é um homem muito bom! Você vai ter muita sorte e se tudo correr bem, você vai demorar pelo menos uns quinze dias. Estarei te esperando para seguirmos nossa vida, porque precisamos retornar para comprar mais mercadorias!

– Por favor, não quero incomodar nem atrapalhar vocês! – comentou Francisca. A moça estava feliz com a possibilidade de ter ao seu lado Sara, mas se sentia constrangida ao imaginar que estivesse atrapalhando os negócios do casal.

Mas foi o bonachão Chedid que respondeu:

– De jeito nenhum, minha filha! Sara vai ficar com muito gosto e eu também fico satisfeito, porque viemos de um país onde conhecemos as misérias e o sofrimento da guerra e hoje vivemos em um país abençoado por Deus! Somos gratos a Deus por tudo, e dinheiro é importante para nós, mas não é tudo!

Francisca agradeceu comovida, entretanto, queria pedir um favor aos amigos:

– Fale "filhinha" – disse paternalmente Chedid.

– É que antes que partisse, gostaria que vocês pudessem batizar meus filhos!

Chedid e Sara abraçaram-se comovidos.

– Não tem nenhum padre por aqui, mas na ausência de um sacerdote eu mesma faço uma oração e batizo seus filhos, minha filha – disse Sara. – Na guerra quantas vezes o soldado à beira da morte pedia que eu pudesse confessá-lo para que partisse em paz e isso eu fazia em nome de Cristo!

– Em qualquer lugar, na ausência de um sacerdote você pode invocar o amor de Cristo e servir como se fosse um representante divino, para trazer consolo e conforto espiritual. Jesus não disse que onde duas ou mais pessoas estivessem reunidas em Seu Nome, Ele também lá estaria?

Assim fizeram.

No dia seguinte pela manhã, Sara proferiu uma singela prece, agradecendo a Deus e pedindo que abençoasse aquelas duas almas que haviam acabado de nascer! Simbolicamente, aspergiu com um ramo de flor um pouco de água nas cabeças das crianças e, a pedido de Francisca, Chedid e Sara deram os nomes aos seus filhos: Lucas e Matheus, o nome dos dois apóstolos do Cristo.

Francisca sentia-se abençoada e muito feliz.

No terceiro dia, Chedid despediu-se partindo em sua charrete. Francisca segurando um dos filhos e Sara o outro ficaram no quintal olhando a charrete do mascate desaparecer na distância do horizonte.

Sara era mais que uma enfermeira, era para Francisca uma verdadeira mãe. A verdade é que Sara havia se afeiçoado àquela moça tão frágil na aparência, por causa da sua solidão e ao mesmo tempo por sua coragem.

Com carinho estremado, ensinou a moça os cuidados básicos em relação aos bebês, a dar banho, a fazer a assepsia no umbigo, a colocar no peito para as mamadas, o arroto e demais cuidados requeridos por crianças recém-nascidas.

Francisca contou sua história, desde as mais remotas lembranças. A infância pobre, a miséria, a orfandade, os maltratos sofridos por seus pais adotivos, as violências vividas pelos irmãos, seu encontro com Fernando, a fuga, o casamento, os breves momentos de felicidade e a notícia da morte do marido.

A esposa de Chedid comoveu-se às lágrimas com a triste história de Francisca. Se já sentia carinho por aquela moça antes, naquele momento também sentia admiração.

– Agora é a vez de contar minha história, filha – disse Sara. – Minha vida também não foi nada fácil. Meu país sempre viveu conflitos incompreensíveis, porque todos somos primos naquela região. Mas sempre havia guerras e feridos por toda parte. Cresci em meio à violência e em minha adolescência tinha um sonho: desejava estudar para me tornar enfermeira para auxiliar os que sofrem, ajudar a salvar vidas, amenizar o sofrimento dos feridos. Eu tinha uma irmã um ano mais jovem que eu que também compartilhava os mesmos desejos e sonhos em nossa juventude.

– Estudamos e nos tornamos enfermeiras e fomos servir em um hospital do Crescente Vermelho que havia na região. Era um hospital filantrópico que atendia a feridos de guerra. Quando em 1914 a guerra mundial se espalhou, fomos ao front de batalha para atender aos feridos sob a bandeira da Cruz Vermelha e do Crescente Vermelho.

– Vimos, então, a insanidade humana, a brutalidade, a violência dos morteiros e bombas que explodiam matando muita gente, crianças e inocentes. Soldados sem braço e sem perna, outros mortalmente feridos eram atendidos por médicos, que naquela situação se transformavam em soldados do amor e da misericórdia.

– Em um ataque inimigo, fomos atingidos e minha irmã Raquel foi mortalmente atingida no peito, morrendo em meus braços em profunda e dolorosa agonia. Ela segurava minha mão e me pedia que não a deixasse morrer.

– Existem momentos em que nos sentimos impotentes e percebemos que nada somos. Diante da morte não somos mais que um mísero grão de areia, insignificante, que simplesmente desaparece ao sabor do vento que sopra. Em lágrimas, roguei a Deus que não permitisse que Raquel morresse. Afinal, estávamos em missão humanitária, apenas estávamos fazendo o bem em favor do ser humano! Em desespero e lágrimas ofereci minha vida pela dela, pedi ao Criador que me levasse, mas poupasse minha irmã, contudo, nada disso valeu. De nada adiantaram minhas rogativas, minhas lágrimas, meus pedidos e minhas lamúrias. Sentindo-me totalmente impotente, estreitei minha irmã nos braços para transmitir a ela meu carinho e meu amor naquele momento tão doloroso. Ela sabia disso porque, apesar da dor do ferimento profundo, Raquel esboçou um sorriso, exalou o último suspiro, verteu a última lágrima e pendeu sua cabeça para nunca mais levantar. Abracei-a em prantos querendo transmitir a ela minha própria vida, mas não tinha mais jeito.

– Um dos médicos, muito amigo nosso amparou-me, compreendendo minha dor. Ele tentou me consolar, abraçando-me e mostrando os feridos que lotavam os leitos no hospital improvisado de campanha.

– Observe, Sara – disse ele – olhe o sofrimento ao nosso redor! Sua irmã morreu fazendo um trabalho nobre, generoso e humanitário. Pode crer que Deus a recebeu em seus braços. E se ela pudesse te dizer alguma coisa agora, certamente ela diria: – Sara, não se deixe abater pela dor da morte, antes auxilie aqueles que sofrem, ampare os feridos, enxugue as lágrimas dos que choram porque essa foi a missão que abraçamos por amor.

– Aquilo serviu de estímulo. Cada ferido que eu cuidava, cada enfermo que eu medicava, cada lágrima que eu enxugava eu dedicava em pensamento à minha irmã.

– Terminada a guerra, voltei para o Líbano e, então, descobri que estava sozinha no mundo, porque meu pai havia falecido em virtude de um ataque cardíaco e minha mãe também havia morrido algum tempo depois, de tristeza, diziam as pessoas, porque além da perda do meu pai, ficou sabendo da morte de minha irmã. Foram dois duros golpes para minha querida mãezinha que, segundo comentários, vivia pedindo a Deus que a levasse porque desejava ficar junto de papai e de Raquel. Coitada, ela não se lembrou que eu ainda estava viva.

Sara fez uma pequena pausa em seu relato para enxugar uma lágrima. Em seguida prosseguiu:

– Mas a memória de meu pai, de minha mãe e principalmente a de minha irmã me deram forças para continuar minha tarefa que sempre norteara meus anseios de vida: o atendimento a pessoas pobres. Foi, então, que resolvi partir para outro campo de atendimento de saúde nas regiões mais carentes de meu país. Especializei-me em parto, servindo nas regiões mais pobres e distantes, onde não havia nenhum tipo de serviço médico.Como sempre, presenciei muito sofrimento, mas também com a graça de Deus salvei muitas vidas. E foi em uma dessas aldeias que conheci Chedid.

Quando mencionou o nome do marido os olhos de Sara brilharam.

– Estava atendendo a uma parturiente nessa aldeia quando ele chegou montado em um burrinho, trazendo uma mala cheia de bugigangas e roupas. Chedid já passava dos trinta e cinco anos, mas era falante e sorridente e logo conquistou a todos com sua simpatia:

— Boa tarde, senhores, que Deus seja louvado!

— Estranhei aquela saudação, porque não era usual pelos crentes do Islã. Mas, Chedid mencionou o nome de Deus e tudo ficou bem.

— Que beleza – continuou ele falante. – Com todo respeito – disse ele fazendo uma reverência – mas observo aqui uma bela enfermeira que certamente deve ter mãos abençoadas por Deus para salvar vidas!

— Até aquele momento homem algum havia se dirigido a mim com galanteios. Senti-me envergonhada, pois não era usual aquela atitude, mas ao mesmo tempo me senti lisonjeada. Não pude deixar de esboçar um sorriso.

— Esperto como sempre foi, Chedid percebeu que havia me agradado e continuou com seus galanteios:

— Se nascer um menino, que Deus o abençoe. Eu darei de presente a ele uma peça de roupa escolhida pela bela enfermeira!

— E se nascer uma menina? – perguntei achando graça na brincadeira proposta por Chedid.

— Se nascer uma menina, darei duas peças de roupas: uma escolhida pela mãe e a outra escolhida pela bela enfermeira!

— No dia seguinte, após o parto Chedid chegou, tagarela e alegre como sempre, e ao tomar conhecimento que o bebê era uma linda menina, não deixou de fazer sua tagarelice:

— Louvado seja Deus! – disse ele em tom de brincadeira – vou ter de cumprir minha promessa! Duas peças de roupas para a feliz menina que nasceu nessa casa.

– Em seguida, abriu a mala e nos deixou à vontade para examinarmos tudo que continha. Escolhemos duas peças de roupas muito lindas, mas ele não regateou.

– Após ter concluído meu trabalho naquela casa, ele me acompanhou e nunca mais me deixou. Tagarela, alegre, brincalhão, Chedid trouxe-me um sentimento de alegria que até, então, não havia experimentado.

– Contara a ele minha história e pela primeira vez observei que seu rosto estava sério e triste. Resolveu contar-me também sua história que vou resumir – disse Sara.

Chedid, também órfão de pai e mãe desde a infância, foi criado por um tio que estivera no Brasil e retornara ao Líbano. Havia se tornado cristão e falava maravilhas dessa religião que acabou convencendo Chedid a se converter à nova religião, que ensinava o amor, o perdão e a caridade.

– Quando conheci o cristianismo, senti grande alegria, uma felicidade imensa em meu coração. Queria ouvir falar de Jesus, admirava suas palavras e tinha sede de saber. Eu me encantava com as histórias dos apóstolos, de Paulo e de Pedro principalmente.

– Descobri que Chedid era o homem da minha vida. Muitas amigas, solteironas e invejosas, comentavam que ele era mais velho, mas nada disso me importava. Senti em meu coração que o amava de verdade. Era o homem com quem eu desejava viver minha vida até o final. Casamo-nos em uma pequena igreja católica que havia em Damasco e, após o casamento, Chedid me fez uma proposta: Vir para o Brasil tentar a sorte!

– Quando ele me fez essa proposta meu coração estremeceu: Chedid já havia dito coisas sobre o Brasil que me encantavam. Aceitei de imediato e para cá embarcamos para tentar a sorte nesse país maravilhoso. Amei essa terra, amei o povo daqui. Não vejo maldade nas pessoas, os brasileiros têm boa índole, bom coração, principalmente os do interior. Aqui não se ouve falar de guerras e para quem viveu as atrocidades de uma guerra sabe o que isso representa. Embarcamos de alma e coração, e em nossa bagagem trouxemos muitas novidades em tecidos da Europa e saímos por esse mundo a fora para mascatear. Essa vida de mascate ao lado de Chedid tem sido uma aventura impagável!

Sara fez uma pausa em sua narrativa para em seguida concluir com um sorriso:

– Desde, então, lá se vão mais de vinte anos em terras brasileiras. Não tivemos a graça de ter um filho, mas não tem importância, porque nossa vida de andantes não permitiria mesmo! Chedid ficou gordo e eu envelheci, mas continuamos nos amando como nos primeiros momentos em que nos conhecemos. Ele sempre me diz que continuo linda e na retina dos meus olhos guardo a imagem de um homem bom, alegre, sempre sorridente e jovem, porque a beleza está nos olhos de quem vê, minha filha!

Sara havia concluído sua história e Francisca emocionada a agradeceu:

– Foi Deus que enviou vocês, porque não sei o que seria de mim sem ninguém para me amparar! Que Deus vos pague! – disse em lágrimas de gratidão.

# XIII

## Esclarecimentos oportunos

Uma tarde, enquanto as crianças dormiam, Sara fez uma pergunta para esclarecer uma dúvida, que há algum tempo inquietava sua mente:

– Francisca, diga-me uma coisa que me intriga muito: no dia em que aqui chegamos, você nos disse que uma enfermeira havia dito que você teria filhos gêmeos. Conte como foi isso, porque achamos em princípio que você estivesse delirando, em virtude das dores do parto.

Francisca sorriu meneando negativamente a cabeça.

– Não foi delírio não, foi um algo muito real, verdadeiro! Naquela noite anterior, estava sentindo dores e não conseguia me acomodar na cama, mas depois que fiz uma oração, acabei dormindo e tive um sonho.

E, então, contou seu sonho, relatando que no final aquela enfermeira tão simpática havia dito que Deus enviaria dois anjos que viriam para auxiliá-la naquele momento difícil.

– Quando vocês chegaram, não tive dúvidas que vocês eram os anjos enviados por Deus! Aquela enfermeira era muito linda e ainda jovem. Na verdade, ela até lembra um pouco você! – disse Francisca.

Sara sentiu um arrepio percorrer seu corpo da medula espinhal até os cabelos. Enfiou a mão em sua bolsa e tirou um retrato em preto e branco, onde se encontravam estampadas as figuras de duas jovens enfermeiras sorridentes. Estendeu na direção de Francisca e perguntou:

– Qual dessas duas é a enfermeira que você viu em seus sonhos?

Francisca arregalou os olhos de espanto, apontando a figura da irmã de Sara falecida na guerra.

– Meu Deus! Foi essa aqui, não tenho a menor dúvida!

Sara comoveu-se e as lágrimas desceram pelo seu rosto.

– Por misericórdia! – exclamou – não sei explicar, porque enquanto cuidava de você, sentia a presença de minha irmã o tempo todo ao meu lado me auxiliando para que tudo corresse bem.

Em seguida disse à Francisca:

– A enfermeira que você viu em sonhos é minha irmã que eu tanto amo e que faleceu na guerra!

Sara foi dormir pensativa aquela noite! Se até então ela necessitava ter convicção mais forte da vida além da morte, aquela jovem no interior do Brasil, a milhares de quilômetros distante da Síria, desconhecedora de sua história e sua vida, acabava de dar a ela uma prova irrefutável que Raquel estava viva na eternidade e que continuava em sua tarefa de auxílio aos mais necessitados.

Não havia ainda transcorrido as duas semanas prometidas por Chedid, quando naquela manhã a charrete apontou na estrada. Sara estava no terreiro estendendo as fraldas de pano dos bebês quando avistou ao longe o veículo do esposo que se aproximava e gritou:

– Meu Habib está chegando!

Francisca ouviu o grito e sentiu uma ponta de tristeza no coração. Sabia o que isso significava: Sara iria embora. Ela havia se afeiçoado de tal forma à enfermeira e sua partida, sem dúvida, deixaria enorme espaço vazio em seu coração, juntamente como a ausência de seu esposo!

Mas não poderia ser egoísta. Sabia o quanto devia em termos de gratidão àquelas pessoas tão bondosas que Deus havia colocado em seu caminho no momento mais crucial de sua vida.

Nesse momento Chedid encostou a charrete ao lado do quintal da casa, com uma novidade: havia trazido um médico com ele. Abraçou e beijou a esposa demoradamente, com alegria. Depois abraçou Francisca e as crianças com carinho e respeito. Em seguida explicou:

– Minha querida esposa, Deus foi bom para conosco porque vendi toda mercadoria e vamos ter de voltar para abastecer nossas malas. Mas antes de partir, fiz questão de trazer um médico para examinar a saúde dos "filhinhas" de Francisca, para saber se está tudo bem.

Sara entendeu o propósito da visita do médico que Chedid havia trazido: tanto ele quanto ela estavam preocupados com a saúde das crianças, particularmente em relação à visão. O médico confirmaria a existência do problema ou não e se haveria alguma solução por meio de um diagnóstico correto.

Foi o que aconteceu.

O médico examinou cuidadosamente os bebês e constatou boa saúde em ambos, mas detectou o problema da visão. Após os exames mais acurados do facultativo, ficou evidente:

– Minha senhora – disse o médico a Francisca – seus filhos têm um problema congênito grave nos olhos que infelizmente a medicina nos dias de hoje não tem como tratar. É um problema no nervo ótico que afeta a retina de ambos, exatamente da mesma forma. Lamento dizer que seus filhos irão crescer desprovidos da visão material.

Aquele foi mais um golpe doloroso àquele coração acostumado ao sofrimento e às notícias tristes.

Dava pena ver aquela infeliz mãe em prantos, segurando em seus braços os filhos que representavam a ela o maior tesouro que possuía nessa terra de lágrimas e sofrimento. Banhou os filhos em lágrimas e os beijou em transportes de ternura e amor.

Não haveria no mundo coração mais endurecido que naquele momento, diante das lágrimas daquela mãe desconsolada, também não se comovesse. Chedid e Sara choravam juntos abraçados à Francisca.

O velho médico, acabrunhado por ter constatado aquela triste realidade e ter de dar aquela notícia, também se emocionou. Não havia como não se emocionar.

Sem dúvida, no infinito onde é a morada do Criador, Deus abençoava e iluminava aquela filha tão amada, que naquela existência havia recebido por herança a dor, a incompreensão do mundo, o sofrimento pelas perdas de entes amados e por presente dois filhos com problemas tão graves.

Diante daquela situação, Chedid propôs à Sara permanecerem mais alguns dias no sítio com Francisca, procurando auxiliar de alguma forma, principalmente na parte emocional.

Assim fizeram.

Foram mais três dias de convivência de extrema importância para aquele coração de mãe machucado, amassado, dolorido, que precisava de remédio espiritual e explicações.

À noite, iluminada pela débil chama da lamparina, Sara e Chedid tentavam confortar aquele coração despedaçado de uma mãe entristecida que nos últimos dias apenas repetia a pergunta:

– Por que, meu Deus? Por que tanto sofrimento apenas para uma mísera criatura tão insignificante? O sofrimento pessoal não me importa, mas por que meus filhos? Já não chegava o sofrimento de nem sequer terem conhecido o pai? Não me importo sofrer, mas por que meus filhinhos inocentes? Por que? – repetia insistentemente.

Sara procurava argumentar, falando da misericórdia de Deus, de sua justiça e bondade, mas diante dos argumentos de Francisca, ela também se calava, abraçando aquela mãe infeliz como se fosse a própria filha que ela não tivera.

A situação era complicada, mas Sara e Chedid precisavam partir.

Aquela era a última noite que permaneceriam na companhia de Francisca. O ambiente era de muita tristeza, tanto de Francisca quanto dos amigos. Terminado o jantar, sentaram-se ao redor da mesa da sala, enquanto as crianças dormiam placidamente feito dois pequenos anjos, no pequeno berço improvisado por Chedid.

O mascate procurava transmitir bom ânimo à inconsolável mãe:

– Filhinha Francisca, Sara e Chedid sabem que você é forte, mas a partir de agora terá de ser mais forte ainda! Você é valente, uma lutadora, vai vencer, não perca a confiança em Deus! Nunca!

A pobre mãe com os olhos rasos de lágrimas balbuciou:

– Eu sei que Deus é bom e misericordioso, porque enviou vocês para me ajudarem no momento em que eu mais precisava. Mas eu me pergunto: Por que tanto sofrimento em minha vida? Por que meus filhos inocentes nasceram com esse problema? Fico imaginando esses meninos crescidos sem conhecerem o pai e sem terem a bênção de ver a luz do dia! O que será deles quando eu também morrer?

As palavras de Francisca traduziam conformação, mas conformação que não trazia o consolo que ela necessitava nem explicação razoável para um entendimento a respeito do seu sofrimento e de seus filhos.

Chedid não sabia mais o que dizer, quando Sara segurou as duas mãos de Francisca e como que tomada por uma inspiração divina lhe disse:

– Minha querida Francisca, nós te amamos como se fosse nossa própria filha e compreendemos sua dor. Mas, deixe eu te dizer uma coisa: Não duvide jamais do Criador, porque Ele é realmente bom, justo e misericordioso e jamais pune nenhum de seus filhos.

Enquanto falava, Sara passava a mão sobre os cabelos de Francisca, afagando com carinho aquela criatura sofredora. Sentia um amor tão grande, inexplicável para uma pessoa que havia conhecido há tão pouco tempo. Tinha a impressão que já a conhecia de outras vidas.

Profundamente inspirada Sara continuou:

– Minha filha, você já ouviu falar de outras vidas? Você acredita que podemos ter outras vidas? – insistiu.

De repente Francisca olhou fixamente para Sara e respondeu:

– Meu Deus, Fernando sempre me dizia isso, que parecia que já me conhecia de outras vidas, mas eu jamais parei para pensar no que isso significa.

– Pois bem, minha filha – continuou Sara – eu também não acreditava até há alguns anos, quando conhecemos, Chedid e eu, uma pessoa no Rio de Janeiro que falava que temos outras vidas. Esse homem era um de nossos melhores clientes, visitávamos sua casa sempre para vender tecidos e ele era muito bondoso e se simpatizou conosco. Ele nos disse que era espírita e, apesar de nossa incredulidade, continuou nos falando a respeito da reencarnação em que o espírito passa por várias experiências na vida, para seu aprimoramento. Disse ele que todos nós fomos criados para sermos felizes, porque um dia seremos a imagem do próprio Criador, não na forma material e imperfeita que ainda somos, mas quando atingirmos a perfeição espiritual que é nosso destino, aliás, o destino de todas as criaturas!

Sara calou-se e Chedid prosseguiu:

– Sim "filhinha" Francisca. Aquele amigo esclareceu que a bondade de Deus é imensa e que todos nós fomos criados para sermos felizes, mas que a verdadeira felicidade só vamos encontrar quando evoluirmos espiritualmente, depurando nossos defeitos e erros cometidos.

– Ai, meu Deus – exclamou Francisca – o senhor poderia me esclarecer melhor? Para mim é tão difícil entender que existem outras vidas, mas por outro lado eu sentia que tinha a viva impressão de que já conhecia meu amado Fernando e não era dessa vida!

Chedid prosseguiu:

– O que pudemos entender "filhinha" Francisca, é que a reencarnação é um instrumento da justiça e da misericórdia de Deus! Quer dizer, que ainda somos muito imperfeitos e que ainda erramos muito! Então, Deus nos concede outras oportunidades, outras vidas para repararmos o mal que praticamos! Amparados pelo amor de Deus, nós caímos e nos levantamos, morremos e renascemos novamente! Que a misericórdia do Pai não condena nenhum de seus filhos, mas concede a cada um novas existências em que reaprendemos as lições que não valorizamos.

Francisca ficou pensativa, mas insistiu:

– Estou tentando entender, mas se tivemos outras vidas, por que não lembramos de nada?

Chedid sorriu diante da pergunta de Francisca, mas foi Sara quem respondeu:

– Por várias razões, minha filha! Em primeiro lugar, quando reencarnamos Deus nos concede o esquecimento temporário das existências passadas, para não interferir em nossa vida atual. Você já pensou o que aconteceria se você se encontrasse com um inimigo do passado? Então, o esquecimento é uma providência divina, porque se nos lembrássemos dos erros que cometemos, dizem os espíritos que não teríamos condição emocional de suportar o peso do sentimento de culpa. Dessa forma, o esquecimento é providencial e produtivo, porque nos encontraremos com amigos e inimigos do passado, com o objetivo de vivenciarmos mais uma experiência na vida material, e venhamos a nos reconciliar com os desafetos do passado.

Naquele momento Francisca sorriu, dizendo:

– Se isso for mesmo verdadeiro, então, posso dizer que Fernando foi meu amor do passado que eu reencontrei nessa vida e meus filhos são pessoas queridas de outras vidas, porque eu os amo demais!

Ao dizer isso, dirigiu-se ao berço e abraçou os filhos e os beijou em transportes de ternura e amor! Diante do contato amoroso da mãe, as crianças instintivamente sorriram.

– Filhinha Francisca – disse com carinho Chedid – Sara e eu vamos embora amanhã porque precisamos trabalhar para ganhar a vida, precisamos comprar mais mercadorias e vender, mas sempre que for possível, vamos passar por aqui para ver você e abraçar seus "filhinhos" queridos!

No dia seguinte, Francisca mais uma vez ficou olhando na estrada a pequena charrete sumindo na distância, desaparecendo na linha do horizonte deixando para trás uma nuvem de poeira e muitas saudades em seu coração.

Chorou muito, inconsolável! Eram amigos muito queridos que partiam, mas ela tinha certeza que um dia haveriam de voltar. E seu consolo foi imaginar o dia em que novamente apareceriam por lá, a alegria que sentiria ao rever aqueles amigos tão queridos.

Realmente, Chedid e Sara tinham razão: deveria mesmo haver outras vidas, porque em seu coração pulsava uma certeza: tanto Fernando, quando seus filhos, Chedid e Sara, eram criaturas que ela amava muito e tinha a nítida impressão que já os conhecia de outras vidas!

O tempo passou!

De tempos em tempos os amigos retornavam para visitar Francisca e os afilhados. Quando isso acontecia, eram os dias de alegria e felicidade para aquele coração destroçado pelo sofrimento, mas cada vez mais fortalecido na fé.

As vezes em que Sara e Chedid retornaram ao sítio, insistiam para que Francisca jamais perdesse a esperança, buscando sempre no recurso da prece o conforto espiritual que necessitava. Ela compreendeu muito bem esse ensinamento, agasalhando em seu coração aquele sentimento de que pela oração Deus ouviria seu clamor e seu sofrimento. Até que após a última visita, Sara e Chedid informaram que estariam retornando à Síria. Sentimentos de saudade da terra natal e desejo enorme de reencontrar familiares e afetos caros aos corações daqueles imigrantes valorosos.

Em seu isolamento e em sua solidão, Francisca vivia das lembranças e, às vezes, chorava, outras procurava se fortalecer na oração confiando que Deus não haveria de desamparála, jamais! Seus filhos cresciam, mas não apresentavam boa saúde. Talvez a alimentação deficiente, talvez a falta de orientação da própria mãe que não sabia o que fazer diante de sua condição de penúria.

As crianças estavam com idade de oito anos quando ambos foram acometidos de uma gripe muito forte. Francisca não sabia o que fazer, pois as crianças gemiam ardendo em febre alta. Naquela noite, tinha a impressão que seus filhos morreriam. Eles tossiam muito e nem tinham mais forças para chorar. Desesperada, aquela infeliz mãe prostrou-se de joelhos e em lágrimas implorou ao Criador que pudesse mais uma vez auxiliá-la naquele momento tão difícil. Profundamente emocionada, adormeceu em oração.

Foi quando chegamos...

# XIV
## Revelações do passado

Quando adentramos o casebre de dona Francisca, seus filhos agonizavam acometidos pelo agravamento de uma forte gripe malcuidada, que havia se convertido em pneumonia. Foi algo que me surpreendeu suscitando dúvidas. Como poderia duas crianças ao mesmo tempo serem acometidas do mesmo problema e estarem, ambas, à beira da morte?

Para bem mais compreender os mecanismos da reencarnação, eu havia sido designado a acompanhar o Dr. Herculano, que também fora médico quando encarnado e cumpria, naquele período no plano espiritual, sua tarefa de auxílio aos necessitados na matéria.

O caso de dona Francisca havia chamado minha atenção, uma vez que as poderosas vibrações em forma de prece, feitas com profundo sentimento de um coração amoroso de mãe, haviam se elevado até nossa esfera de domicílio, motivo pelo qual eu estava acompanhando o Dr. Herculano naquela missão.

O estado de saúde das crianças era desesperador. Mobilizamos a aplicação do auxílio imediato que envolvia aplicações de recursos através de passes magnéticos, no entanto, aquele era um caso extremamente delicado e de difícil reversão. As crianças apresentavam graves problemas pulmonares comprometidos pela pneumonia que minava as últimas resistências físicas.

A pobre mãezinha encontrava-se prostrada ao lado do leito dos filhos. Suas últimas reservas de fé extravasavam através de orações, rogando em seu entendimento religioso que Nossa Senhora de Aparecida pudesse interceder por seus filhos.

Observei naquele momento que o poder da fé e da oração são recursos muito importantes em todas as situações. Notei que após nossa intervenção energética as crianças experimentaram ligeira melhora, permitindo que aquela infeliz mãe pudesse adormecer após várias noites maldormidas.

O Dr. Herculano esclareceu:

– Essa mãezinha conta a seu favor importantes créditos do passado e sua fé veio em auxílio de seus filhos, permitindo que nossa intervenção pudesse trazer o alívio necessário a ela e principalmente aos seus filhos adoentados.

De retorno ao nosso domicílio, o Dr. Herculano tomou as providências necessárias, destacando dois médicos de nossa equipe para que permanecessem em plantão por vinte quatro horas, de forma a assegurar a recuperação daquelas crianças, uma vez que ainda corriam sério risco de desencarnação prematura.

De fato, o quadro presenciado naquele casebre esquecido do mundo tocou meu coração por um sentimento de piedade e compaixão. O caso de dona Francisca havia despertado em mim o desejo de auxiliá-la. Ao manifestar minha intenção de acompanhar mais de perto aquele caso, o Dr. Herculano sorriu, aquiescendo:

– Para poder sempre auxiliar segundo a lei de misericórdia divina, precisamos antes conhecer o histórico desses espíritos, Augusto. Procure antes pesquisar e depois conversamos a respeito.

Assim procedi.

Tão logo identifiquei no Departamento do Planejamento Reencarnatório os registros correspondentes aos históricos dos espíritos em foco, passei a estudar detalhadamente o caso em questão.

Francisca, em existências recuadas, havia pertencido à nobreza usufruindo de benesses da vida e do poder, vivendo na corte francesa, na época do reinado de Luis XVI e da rainha Maria Antonieta. Pertencia a uma aristocrática família da nobreza. Tinha ela dois irmãos que pelo privilégio do poder e da riqueza exorbitaram das condições materiais, humilhando e abusando das criaturas mais simples e humildes.

Corria o final do século XVIII e a aristocracia francesa, embriagada pelas riquezas materiais, vivia a soberba que o poder e a riqueza lhe facultavam. A sociedade de um modo geral assistia ao domínio de três correntes que se destacavam no domínio social: o Clero, a Nobreza e a Burguesia que exerciam forte influência na política e na economia do país. A Burguesia destacava-se por dominar os meios de produção, adquirindo "status" por meio da riqueza em decorrência dos negócios que prosperavam cada vez mais. Inicialmente, os Burgos que cresciam em torno dos castelos foram gradativamente se tornando vilarejos e depois cidades dominadas pelos burgueses que, aos poucos, foram adquirindo prestígio e poder.

A Ascensão da burguesia foi um perigo a que a nobreza não se deu conta, envolvida nas festividades e nos gozos mundanos. Poder, dinheiro, festas e promiscuidade são ingredientes perigosos que levam ao esfacelamento de uma sociedade que perde a referência da realidade do quotidiano do povo e das ruas. As festas nos palácios requintados, as carruagens ricamente ajaezadas desfilavam a soberba dos nobres pelas ruas de Paris, diante de uma plebe miserável e faminta.

A nobreza reinante não imaginava que o pior estaria ainda por vir. A ascensão da Burguesia dominando os meios de produção fortaleceu-se de tal maneira que passou a ter forte domínio na economia, e, objetivando seus próprios interesses, acabou por incentivar o povo à Revolução Francesa em 1789, conseguindo com isso alcançar um grande objetivo: a abolição dos privilégios da hereditariedade que beneficiavam a nobreza e, por outro lado, os burgueses que enriqueciam passaram a ter privilégios e posições sociais mais elevadas em função da riqueza amealhada.

Francisca, Charles e Pierre, seus dois irmãos, eram filhos de uma família da alta aristocracia parisiense que tinham o privilégio de frequentar as festas requintadas no palácio real.

Nessas festas, em que eram constantes o luxo e a beleza, eram vividos de forma intensa pela aristocracia que jamais imaginaria que tudo estivesse prestes a mudar.

A Família de Francisca era proprietária de um castelo denominado "Saint Peter" encravado em um pequeno Feudo próximo a Versalhes, onde desfrutavam das benesses que o poder facultava pela hereditariedade da nobreza. Nobre era nobre, que herdava pelo nascimento todos os direitos exclusivos da nobreza.

Os pais de Francisca eram o Conde Richard Baudini e sua mãe a Condessa Marie Amelie que pela tradição de nobreza tinham a prerrogativa do convívio junto à corte imperial dos monarcas reinantes, Luis XVI e Maria Antonieta.

Em um Burgo próximo ao castelo, um burguês destacava-se por sua prosperidade, detendo meios de produção de manufatura artesanal, por seus negócios e por seu arrojo nas viagens que empreendia à Inglaterra em busca de mercadorias para comercialização. Excelente e arrojado empreendedor, via suas finanças crescerem e seus negócios prosperarem: era François Roupert que se tornara viúvo ainda jovem e naquele momento estava na casa dos quarenta anos de idade. Tinha duas filhas lindas, na flor da juventude, com dezesseis e dezessete anos, que se chamavam Marriete e Charlote.

O sonho de François era alcançar a nobreza e ver suas filhas frequentando as festas requintadas junto à nobreza no palácio real. Aliás, esse era o desejo da grande maioria dos ricos burgueses da época.

O poder do dinheiro permitia que adquirisse as mais belas carruagens, puxadas por cavalos de raça, ricamente ajaezadas com filigranas de ouro e pedras preciosas. As cortinas da carruagem que protegiam a privacidade de seus ocupantes eram confeccionadas com as mais belas e finas sedas provenientes do Oriente. As escadas que permitiam o acesso ao veículo eram revestidas de ouro, enquanto as poltronas internas eram confeccionadas com mais apurado gosto, em veludo escarlate importado da Inglaterra. Os condutores vestidos à caráter completavam a beleza, o requinte e a filigrana da ânsia pelo poder e pelo dinheiro que seu proprietário fazia questão de exibir.

Por onde passava, a carruagem de François Roupert era alvo de admiração e inveja. As belas filhas de François eram cobiçadas por sua beleza e riqueza. Mas que adiantava tudo aquilo? Desfilavam pelas ruas provocando admiração e inveja, mas não podiam frequentar o ambiente dos palácios onde a nobreza esbanjava luxo nas festas requintadas e regadas a bebidas finíssimas e comidas preparadas com esmero pelos mais afamados "chefs" da *Cuisine Française*. François seria capaz de tudo para ter acesso com suas filhas às festas onde desfilavam príncipes e princesas e a mais alta nobreza parisiense.

Charles e Pierre gostavam de aventuras e caças. A propriedade de François Roupert era vizinha ao castelo de Richard Baudini e os irmãos de Francisca vez ou outra se aventuravam em caçadas na propriedade de Roupert, onde havia um extenso e frondoso bosque.

Em uma ocasião, estavam eles caçando no bosque, havendo abatido algumas aves que pretendiam levar para fazer um apetitoso ensopado. Montaram seus cavalos tomando o caminho do castelo quando encontraram a carruagem de François que retornava com as filhas de Versalles.

François conhecia de vista os jovens, mas esses jamais haviam prestado atenção, uma vez que eles eram nobres e o vizinho um simples burguês. Todavia, ficaram impressionados quando viram a beleza e o esmero requintado do veículo. Ao ver a presença dos jovens, Roupert não perdeu a oportunidade para tabular conversa com aqueles representantes da nobreza. Talvez pudesse subtrair daquele encontro fortuito algum benefício.

— *Bonsoir monsieurs*[6] – cumprimentou o burguês.

Apanhados de surpresa, os rapazes responderam ao cumprimento.

— Boa tarde, meu senhor!

— Fizeram boa caçada? – perguntou Roupert.

Os jovens mais uma vez foram apanhados de surpresa, afinal estavam caçando em uma propriedade alheia sem autorização do proprietário. Perceberam que François ainda era jovem e não aparentava estar aborrecido.

Ficaram mais animados e descontraídos.

— Sim, fizemos uma boa caçada. Conseguimos abater algumas aves, cuja carne muito apreciamos – respondeu Pierre de forma simpática.

— Esperamos que nosso "chef" possa preparar um bom ensopado de aves – complementou sorridente Charles.

Nesse instante, curiosas, as filhas de François abriram as cortinas da carruagem, deixando à mostra a beleza de seus rostos risonhos.

— Com quem está falando, papai? – indagou uma delas.

— Com nossos vizinhos do Castelo de Saint Peter, filhas. A propósito, como se chamam mesmo? – perguntou François.

---
6 Expressão francesa que quer dizer: Boa tarde, senhores.

A beleza das jovens não passou despercebida pelos irmãos de Francisca que de imediato sentiram interesse pelas jovens, já imaginando que na condição de nobres tudo podiam.

De imediato, François percebeu o interesse dos jovens e, em seus pensamentos, imaginou que aquele momento poderia ser oportuno para estreitar laços de amizade com aqueles representantes da nobreza.

Sem responder à pergunta de François, os rapazes desceram dos cavalos e se aproximaram da carruagem, tiraram o chapéu e em seguida fizeram profunda reverência diante às jovens:

– Muito prazer em conhecê-las! Charles e Pierre, às suas ordens, belas senhoritas – disse Charles, galanteador.

– O prazer é todo nosso – responderam em uníssono as jovens. – Marriete e Charlote! Encantadas!

Os rapazes surpreenderam-se com o desembaraço e a espontaneidade das moças!

François estava feliz! Parecia que aquele encontro aparentemente fortuito traria, finalmente, resultados interessantes! Parecia que a simpatia dos jovens vizinhos era espontânea e que eles haviam sentido a mesma simpatia por suas filhas.

– Papai, podemos descer para cumprimentar nossos novos amigos François e Pierre?

– Claro que sim, minhas filhas! – autorizou o genitor.

Quando abriram a porta para descer, os jovens se deram pressa em auxiliar com elegância e educação. Aproximaram-se com gestos calculados, estendendo as mãos para permitir com que as moças pudessem descer da carruagem com elegância. A beleza das jovens era realçada pelos vestidos confeccionados com classe em tecidos da mais alta qualidade.

Aquele foi mais um importante detalhe que não escapou aos olhos aguçados e interesseiros de Charles e Pierre.

– Nossos cumprimentos, Monsieur Roupert, suas filhas são muito lindas, dignas de frequentar os palácios e a corte parisiense!

As palavras de Charles tiveram o endereço correto. Aquele era o sonho das moças e o objetivo do pai que ficou encantado com as palavras do jovem.

– Seria uma honra inimaginável para mim e para minhas filhas – monsieur Charles.

Os rapazes tinham sagacidade apurada. Em uma fração de segundo vislumbraram uma belíssima oportunidade para tirar proveito de um burguês próspero e de suas belas filhas.

– Hoje, essa possibilidade é muito remota, mas não impossível – disse maliciosamente Pierre.

– E o que poderemos fazer para facilitar? – perguntou vivamente interessado François.

Pierre coçou o queixo, como se estivesse pensando em alguma possibilidade e depois respondeu:

– Precisamos nos conhecer melhor. Vamos pensar no assunto com muito carinho para depois verificarmos com mais acerto o que poderia ser feito.

Os olhos de Marriete e Charlote ficaram brilhantes de felicidade diante daquela possibilidade que soava feito uma promessa solene que ouviam de nobres acostumados com a corte real. François parecia em estado de êxtase ao ouvir aquelas palavras de Pierre. Fazer parte do círculo da nobreza era tudo que desejava em sua vida. Aquele era seu objetivo principal, porque afinal de contas, riqueza já possuía.

– Vocês têm razão – ponderou François. – Temos de nos conhecer melhor. Mas, como isso seria possível, uma vez que não fazemos parte do círculo da nobreza?

Charles sorriu malicioso, já com um plano em mente.

– Simples, senhor Roupert, o senhor prepara um banquete em sua mansão e nos convida para participarmos.

– Vocês iriam? – perguntou Marriete, afogueada.

– Lógico que iríamos – respondeu Charles.

– Com a maior satisfação – reforçou Pierre.

– Então, está combinado! – respondeu François com satisfação! – No próximo sábado faremos um banquete em homenagem a vocês, que serão nossos convidados de honra!

– Está combinado! – confirmou Pierre! – No sábado lá estaremos para o grande banquete oferecido pelo Monsieur François Roupert!

Dizendo isso se despediram, montando em seus cavalos enquanto François e as filhas retomavam a carruagem com um sorriso de satisfação estampado na fisionomia de cada um.

Roupert, sonhando com a possibilidade de casamento de suas filhas com os jovens fidalgos para que tivessem acesso aos círculos palacianos da nobreza parisiense. Suas filhas, cada uma envolvida em devaneios e sonhos, como se um passe de mágica de uma fada madrinha pudesse transformá-las em princesas.

– Ai, meu Deus – dizia Marriete sonhadora – como Pierre é elegante!

– Ai! Ai! – dizia Charlote – como Charles é lindo e atencioso!

O pai não dizia nada, mas em seus pensamentos viajava pelo mundo dos sonhos e dos devaneios diante da possibilidade mais que real de uma porta da nobreza se abrir, um desejo que ele tanto alimentava em toda sua vida.

No caminho do palácio, já distantes, os irmãos riam gostosamente.

– Ai, meu Deus – dizia Charles – esses burgueses podem ser ricos e importantes, mas diante de nós se ajoelham.

– Ah! Ah! Ah! – ria gostosamente Pierre – eu não estou preocupado com o burguês cheio da grana, estou de olho naquelas garotas lindas! Elas estão caidinhas por nós, meu irmão!

– Verdade! Elas estão à nossa disposição com a complacência do próprio pai! Temos a faca e o queijo na mão!

– Fomos convidados para um banquete em nossa homenagem, meu irmão! É a força e o magnetismo da nobreza! Nós temos esse privilégio, então vamos usufruir o máximo que esse poder nos permite.

– Você acha que o Senhor Roupert espera que vamos nos casar com suas filhas? – zombou Pierre.

Charles ficou com a fisionomia sisuda e chamou atenção do irmão!

– Pierre, você não está pensando que vamos simplesmente usar e abusar daquelas lindas jovens ingênuas, ou está?

A fisionomia séria do irmão fez com que Pierre gaguejasse.

– Calma Charles, eu só estava pensando...

Charles não esperou que o irmão concluísse a frase para desatar em uma forte gargalhada!

– KKKKKKKKKK! Te peguei, seu bobalhão! Estava só brincando! – e desatou a gargalhar novamente em tom de galhofa. – KKKKKKKK, essa foi demais!

Os dois riram despudoradamente da brincadeira.

– Você quase me assustou, seu paspalhão! Eu ainda vou te pregar uma peça daquelas, depois não venha reclamar!

Quando chegaram ao palácio, Francisca observou atentamente os irmãos e percebeu por suas fisionomias de malandros que tramavam algo. Ela os conhecia sobejamente.

– Vocês estiveram novamente caçando na propriedade de nosso vizinho burguês? – questionou com a fisionomia séria.

– Ora Francisca, não amole. Você é aquela irmã velha e chata! Deveria ter se casado, mas nenhum nobre se interessou por você! Quem sabe um burguês?

– Você me deu uma excelente ideia, irmão – respondeu Charles. – Por que não a apresentamos para nosso vizinho burguês?

E fazendo cara de malandros, passaram a fazer insinuações.

– Ele até que é um homem bem apanhado! Viúvo e rico! – disse Charles.

Depois, como que ponderando o que havia dito fez cara de desdém.

– É..., tá certo..., é um burguês, mas pense bem, é muuuiiito rico! – concluiu gargalhando com ironia.

– Parem de me aborrecer com essas ideias malucas de casamento! Vocês sempre ficam querendo me empurrar alguns idiotas que apenas têm o título de nobres, mas que são simplesmente idiotas que absolutamente não me interessam!

– Vai ficar pra titia! – zombou Pierre!

– Titia, velha e chata – complementou Charles.

– Quem irá te aguentar na velhice? Uma mulher sem homem fica infeliz, amarga, chata e insuportável – disse Pierre, de forma impiedosa.

– Eu me casaria com qualquer um, nobre ou não, desde que o amasse de verdade! Pensam que sou como vocês, que só pensam na nobreza? Vocês são egoístas e aproveitadores, pensa que não sei de suas aventuras e de suas malandragens?

Os irmãos sempre se divertiam quando observavam que Francisca ficava irritada.

– Pois é, o que estamos tentando dizer, querida irmã! Deveria conhecer nosso vizinho burguês, que é viúvo, mas até que é bem apessoado e tem muito dinheiro!

– Poderíamos fazer um grande casamento em família, uma vez que ele tem duas filhas muito lindas! – completou malicioso Charles.

– Ah! Agora percebi a malandragem de vocês, essa cara que estão planejando alguma coisa inconfessável – disse irritada Francisca.

Nesse momento entrou à sala o pai, Sr. Richard Baudini.

– O que está acontecendo por aqui? Por que tanta gritaria? Querem dar espetáculo para a criadagem?

O Sr. Richard sempre fora um pai muito severo. Em sua presença os rapazes portavam-se feito filhos bem comportados.

Foi Charles quem se explicou:

– Foi bom que o senhor chegasse, papai, porque estávamos dizendo para Francisca que nosso vizinho burguês convidou-nos para um banquete em sua propriedade. Ele disse que esse banquete seria em nossa homenagem! Só que Francisca está brigando conosco dizendo que não podemos ficar de intimidades com burgueses, só porque não têm títulos de nobreza como nós!

Francisca sentiu o sangue subir diante da mentira de seu irmão. Eles eram terríveis e sempre que podiam, aprontavam com ela.

– Mentiroso! Ele está mentindo, papai! Não acredite em nada do que ele está dizendo!

– Papai, o que Charles está dizendo é a mais pura verdade, pode acreditar! – reforçou Pierre.

Francisca sentia-se impotente para brigar com seus irmãos! Eles eram muito inteligentes e, acima de tudo, muito maldosos. No final, eram sempre eles os vencedores. Então, resolveu ficar calada, pois seu pai a observava com ares de censura.

– Que vergonha, minha filha! Eles podem não ter títulos de nobreza, mas não é por isso que iremos tratá-los com desprezo.

– Foi o que falamos para Francisca, papai. O Sr. Roupert pareceu muito simpático e nos fez esse convite e nós resolvemos aceitar.

– Que ótimo – concordou o pai – e para que Francisca aprenda também bons modos e respeito deverá ir também!

Francisca estava furiosa com os irmãos, mas a decisão paterna era absoluta e inquestionável. Teria de ir.

Assim aconteceu!

# XV
## Quando o amor bate à porta

No sábado, logo após o meio-dia, quando chegaram à mansão de Roupert, os irmãos de Francisca ficaram impressionados com a beleza e o esmero da residência. Não era um palácio, mas nada perdia em requinte e beleza para os mais belos palacetes de Paris.

À frente da residência um grande jardim, onde havia uma cascata artificial que ao jorrar água formava um pequeno lago onde havia vários tipos de peixes coloridos.

Ao lado, podia-se observar uma estalagem muito bem cuidada, onde se encontravam estacionadas várias carruagens, cada uma mais requintada que a outra.

Foram recepcionados por criados servis, vestidos a caráter, além de extremamente educados, que lhes deram boas-vindas e auxiliaram Francisca a descer da carruagem.

À entrada, um grande e majestoso portal onde dois criados trajados a caráter recepcionavam os visitantes. Tanto Charles quanto Pierre e Francisca ficaram vivamente impressionados com o nível da recepção. Adentraram a enorme sala de estar, cujo chão estava totalmente coberto por tapetes importados da Pérsia, em cores discretas, mas muito agradáveis e de extremo bom gosto.

O Sr. Roupert veio ao encontro dos visitantes, na companhia das filhas, que estavam vestidas com apuro e elegância. Estavam simplesmente lindas!

Francisca ficou visivelmente impressionada com a aparência de François, pois imaginava que fosse um velho descabelado e barrigudo, mas o que via era um homem maduro, de aparência elegante e muito agradável.

– Sejam bem-vindos, Senhores! – cumprimentou o anfitrião.

Em seguida, fez uma reverência diante de Francisca:

– Seja bem-vinda, "mademoiselle" – cumprimentou-a osculando discretamente sua mão.

Os rapazes também fizeram suas reverências diante de Charlote e Marriete que não conseguiam ocultar a alegria pela presença dos jovens nobres em sua residência.

Com cortesia, François convidou-os para adentrarem o salão principal, onde se encontravam os demais convidados. Eram todos burgueses prósperos, amigos de François.

Todos se levantaram cumprimentando respeitosamente os recém-chegados. Na verdade, Francisca sentia-se um tanto quanto constrangida, mas Pierre e Charles achavam tudo aquilo "o máximo". Percebiam que eram o centro das atenções e, vaidosos, desfrutavam o momento de notoriedade.

Afinal, naquele lugar eram eles os representantes da aristocracia, do sangue azul da nobreza e mereciam toda reverência que lhes era prestada por aqueles burgueses insignificantes. Ali se encontravam por interesses próprios, escusos e inconfessáveis.

Sem dúvida, Charles e Pierre esperavam tirar daquele relacionamento vantagens pessoais típicas da soberba e da irresponsabilidade de muitos nobres que achavam que tudo podiam diante das classes consideradas subalternas.

O anfitrião convidou-os para se sentarem ao seu lado, na cabeceira da mesa. Francisca sentou-se ao lado de François. Pierre sentou-se ao lado de Marriete enquanto Charles ocupou a cadeira ao lado de Charlote. O ambiente era festivo com músicos que tocavam cítaras e harpas, enquanto ao lado graciosas dançarinas exibiam seus dotes artísticos com a dança do ventre.

A um sinal do proprietário da casa, servos começaram a servir os convidados com elegância e apuro. Carnes de todos os tipos eram exibidas em baixelas de prata e servidas a cada um segundo sua ordem. Em seguida, foram servidos vinhos dos mais requintados para agradar os mais apurados e refinados paladares. Sem dúvida, era um banquete digno de ser servido a um rei.

François, inicialmente intimidado com a presença de Francisca, que além da nobreza, tinha atitudes bem reservadas, soltou-se, aos poucos, ao observar que a moça estava realmente impressionada com tudo que via, com a comida que era servida, com a bebida e com a música que tornava o ambiente extremamente agradável.

Apesar de sua condição de nobre, Francisca destoava da arrogância dos irmãos e, paulatinamente, foi deixando transparecer sua simplicidade sem deixar de lado a educação e a elegância.

– Senhor Roupert, devo dizer que estou impressionada com o bom gosto de sua residência e com o esmero do banquete que o senhor está nos servindo. Posso afiançar-lhe que tenho frequentado muitas festas no palácio real, mas poucas vezes pude presenciar tanta organização e bom gosto nas comidas servidas. Tudo está muito perfeito e digno de um banquete real.

As palavras de Francisca foram pronunciadas de forma espontânea e agradaram profundamente o anfitrião que se sentiu lisonjeado.

– Agradeço por suas palavras, Mademoiselle Francisca – respondeu de modo que as maçãs de seu rosto tornaram-se avermelhadas.

François sentiu seu coração pulsar de forma diferente, como há muito tempo não acontecia. Sentia uma atração diferente e profunda por aquela jovem representante da nobreza que se encontrava ao seu lado. Recusava-se a acreditar que se encontrava ao lado de uma moça tão linda, da mais alta estirpe da nobreza parisiense e que ela havia lhe dirigido a palavra. Ele era simplesmente um burguês que nada poderia aspirar em termos de conquistas sociais e ela, simplesmente, uma princesa.

Naquele instante, os olhares de Francisca e François se cruzaram e a moça sentiu um estremecimento. Ficou ruborizada e baixou os olhos imediatamente. Por seu lado, François observou que a moça havia se perturbado quando lhe dirigiu a palavra. Não escapou à sua observação o rubor nas maçãs do rosto de Francisca que baixou os olhos com a fisionomia corada.

Poderia não ser um nobre, mas era um homem vivido. No entanto, recusava-se a acreditar que poderia haver qualquer tipo de atração entre ele e Francisca por dois motivos imperiosos: primeiro, sua idade. Já havia passado dos quarenta anos, e a moça deveria ter no máximo vinte e cinco. Segundo: ela era uma descendente da aristocracia e ele um burguês próspero, é verdade, mas apenas um burguês.

Enquanto isso, Charles e Pierre, após algumas taças de vinho, esbaldavam-se, demonstrando desmesurado interesse pelas irmãs. Os rapazes sussurravam palavras nos ouvidos das moças que estimuladas pelo vinho se divertiam muito rindo pela graça dos irmãos, que eram mestres na arte de seduzir. As filhas de Roupert, sem dúvida, seriam vítimas inocentes daqueles espertalhões travestidos de nobres.

A conversa entre François e Francisca foi também, aos poucos, sendo estimulada pelo ambiente.

– Confesso que já a conhecia de nome, mas não imaginava uma moça tão elegante, educada e bela como você.

Encabulada, Francisca não conseguia esconder sua admiração pelo anfitrião. Seu acanhamento e sua timidez foram vencidos pela simpatia de François e pela ação etílica do vinho ingerido. Os convivas eram alegres e o vozerio era intenso, misturado à música e à elegância das dançarinas, que dançavam com algum convidado mais alegre e alcoolizado.

Em determinado momento, Francisca sentiu a cabeça rodar. Não estava acostumada a beber além de algumas taças de vinho e aquele dia havia passado um pouco da conta. Manifestou desejo de ir embora, pois estava sentindo dor de cabeça.

– Senhorita, compreendo que não esteja bem e deseja se retirar. Sinceramente, fico triste porque essa festa sem sua presença irá perder completamente a graça.

– Lamento, Monsieur Roupert, mas o que mais desejo nesse momento é me deitar e repousar em minha cama, porque não estou me sentindo bem.

Dizendo isso, pediu aos irmãos que a levassem para casa. Tanto Charles quanto Pierre, já bastante alterados pela bebida, recusaram-se a deixar a festa para levar a irmã de volta.

– Ora Francisca, você é sempre a que estraga as festas. Por que não vai embora sozinha? – disse rispidamente Pierre.

– Isso mesmo, vá embora a pé, andando devagar. Até o final do dia você chega em casa! – respondeu Charles com ironia.

Diante da resposta e da falta de educação dos irmãos, Francisca começou a chorar de forma discreta, e François percebeu a falta de elegância e educação de pessoas da nobreza. Sentiu-se decepcionado com a atitude dos rapazes em relação à irmã. Desejoso de auxiliar de alguma forma se ofereceu:

– Perdoe-me, Mademoiselle, não desejo ser inconveniente nem abusar da amizade, mas se a senhorita aceitar, posso levá-la até o castelo de seu pai em minha carruagem.

Francisca ficou calada e pensativa. "Não seria inconveniente chegar em casa levada por um estranho que acabara de conhecer justamente naquele dia? Entretanto, pensava consigo mesma, não havia alternativa, porque conhecia sobejamente seus irmãos e sabia que não sairiam tão cedo daquela festa."

François, percebendo o titubear da moça, insistiu com delicadeza:

– Perdoe-me a ousadia, senhorita, mas quero dizer que não tenho outro objetivo a não ser levá-la para sua casa com segurança e tranquilidade. Por favor, rogo que confie nesse humilde "servidor" que não deseja outra coisa a não ser seu bem-estar. Não sou nobre, mas tenho honra e profundos princípios morais.

Não havia alternativas. Francisca aceitou com um sorriso diante do arrazoado de François. O que ela observava é que aquele burguês era mais educado e nobre que os demais com quem ela convivia na corte.

O anfitrião pediu licença aos convidados, justificando sua ausência temporária. Conduziria Mademoiselle Francisca até seu castelo, uma vez que a senhorita não estava se sentindo bem.

Quando adentrou o veículo, Francisca quase não teve tempo de admirar a beleza e o bom gosto da carruagem do senhor François. Sentia a cabeça pesada, sonolenta de forma que pediu que o anfitrião permitisse que ela se sentasse ao seu lado para que pudesse apoiá-la diante daquela indisposição súbita. Meio sem jeito, mas feliz com a oportunidade, ele aquiesceu.

Mal o veículo movimentou-se, ela pendeu a cabeça e adormeceu no ombro de François e só despertou quando chegaram ao castelo, porque François com delicadeza tocou seu ombro chamando-a.

Sem jeito e envergonhada, ela pediu desculpas pelo inconveniente. François com educação auxiliou-a a descer do veículo e amparando-a levou-a até a entrada do castelo onde a criadagem prontamente veio ao encontro para auxiliá-la.

Imediatamente, retornou à festa em sua mansão. Todavia, Roupert não era mais o mesmo homem de algumas horas antes. Seu coração batia descompassado pelo contato daquele rosto em seu ombro. Para lhe oferecer segurança, ele cuidadosamente a havia envolvido em seus braços, sentindo a maciez daquele corpo feminino e delicado em contato com seu corpo. Havia desejado que aquele pequeno trajeto não tivesse mais fim para poder ficar com ela em seus braços para sempre.

De repente, na meia-idade, já depois dos quarenta anos de idade, François Roupert sentia-se como um adolescente apaixonado. Sim, era a mais absoluta verdade: o amor estava batendo às portas de seu coração. O que fazer? Aquele seria um amor impossível para suas pretensões. Ela, à semelhança de uma linda princesa e ele, um sapo repulsivo e asqueroso.

Seu pensamento estava voltado apenas para Francisca. Diante dos demais convidados parecia distante de tudo, sorridente como um bobo. Nem ao menos notou que suas filhas haviam saído da sala em companhia dos irmãos de Francisca.

Por outro lado, Francisca chegou ao castelo sentindo-se muito confusa. Seus pais haviam viajado para Paris e deveriam retornar apenas no dia seguinte de forma que ela se dirigiu aos seus aposentos, deitando-se em sua cama, adormecendo profundamente.

Dormiu e sonhou. Em seus sonhos, ela havia encontrado um príncipe encantado. Era um rapaz elegante, belo e nobre, que a conduzia em um cavalo galopando pelos campos floridos de primavera.

Chegavam a um bosque onde ela via muitos pássaros de plumagem coloridas e muitas flores. Parecia ouvir uma música que pairava no ar, trazida pela suave brisa daquela tarde primaveril.

Apaixonada, Francisca sentia-se arrebatada nos braços do príncipe e quando chegavam perto do bosque ela fechava os olhos e ele a enlaçava pela cintura e a beijava apaixonadamente. Em seu sonho colorido, tudo era encanto, tudo era belo, parecendo ouvir o canto dos pássaros que saudavam aquele amor, aquela paixão. Em seu sonho, depois do beijo, quando abriu os olhos teve uma surpresa: o príncipe não era outro senão François Roupert, que sorridente a beijava novamente.

Quando acordou, Francisca estava emocionada, porque aquele sonho havia sido muito real. Recordava todos os pormenores e detalhes, enquanto a imagem de François não saia de sua cabeça. Como poderia ser aquele sentimento estranho? Havia uma sensação diferente em seu coração de que havia encontrado um homem muito interessante, mas seus pensamentos começaram a gerar conflitos em sua mente.

Reconhecia que François era um homem de meia-idade, mas fino na educação, um verdadeiro cavalheiro de beleza máscula, que a idade havia dado uma preciosa contribuição com alguns toques especiais que o tornavam ainda mais atraente: os fios de cabelos grisalhos que adornavam a região da têmpora e algumas rugas discretas nos cantos dos olhos que em François pareciam uma moldura que enfeitavam seu semblante.

Nos dias que se seguiram, a figura de François não saia mais de sua mente. Acordava pensando nele, durante o dia seu pensamento era voltado a ele e quando ia dormir, seu pensamento era apenas focado em François.

Por outro lado, François também não conseguia tirar do pensamento o belo semblante de Francisca. Sofria muito porque tinha consciência que aquele sentimento não tinha lá muitas chances de sucesso. Já não conseguia dormir direito e nem tinha mais vontade de viajar a negócios com tanta frequência como normalmente fazia.

A presença constante dos irmãos de Francisca em sua residência era para ele um tênue fio que mantinha alguma esperança de rever novamente a moça. Não se deu conta que aquele estado de letargia estava atendendo aos propósitos desonestos de Charles e Pierre, que saiam quase todas as tardes com suas filhas para o bosque, com a desculpa de passear, porque aquele era um local bastante agradável para passar tardes de final de primavera que já começava a fazer suaves ondas de calor nos finais de tardes ensolaradas.

Na verdade, as moças haviam caído feito presas fáceis para os inescrupulosos irmãos de Francisca, que as haviam seduzido. Marriete e Charlote estavam completamente apaixonadas enquanto Pierre e Charles brincavam com os sentimentos das filhas de François.

# XVI
## Um conflito e uma solução

Era o início do ano de 1789.
A fome e a miséria do povo contrastavam com a opulência da nobreza, provocando descontentamento e revolta da população. A França estava, então, sob o reinado de Luiz XVI e de Marie Antoniete Joséph Jeanne d'Autriche Lorraine ou, simplesmente, Maria Antonieta.

O país passava por um caos social e pelas ruas vivia uma plebe miserável, esfomeada e descrente dos poderes constituídos, uma vez que a nobreza parecia não se dar conta da realidade.

Consta dos relatos históricos, como consequência do distanciamento da realidade e da insensibilidade dos reis a respeito da real situação do povo, a célebre frase da rainha Maria Antonieta quando questionada: – Majestade, o povo não tem pão para comer. E a resposta displicente da rainha: – Se não tem pão, por que não comem brioches?

A verdade é que havia um perigoso clima de revolta pairando no ar e a nobreza não se dava conta da realidade, envolta que estava em um mundo repleto de fantasias e festas. A sociedade clamava por mudanças e não havia mais espaço para uma aristocracia inútil e irresponsável.

Foram momentos marcantes para a história da humanidade que culminariam com a queda da Bastilha, fato que determinou o início da Revolução Francesa, tendo por principal articulador Maximilien François Robespierre que era membro efetivo do Terceiro Estado. Paris viveria uma verdadeira praça de guerra após a tomada da Bastilha, que ocorreria em julho daquele mesmo ano.

Como dizíamos, era ainda início do ano de 1789.

Para a família do Conde Richard Baudini as coisas não andavam bem. Família nobre e tradicional da região de Versalhes, com descendência de antigas gerações da nobreza gaulesa, via, aos poucos, os recursos financeiros se esvaírem após gerações de nobres improdutivos e perdulários. Nos últimos anos, viviam apenas de aparências, pois que o Conde Richard Baudini procurava esconder a todo custo a real situação financeira da família. Para complicar ainda mais as coisas, os inconsequentes filhos viviam em farras e festas dissipando o restante de uma fortuna que um dia havia sido considerável.

Nos últimos tempos até evitava participar dos festins na corte, porque no fundo de seu coração sentia-se amargurado por não vislumbrar uma saída para sua situação financeira. Seu maior tormento era que, em algum momento, sua situação de falência acabasse por vir a público e a vergonha a que seria exposto, o vexame da vida de um nobre cujo nome poderia ser jogado na lama. Noites e noites sem dormir pensando em procurar auxílio com os novos ricos do momento que eram uma classe em ascensão: os burgueses cheios de dinheiro.

Quando observou a aproximação entre seus filhos e François Roupert, sentiu a possibilidade de uma saída que vinha bem a calhar para sua situação: que pelo menos um de seus filhos sentisse interesse em uma das filhas do rico burguês e disso pudesse resultar em um casamento. Aquela possibilidade seria uma saída honrosa, porque certamente teria o apoio financeiro que tanto necessitava.

Entretanto, apesar de ser uma possibilidade real e verdadeira, tinha suas dúvidas a respeito do interesse dos filhos em relação às filhas de Roupert. Conhecia de sobra a personalidade inconsequente dos filhos e temia que, a exemplo de situações anteriores, Charles e Pierre desejassem apenas se divertir com as garotas para em seguida abandoná-las.

Pensou muito a respeito e chegou à conclusão que não poderia desperdiçar uma oportunidade igual àquela. Teria de tomar providências para fortalecer os laços de amizade com o vizinho, procurando aproximar-se de alguma forma e, desse modo, acompanhar de perto e contribuir para que sua ideia tivesse sucesso.

Dessa forma, durante o almoço no final de semana seguinte ao banquete oferecido por Roupert em sua mansão, aproveitou que estavam reunidos todos os filhos e a esposa para comunicar que desejava desenvolver uma relação mais próxima de amizade com o vizinho. A esposa Marie Amelie não se manifestou porque preferia ficar calada, ouvir com atenção para depois tirar algum proveito da situação. Era uma pessoa de difícil trato e, sempre que podia, atazanava a vida do esposo. Entretanto, a reação de Charles e Pierre foi de surpresa:

– O que está nos dizendo, papai? Que história mais estranha essa que o senhor está dizendo – reagiu Pierre.

– Não tem sentido nos aproximarmos de um burguês qualquer! – replicou Charles.

As expressões dos filhos eram de desdém e desprezo. "Aquilo não havia sido um bom sinal", pensou consigo o pai de Francisca, que reagiu com indignação.

– Quem está surpreso e indignado sou eu – disse com severidade Richard. – Não são vocês que constantemente vão caçar nas terras de nosso vizinho burguês e que também concordaram em participar de um banquete em sua residência na semana que se passou e que nos últimos dias passam todas as tardes em sua mansão?

Os filhos ficaram calados diante da reação severa do pai.

– E pelo que fiquei sabendo, além da festa, vocês gostaram também da companhia das filhas de Roupert, ou estou errado?

O rosto de Pierre ficou vermelho de raiva.

– Garanto que foi a fofoqueira da Francisca que veio contar ao senhor!

– Cale sua boca, Pierre! – reagiu com dureza Baudini. – Não interessa quem me contou essa história, mas você tenha educação e respeite seu pai. Contra fatos não existem argumentos, e eu sei de tudo. Ousam desmentir o que estou dizendo?

Diante da postura severa do pai, Charles que ia se manifestar, resolveu também se calar. O pai de Francisca continuou:

– Pretendo retribuir o gesto de amizade de nosso vizinho convidando-o e as suas filhas para um jantar em nosso castelo no próximo final de semana.

Charles que ficara calado resolveu se manifestar, mas dessa vez com cuidado:

– Até acho uma boa ideia, papai. Todavia, posso assegurar que quem realmente irá se sentir feliz com essa ideia é Francisca.

– Pelo que me consta, o Sr. Roupert é uma pessoa já com certa idade e além do mais viúvo. Por que você acha que Francisca ficaria feliz? – perguntou surpreso o Sr. Baudini.

– Sabia, papai, que o Sr. Roupert não é tão velho assim como o senhor imagina. Além do mais, ele me pareceu muito interessado em nossa irmã. Durante o banquete ele a convidou para que se sentasse ao seu lado e quando ela desejou retirar-se da festa foi o próprio Senhor Roupert, todo galanteador, que a trouxe em sua carruagem.

O rosto de Francisca ficou ruborizado de vergonha. Charles havia acertado em cheio, porque durante a semana toda a jovem havia pensado em Roupert. No fundo em seu coração, imaginava como poderia novamente encontrar com aquele homem tão interessante que havia marcado seu coração. A ideia de seu pai em se aproximar e convidá-los para um jantar reacendeu em seu coração a alegria de poder revê-lo.

– Não quero saber de fofocas! Vamos preparar um jantar no próximo sábado e eles serão nossos convidados. Vocês – disse dirigindo-se aos filhos – serão meus mensageiros a

Roupert, levando o convite a esse homem que entendo deva ser honrado e digno de nossa amizade.

Terminado o almoço, Francisca dirigiu-se ao seu aposento com um sentimento de felicidade e de alegria que jamais sentira. Desejava mais que tudo reencontrar aquele homem que a havia impressionado e tocado seu coração. Lembrava seu porte másculo, sua fisionomia simpática, mas com seriedade, sua postura firme de um homem vivido e experiente. Até então, ela jamais havia se apaixonado. Havia conhecido outros homens na corte, que frequentemente se revelavam pessoas frívolas e vazias, inescrupulosos, além de feios, arrogantes e excessivamente vaidosos.

O que mais a havia impressionado em François Roupert era o contraste de um homem maduro e ao mesmo tempo alegre e jovial, inteligente e simples, sem demonstrar nenhuma arrogância, apesar de ser um homem culto e rico.

Já se sentia mais do que farta de nobres inúteis, ignorantes, arrogantes, feios, asquerosos, cheios de vaidade e convencidos que por serem nobres todas as mulheres deveriam se render às suas conversas tolas e vazias.

François era a antítese de todos os homens que ela havia conhecido.

Por outro lado, a reação de Francisca diante das observações de Charles não escapou à atenta observação de seu pai, que inicialmente não havia dado muita atenção para as bobagens ditas pelo filho.

Quando existe preocupação exacerbada em relação a algum problema, esse problema transforma-se em desespero, e o desespero faz com que as pessoas percam a noção da realidade, viajando em pensamentos e elucubrações mentais que chegam às raias da loucura.

Ora, o Sr. Baudini mal acabara de ouvir um comentário do filho a respeito de um eventual interesse de Francisca em relação ao vizinho burguês e seus pensamentos já bailavam no tempo e no espaço.

Intimamente, sentia-se satisfeito por duas razões: a primeira era arrumar um casamento para a filha. Até então, Francisca não havia demonstrado interesse por nobre algum da corte. Preocupava-se que a filha não encontrasse nenhum partido e o pior: acabasse por ficar velha e solteirona. Segundo: uma possível união entre a filha e um rico burguês seria uma excelente solução para resolver todos seus problemas econômicos. Poderia exigir um bom dote do pretendente a genro e salvar sua situação financeira.

Pensando nesse assunto, resolveu solicitar o auxílio de Marie Amelie, sua esposa.

– Minha querida Amelie – era assim que Richard a chamava carinhosamente quando desejava alguma coisa – precisamos conversar.

A esposa sorriu porque conhecia muito bem as manhas do esposo.

– O que deseja Richard? – respondeu com a fisionomia séria, porque sabia que viria algum pedido de favor, e o que ela fazia sempre que isso acontecia era valorizar ao máximo seus préstimos.

– Você prestou atenção no que Charles disse durante o almoço?

Marie Amelie já começou a imaginar qual seria o interesse do marido.

– Ouvi sim, e o que tem isso?

O objetivo era complicar ao máximo para tirar maior proveito da situação.

– O que tem isso? Você ainda pergunta o que tem isso? Você observou a reação de nossa filha?

Marie Amelie poderia aparentar uma esposa submissa, mas no íntimo era ardilosa e sagaz.

– Você acha que não observei que ela ficou com o rosto avermelhado?

– E o que você acha disso tudo?

– Tudo bem Richard, onde você pretende chegar com essa conversa?

– O que quero dizer é que Charles disse a verdade. Ao que me parece nosso vizinho burguês está interessado em nossa filha e, por outro lado, parece também que nossa filha está interessada em nosso vizinho burguês. Terei de ser mais claro?

– E daí, Richard? Como você pode imaginar que possa haver algo entre nossa filha e um burguês? Nós somos descendentes da nobreza parisiense!

– É isso que me deixa irritado, minha doce e adorada Amelie! De que adianta nossos títulos de nobreza se estamos completamente arruinados? E você ainda vem com essa história de nobreza?

– Você está perdendo a razão, Richard. Não imagina como fica nossa honra? Não posso nem imaginar que nossa filha venha se misturar com qualquer um. Vamos macular nosso sangue azul e de nossos antepassados?

– Sangue azul, sangue azul – repetiu irritado Baudini – essa estupidez que tomou conta de todos não é verdade.

Onde está o sangue azul? Machuquei minha mão e o sangue que saiu foi vermelho como o de qualquer outro. O seu também é vermelho, então, pare com essa idiotice de sangue azul, porque isso não existe, é apenas arrogância e ignorância de muitos.

Marie Amelie ficou calada diante da irritação do marido. Sabia da situação que vivia e que, afinal, ela também estava preocupada, mas se tinha uma coisa que a divertia muito era deixar o marido nervoso e irritado.

– Tudo bem – respondeu aparentando concordar. – Conheço essa tese e não quero mais discutir, mas você não pode ignorar que nossa nobreza é hereditária. Como podemos pensar em quebrar essa hereditariedade com um casamento com algum pretendente oriundo da plebe ignara?

– Acho que toda essa história um dia ainda vai acabar – disse em tom profético. – Estamos vivendo um momento muito difícil em nossa sociedade e pressinto que estamos na iminência de uma revolução em nosso país.

– Você sempre foi muito pessimista, Richard. Nós da nobreza somos escolhidos de Deus, porque já nascemos nobres. E se nascemos nobres, não é a vontade de Deus?

Richard ficou calado e taciturno. Havia momentos em que se sentia envergonhado em fazer parte de uma classe que se sentia privilegiada, escolhida de Deus, enquanto o povo vivia nas ruas de Paris na penúria e na miséria.

Ao perceber que tinha ido longe demais, a esposa fez um afago nos cabelos do esposo.

– Desculpe-me, Richard, mas temos pensamentos diferentes. Minha preocupação não é com a miséria do povo, mas com a possibilidade da nossa própria miséria. O que posso fazer para ajudar?

As palavras de reconciliação da esposa fizeram o rosto de Richard desanuviar.

– Desejo que você converse com Francisca. Uma conversa de mãe e filha, para ouvir dela o que realmente acontece com seu coração. Não estou preocupado que nossa filha se misture com alguém da plebe. O que desejo é que nossa filha seja feliz e se sua felicidade estiver no amor de um homem que não pertence à nossa classe social, não me importo.

No dia seguinte, a mãe de Francisca procurou o marido para dar a notícia: havia falado com sua filha. Richard estava extremamente preocupado e ansioso.

– Falei com nossa filha.

– E então? Como foi a conversa?

Marie Amelie sorriu satisfeita, porque trazia boas notícias. No fundo, para ela também era um alívio a notícia que trazia.

– Você sabe como nossa filha é acanhada. Inicialmente, negou qualquer interesse, mas diante de minha insistência – disse para valorizar seu desempenho – ela acabou confessando: está apaixonada pelo nosso vizinho. Entretanto...

– Você quer me enlouquecer Amelie, entretanto o quê?

A esposa fazia um breve hiato para fazer ainda mais suspense, enquanto o marido parecia que iria à loucura. Adorava fazer isso.

– Entretanto, ela está preocupada, porque mal conhece nosso vizinho burguês.

– Quer dizer que ela não está interessada?

— Não disse isso, o que disse é que não está certa é das intenções dele para com ela. Disse que o burguês é extremamente educado, fino, tem personalidade firme, mas não tem certeza se realmente ele se interessou por ela ou foi simplesmente educado.

— Ora, Amelie, você acha que nossa filha é assim tão inocente? Que ela não percebeu que ele também está interessado nela?

— Ora, meu esposo, deixe de ser bobo, você acha que esse homem não está interessado em nossa filha?

E fazendo um ar de cumplicidade, aproximou-se mais dizendo em seu ouvido, como que querendo comentar um segredo:

— Meu sentimento de mãe diz que esse burguês faria tudo para se casar com nossa filha! E digo mais: sentimento de mãe não se engana!

A verdade é que a mãe de Francisca não havia revelado ao pai toda conversa que tivera com sua filha, para valorizar mais diante do esposo seu papel de mãe.

— Vamos preparar um jantar e convidar nosso vizinho e suas filhas! Pode ter certeza que tudo vai dar certo!

Richard suspirou aliviado e feliz com as palavras de sua esposa. Parece que naquele episódio podia contar com seus préstimos e boa vontade.

# XVII
## Uma terrível tragédia

Assim aconteceu.

No sábado, o palácio da família Baudini engalanou-se para receber os vizinhos burgueses para o tão aguardado jantar.

François Roupert não cabia em si tamanha a satisfação. O fato de ter sido convidado para um jantar no palácio de uma família que pertencia à nobreza era um acontecimento assaz alvissareiro. Os pensamentos fervilhavam em sua mente, diante da possibilidade de estreitar os laços de amizade com a família Baudini, de uma possível união entre as famílias pelo enlace matrimonial entre uma de suas filhas e um dos rapazes e a oportunidade de rever Francisca.

Realmente, aquele convite viera em um momento oportuno, porque nos últimos dias a moça não saia de seus pensamentos, mas estava preocupado, pois ele não tinha certeza se a moça demonstrara algum real interesse ou fora apenas gestos de uma pessoa habituada à classe e à educação característica da nobreza.

Era o final da tarde quando chegaram, sendo recepcionados por criados vestidos em trajes específicos para festas. Marriete e Charlote pareciam encantadas. Era a primeira vez que adentravam um meio social de nobreza, e seus corações pulsavam impressionados pela imaginação de algo fantasioso e mágico.

Criados solícitos estenderam um tapete vermelho para que adentrassem o salão nobre do palácio do Conde Baudini. Aquela era uma homenagem reservada à recepção de figuras ilustres. Aos olhos impressionados de François, a sensação era de que o evento seria revestido de muita pompa.

Adentraram o recinto.

O salão era grandioso em formato oval, exibia pendurados no teto lustres de cristais, enquanto as grandes janelas eram iluminadas pela luz do sol filtradas em caprichosos mosaicos de vidro, enquanto que em lugares estratégicos belos candelabros banhados a ouro completavam a luminosidade do ambiente.

A família do Conde Baudini veio recebê-los em trajes de gala típicos para ocasiões especiais de festas nos palácios da realeza parisiense. A aparência era importante no meio da nobreza de tal forma que não se poderia jamais deixar transparecer a difícil situação financeira que se encontravam.

O conde conseguiu seu intento, pois tanto as filhas quanto o próprio François ficaram simplesmente embevecidos com tudo que observavam. Suave música soava no ambiente, com voz melodiosa e som de harpa ecoavam de forma harmônica em todos os recantos da sala de estar onde os recém-chegados foram convidados a sentar.

Foi servido um delicioso licor para as moças enquanto para os homens foi servido um vinho de uma safra especial que o conde guardava para momentos especiais.

– Sejam bem-vindos! Estamos muito satisfeitos com vossa presença! – saudou o anfitrião com cordialidade.

François e as filhas fizeram uma reverência de agradecimento.

– Nós é que agradecemos pelo convite, Senhor Conde. Sentimo-nos lisonjeados por tamanha honraria – respondeu François.

Enquanto o Conde e François conversavam, a tradição dizia que as demais pessoas presentes deveriam permanecer em silêncio, até que a palavra fosse liberada aos demais.

O Conde Baudini também estava impressionado com a jovialidade do convidado. Realmente seu filho Charles tinha razão: Roupert era um homem de meia-idade, mas de excelente aparência. Examinou as filhas do convidado e reconheceu que as moças eram muito lindas.

– Devo dizer "monsieur" Roupert que suas filhas são muito simpáticas e belas.

O Conde conduzia a conversa com formalidade. Era necessário que assim fosse para que ficasse claro para o convidado que tivesse consciência, pois que apesar do convite havia uma distância entre eles, que por ora, deveria permanecer daquele jeito.

Por outro lado, François tinha pleno conhecimento que aquela formalidade era necessária, até que durante o jantar tudo se resolveria depois de algumas taças de bons vinhos e boas risadas.

— Sinto-me agraciado por suas palavras lisonjeiras, Senhor Conde. Eu e minhas filhas somos imensamente gratos por sua gentileza e cortesia.

— Estou simplesmente falando a verdade! Por outro lado, quero agradecer muitíssimo o convite que o senhor nos honrou convidando meus filhos e minha filha para um banquete em sua mansão, além de permitir que meus rapazes possam caçar em suas terras.

— Eu é que me sinto honrado em poder de alguma forma propiciar aos seus filhos momentos de lazer. Sei que uma boa caçada é muito prazerosa e seus filhos são exímios no manejo do arco e flecha.

A conversa estava se estendendo em demasia na formalidade e se tornando cansativa. Foi Charles quem resolveu colocar um termo naquilo tudo.

— Ora, papai, deixe de tantos salamaleques, o Senhor François é um amigo nosso, vamos ser mais descontraídos e objetivos.

Pierre aproveitou "a deixa" do irmão para também se manifestar.

— Charles tem razão, papai. O Senhor François é nosso amigo, então, não precisamos ficar com tantas formalidades.

A esposa engrossou o coro dos descontentes.

— Nossos filhos têm razão, Richard! Vamos descontrair o ambiente.

Apanhado de surpresa pela reação de seus filhos e da esposa, o Conde ficou sem graça, mas foi Francisca que veio em seu socorro.

– Perdoe meus irmãos, Senhor François. Esse é o jeito de papai e ele está apenas sendo educado, usando de fidalguia para recebê-los em nossa casa, mas pode ter certeza que papai é uma pessoa simples.

Dizendo isso, Francisca abraçou seu pai osculando sua face.

Aquela atitude da moça descontraiu o ambiente de vez e o Conde sentiu-se à vontade para convidá-los para o salão de festas onde seria servido o jantar.

– Perdoem-me amigos – disse o Conde amenizando a conversa – mas o ambiente da corte muitas vezes nos deixa com excesso de formalidades de tal forma que esqueço que não estamos naquele ambiente. Afinal, aqui é minha casa e aqui quem faz as regras sou eu!

Todos riram descontraídos, porque Charles e Pierre já haviam oferecido o braço para Marriete e Charlote, enquanto o Conde oferecia o braço à condessa. Tudo ocorreu de forma tão natural que François ofereceu seu braço à Francisca que aproveitou a ocasião para se aproximar de seu amado.

François estava feliz observando Francisca: a moça estava simplesmente deslumbrante. Sentia que seu coração estava cativo para sempre, prisioneiro daquela beleza, que apesar da condição de nobreza, tinha simplicidade no coração.

Quando chegaram ao salão de festas havia um rapaz e uma moça tocando harpa e cítara. A moça tocava e cantava com um timbre de rara beleza enquanto a música se espalhava criando harmonia e alegria no ambiente festivo.

Sentaram-se à mesa sendo que o Conde e a Condessa ocuparam as cabeceiras. As moças ao lado dos rapazes e Francisca ao lado de François, que naquela altura parecia meio acanhado.

– Tenho ouvido falar do senhor "Monsieur" Roupert! – iniciou nova conversa o anfitrião.

– Espero que coisas boas – retrucou François.

– Sem dúvida, tenho ouvido boas referências a seu respeito. Sei que o senhor é um homem de negócios muito respeitado. Viaja muito?

– Tenho viajado bastante nos últimos tempos, Senhor Conde, porque os negócios estão prosperando e necessito periodicamente de comprar novos estoques de produtos.

– Quer dizer que além das terras o senhor também tem comércio?

– Sim, senhor! Ultimamente venho importando tecidos, ferramentas e especiarias da Itália, Alemanha e da Inglaterra para vender em Paris.

Visivelmente admirado, o Conde prosseguiu. Aquela conversa interessava muito e as revelações de Roupert demonstravam que sua fortuna era ainda maior que ele havia suposto.

– Muito bem, estou impressionado com suas viagens. E pode me dizer se o resultado é compensador? – perguntou demonstrando interesse.

Francisca parecia feliz com o interesse de seu pai, enquanto os rapazes não davam "bola" para o assunto, rindo e conversando baixinho com as garotas.

– Não posso me queixar, senhor Conde! Nos últimos anos tenho alcançado excelentes resultados financeiros o que irá permitir concretizar um sonho: montar em Versalhes uma pequena fábrica de tecidos. Já tomei as devidas providências para a aquisição de teares na Alemanha e em breve estarei com a fábrica pronta para produzir aqui na França a maioria dos tecidos que hoje estamos importando.

– Excelente, Senhor Roupert! Confesso que estou admirado com seus ideais de empreendedorismo. Tenho observado que nós da nobreza nada, ou pouco fazemos em prol do progresso de nosso país, e o senhor vem demonstrar o valor do trabalho que leva ao progresso e, por conseguinte, a bons resultados financeiros.

– O senhor Conde tem razão, tenho trabalhado bastante e sinto-me recompensado por esse trabalho. O resultado financeiro tem sido uma consequência de meu trabalho, o que me deixa extremamente satisfeito – ponderou François.

Naquele momento, a um sinal do Conde, começou a ser servido o jantar regado a excelente vinho de safra especial. Em pouco tempo, a conversa correu mais descontraída, com risadas das filhas de Roupert e dos rapazes que cochichavam algumas piadas para as moças. O licor e o vinho completaram o restante.

O próprio anfitrião, tomado por descontração própria dos vapores etílicos inalados, fazia brincadeiras com o convidado.

– Senhor Roupert! Ah! Vamos deixar de formalidades – brincou sorrindo – Senhor François, eu imaginava o senhor com aparência de mais idade, mas vejo que o amigo está bem conservado! Sei que o senhor ficou viúvo há muitos anos e que tem duas filhas moças, então, imaginava um homem de cabelos e barbas brancas, mas sua aparência me surpreendeu!

– Realmente, Senhor François – emendou a Condessa sem formalidades – confesso que também fiquei surpresa, porque não imaginava um homem ainda relativamente jovem.

François ficou com o rosto avermelhado diante das observações espontâneas dos anfitriões. Sorriu meio sem jeito e respondeu:

– Senhor Conde, Senhora Condessa, acho que estão sendo demasiadamente condescendentes com esse vosso criado! Afinal, já passei dos quarenta anos de idade!

– Não aparenta essa idade, Senhor François – replicou a Condessa.

– Concordo com as palavras de meus pais, Senhor François – endossou Francisca. Realmente o senhor não demonstra a idade que tem!

– Não pensou em se casar novamente? – perguntou o Conde.

Mais uma vez apanhado de surpresa, François fez breve silêncio, para em seguida responder.

– Caro Senhor Conde e Condessa, até há pouco tempo não havia pensado nesse assunto, mesmo porque amava muito minha esposa. Mas, já passou mais de dez anos desde sua morte e ainda me sentia muito afetado pelos sentimentos que nos envolviam. Todavia, devo confessar que tenho sentido a falta de uma companheira ao meu lado e que nas últimas semanas tenho pensado bastante sobre essa possibilidade. Minhas filhas já são moças, tenho esperança que possam encontrar pretendentes de bem para se casarem e eu percebo que estou ainda relativamente jovem, de forma que se encontrasse a pessoa ideal estaria disposto a contrair novo casamento.

— O amigo tem toda razão — ponderou o Conde — porque realmente ainda é jovem e tem uma vida toda pela frente. Tenho certeza que será muito feliz se encontrar a moça ideal para acalentar seu coração.

Francisca acompanhava aquela conversa com muita atenção e, em seu íntimo, sentia-se feliz ao ouvir as palavras de François. Sentia-se esperançada.

A conversa estava descontraída e acalorada.

Terminado o jantar veio a sobremesa, e a música continuava animada. Todavia, François demonstrava preocupação com o horário avançado da noite.

— Senhor Conde, Senhora Condessa, perdoe-me a indelicadeza, mas já abusamos em demasia de vossa hospitalidade. Já passam das nove horas da noite e devemos nos retirar.

— Senhor François, ainda é muito cedo! Mal terminamos o jantar! — protestou a Condessa.

— É que não estou costumado a beber, Senhora Condessa! Na verdade, estou me sentindo um tanto quanto alterado, talvez por efeito do vinho, que por sinal é muito bom de forma que acabei exagerando nos cálices.

Diante das palavras de François, a Condessa, objetivando ganhar pontos com o esposo e possivelmente com o futuro genro, fez uma proposta:

— Senhor Roupert, o senhor e suas lindas filhas não precisam se retirar. Caminhar pela noite por essas estradas desertas não é muito aconselhável. Vocês são nossos convidados e teremos muita honra em hospedá-los! Temos aposentos especiais para acolher amigos! Pernoitem aqui e aproveitamos para amanhã almoçarmos juntos!

As palavras da Condessa provocaram um estremecimento de satisfação em François. Ser amigo próximo de representantes da nobreza era algo que o deixava em estado de extrema satisfação. Não teve tempo para pensar muito, pois o Conde replicou as palavras da esposa:

– Excelente ideia, querida! – e voltando-se para François enfatizou: – Vocês são nossos convidados de honra! Fazemos questão que se hospedem em nosso castelo essa noite.

As filhas de François engrossaram o coro:

– Por favor, papai, por que não podemos ficar?

O coro foi geral. Pierre e Charles juntaram-se aos demais pedindo que ficassem. Na verdade, as rogativas dos irmãos escondiam propósitos escusos.

A única que ainda não havia se manifestado era Francisca. Ela simplesmente olhou para François e pediu:

– Por favor, fique, pois sua presença em nossa casa é muito bem-vinda! Fiquem, porque todos nós ficaremos muito felizes!

As palavras de Francisca eram sinceras de forma que François não mais resistiu, capitulando diante das palavras da amada:

– Obrigado por tamanha consideração, amigos! Serei eternamente grato por essa manifestação de amizade! Sinto-me feliz e honrado por vosso convite.

O Conde sentia-se satisfeito. Em sua opinião, François já havia sido apanhado na rede e não tinha mais como escapar.

Comemoraram com mais algumas taças de vinho e, em seguida, François pediu permissão para se retirar aos aposentos que lhe foram destinados, adormecendo profundamente.

As coisas correram conforme o planejado pelo Conde Richard Baudini. Francisca estava apaixonada por François e o burguês não conseguia esconder seu amor pela moça. Com a preciosa contribuição da Condessa e a aquiescência do Conde, Francisca e François uniram-se em matrimônio no mês seguinte, em grande festa oferecida à nobreza no castelo do Conde, com o patrocínio do próspero burguês, naquele momento seu genro.

Francisca e François estavam muitíssimo felizes, viajando em núpcias para Veneza, na Itália, visitando em seguida os Alpes Suíços e finalmente os bosques de Viena, que a moça tanto desejava conhecer.

Foram alguns meses de felicidade intensa, mas infelizmente para o casal tudo passou muito rápido, pois em 14 de julho daquele ano, a multidão, cansada de tantos desmandos, enfurecida, invadiu a Bastilha, assassinou o governador Marquês de Launay e em seguida demoliu a poderosa fortaleza. Após esse episódio, foi constituída uma guarda nacional para manutenção da ordem e uma administração de notáveis para administrar o país. Estava deflagrada a revolução que culminaria com a revolta dos camponeses e ataques a castelos da nobreza até então reinantes.

Era o início de um período turbulento em que o terror se espalhava em um país que passou a ser governado por um poder executivo extremamente poderoso e influente, sob o comando de Maximilien Robespierre que extrapolou de suas atribuições promovendo perseguições e execuções sumárias.

A revolução recrudesceu, tornando-se cada vez mais violenta. Em 1791 foi outorgada uma Constituição sob o lema:

Liberdade, Igualdade e Fraternidade. Na tentativa de se manter no poder, o rei Luiz XVI efetuou várias concessões aos revolucionários, mas nada adiantou diante dos revoltosos comandados por Robespierre. Na tentativa de fugir do país foram feitos prisioneiros, julgados e condenados por crime de traição, sendo todos executados na guilhotina.

Nesse ambiente de incertezas, perseguições e morte, as coisas não correram bem para o Conde Richard Baudini e sua esposa. O castelo foi invadido, saqueado e o Conde e sua esposa foram assassinados de forma cruel.

Na tentativa de defender o pai de Francisca, François reuniu alguns soldados da guarda nacional que lhe eram fiéis, uma vez que tinham servido a seu soldo. Essa atitude custou caro ao burguês, porque foi considerado um traidor pelos revolucionários. Suas propriedades foram invadidas, ele e Francisca foram assassinados na fúria tresloucada da turba. Charles e Pierre tentaram fugir desesperados, mas foram alcançados, feito prisioneiros, torturados e mortos.

Assim, aquele final de século terminava com uma revolução que modificaria para sempre a história da humanidade. Após o período mais agudo da revolução, a burguesia ascendeu o controle do poder mandando executar importantes líderes da revolução, entre eles Robespierre.

Criou-se o Governo do Diretório que permaneceu pelo período de 1795 a 1799 sendo promulgada nova Constituição que outorgou o Poder Executivo a cinco de seus membros. Nesse período, objetivando a estabilização do regime, foram tomadas medidas importantes como a Reforma Agrária, quando foram distribuídas terras para o povo desejoso de trabalhar e produzir alimentos em suas novas propriedades agrícolas. Foram quase três milhões de novos proprietários. Paralelamente, tomaram-se medidas para controle dos preços dos gêneros de primeira necessidade, perdão das dívidas e libertação daqueles que se encontravam condenados por impostos e extinção da escravidão nas colônias francesas.

Foram anos de crises sucessivas em conflito com a Grã-Bretanha, Áustria e Prússia que apenas cessou em 09 de novembro de 1799 quando um jovem general de nome Napoleão Bonaparte assumiu o poder, dissolvendo o Governo do Diretório, criando novo governo, denominado Consulado Provisório, em que ele era o primeiro Cônsul, governando nessas condições até 1804 quando foi eleito em plebiscito Cônsul Vitalício. Em seguida, foi coroado Imperador dos franceses, estabelecendo um regime monárquico, cujo poder concentrava-se em suas mãos.

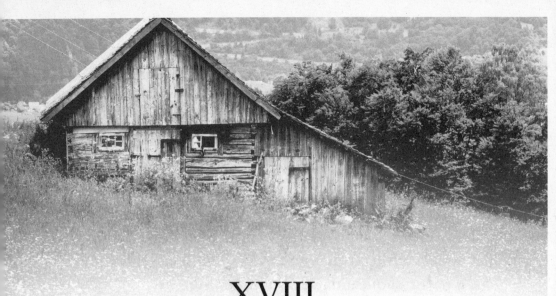

# XVIII
## Um século depois

Estávamos no Brasil Imperial, reinado de D. Pedro II.
O Brasil utilizava braços escravos para o duro trabalho nas lavouras de café e cana-de-açúcar. Essa prática ignominiosa tivera início desde o ano de 1559, em que navios negreiros, oriundos da costa africana, chegavam abarrotados nas costas brasileiras, trazendo grandes contingentes humanos para o trabalho escravo. Eram trabalhos forçados e muito duros, sem descanso, sem nenhum direito, com imposição de castigos cruéis e impiedosos infringidos àqueles que ousavam se rebelar.

Era uma ignomínia que manchava as terras da Pátria do Cruzeiro.

Movimentos abolicionistas que lutavam contra aquela vergonha já haviam obtido alguns avanços, como a lei assinada em 07 de novembro de 1831 que proibia o tráfico de escravos ao Brasil. Todavia, os interesses econômicos dos proprietários de terras e a total dependência da mão de obra escrava nas lavouras e fazendas brasileiras formavam um entrave para maiores avanços dos ideais abolicionistas. O tempo passou inexorável e impiedoso para nossos irmãos escravizados e foi apenas em 28 de setembro de 1871, com a Lei do Ventre Livre, que o movimento voltou a ganhar novo alento, uma vez que aquela lei declarava que toda criança nascida de escravos, a partir daquela data, deveria ser livre.

Mas ainda era pouco.

Demandaram alguns anos para que surgisse nova lei em favor daquele povo sofrido. Em 28 de setembro de 1885 veio a Lei dos Sexagenários que concedia, a partir daquela data, alforria aos escravos maiores de sessenta anos de idade.

Entretanto, a escravidão ainda estava longe de ser extinta no Brasil. Nomes de peso do movimento abolicionista: André Rebouças, João Clapp, José Mariano, Antonio Bento, Quintino Bocaiúva, José do Patrocínio, Joaquim Serra, Ferreira de Menezes entre outros, engrossaram a luta em busca da completa extinção da escravatura no Brasil.

Enfim, em um dia de domingo, que o calendário marcava o dia 13 de maio de 1888, finalmente, a Princesa Isabel, regente do Império, assinou a Lei 3.353 conhecida por Lei Áurea. Estava finalmente colocado um ponto final na escravidão, motivo de vergonha para o país que era a Pátria do Cruzeiro.

A lei trazia em seu conteúdo muita objetividade e simplicidade, com profundo significado, com apenas dois artigos: Art. 1º.: – É declarada extinta a escravidão no Brasil. Art. 2º.: – Revogam-se as disposições em contrário.

A lei não previa nenhuma compensação aos proprietários dos escravos nem aos próprios escravos, provocando grande descontentamento entre os proprietários de terras e escravos, movimento esse que recrudesceu nos meses que se seguiram, culminando com a Proclamação da República e o exílio da família imperial do Brasil.

Contudo essa é outra história.

O grito dos negros libertos ecoava pelas matas, pelos grotões e pelos campos afora. Era uma sensação diferente, misto de alegria e felicidade daquelas criaturas sofridas durante tantos séculos, que finalmente haviam alcançado a tão sonhada alforria. Embriagados pelo delírio e quase enlouquecidos pela sensação estranha da liberdade nem sabiam o que fazer para festejar tamanha conquista. A felicidade de um povo sofrido e oprimido por tanto tempo era muito grande.

Todavia, logo eles acordariam para uma triste realidade: O que fazer com a liberdade conquistada? Não tinham para onde ir, não foi prevista nenhuma estrutura de apoio, não havia expectativa de futuro para um povo oprimido ao longo dos anos de trabalhos forçados.

Aqui também é outra história, muito triste por sinal.

Todavia, vamos voltar a alguns anos.

Corria o ano de 1880 e ainda não havia sido assinada a Lei dos Sexagenários. Na grande fazenda conhecida por Ouro Verde, pela grandiosidade de suas plantações de café e açúcar e extensão de terras, o contingente de escravos era muito grande: mais de trezentos escravos eram utilizados nas duras lidas das lavouras.

O proprietário era um rico português chamado José Ferreira que vivia em uma confortável mansão, conhecida por Casa Grande, com sua esposa Marieta, dois filhos por nome Joaquim Pedro e Luiz Manoel e uma filha chamada Maria Anita.

Eram os mesmos personagens da reencarnação anterior em terras da França: José Ferreira era o orgulhoso Conde Richard Baudini, Marieta a Condessa, Joaquim Pedro era Charles, Luiz Manoel era Pierre e Maria Anita era Francisca.

O fazendeiro viera de Portugal no ano de 1850, ainda jovem, mas cheio de ambições, resquícios de outrora, almejando alcançar riqueza, poder e fama. Adquiriu, com o concurso de amigos influentes, belíssima fazenda localizada na região da Serra da Mantiqueira, próxima à divisa entre o Estado de São Paulo e o Estado de Minas Gerais. Com terra boa à disposição e clima propício, adquiriu grande contingente de escravos e começou a fazer fortuna com mão de ferro e o estalar impiedoso da chibata e do chicote.

Casou-se com a filha de um patrício influente na corte, desposando Marieta, então, jovem e também ambiciosa que viu em José Ferreira um bom partido e a oportunidade de fazer riqueza.

Desse matrimônio vieram os três filhos: primeiramente a filha Maria Anita, e depois Joaquim Pedro e em seguida Luiz Manoel.

A fortuna de José Ferreira crescia ano após ano ao lado de seu orgulho e da vaidade da esposa. Os filhos cresciam envoltos em todos os mimos possíveis e imagináveis. Escravas solícitas cuidavam das crianças, que desde pequenas, começaram a manifestar as tendências peculiares às personalidades de cada um.

José Ferreira costumava cavalgar com seu cavalo imponente e orgulhoso, observando junto às montanhas os escravos dando duro na enxada, trabalhando no cafezal que se estendia a perder de vista nas regiões mais elevadas. Depois, seu passatempo favorito era passear com seu cavalo supervisionando o canavial que também se estendia na distância. Sentia enorme prazer ao ver os negros com seus braços fortes cortando cana, municiando os carros de bois que se dirigiam ao engenho, onde a cana era moída, transformada em garapa, que em seguida ia para os grandes tachos ferventes onde se transformava em melaço e finalmente em açúcar mascavo.

Tanto o café colhido quanto o açúcar que era produzido na Fazenda Ouro Verde eram produtos para exportação, o que rendia bons dividendos que enchiam cada vez mais o bolso de José Ferreira. Sua fortuna só aumentava, considerando que o custo da produção era barato e os resultados eram auspiciosos. Seu orgulho aumentava e sua sensação de poder extrapolava sua própria consciência, fazendo com que se sentisse mais poderoso que o próprio imperador, nos domínios de suas terras.

Maria Anita já estava com dez anos de idade e seus irmãos Joaquim Pedro e Luiz Manoel já haviam alcançado a casa dos nove e oito anos respectivamente.

Os garotos manifestavam-se terríveis em traquinagens e maldades contra as mucamas e serviçais da casa grande. O pai havia presenteado cada um com um pequeno chicote, para que pudessem andar a cavalo. Todavia, aquele apetrecho servia para outra finalidade: viviam pregando peças de mau gosto, provocando tombos nos escravos mais idosos e muitas vezes chicoteavam as escravas sob o olhar de complacência dos pais que se divertiam diante das maldades dos filhos.

Como dissemos, anteriormente, a cada reencarnação trazemos em nossa bagagem resquícios de nossa personalidade de existências passadas. A cada nova experiência, pelo amor ou pela dor, lapidamos nossas tendências, nossas imperfeições, despindo-nos gradativamente de nossas mazelas.

Todavia, existem tendências espirituais que se encontram enraizadas em nossa personalidade, que demandam mais experiências na carne e, na maioria das vezes, maiores sofrimentos para sua depuração.

Maria Anita já trazia em sua nova experiência reencarnatória certa melhoria em termos espirituais. Espírito já bastante sensível, desde menina não se acostumava a assistir calada aos castigos impostos aos escravos nem ao trabalho impiedoso a que eram submetidos os idosos e as mulheres escravas.

Afeiçoou-se à negra que era a Áia Mucama que praticamente cuidou dela e de seus irmãos. Enquanto ela procurava conversar com Nhá Benta, sua mãe a advertia a não dar atenção à negra. Seus irmãos viviam se divertindo, pregando peças na preta velha que os havia embalado no colo, para que a "patroa" dona Marieta levasse uma vida sossegada.

Nhá Benta sentia-se muito agradecida pela atenção que "Sinhazinha" lhe dedicava porque sabia que Maria Anita, ou simplesmente "Mariazinha", como era chamada, era sincera.

Quanto a Joaquim Pedro e Luiz Manoel eram simplesmente dois pestinhas, desde pequenos. Não esgotavam jamais o repertório de maldades e peças de mau gosto que viviam pregando em Nhá Benta, que suportava tudo calada e paciente.

Fazer o que? Eram os "patrõezinhos", como carinhosamente os chamava. Havia assistido ao nascimento de ambos, vira-os crescer e não conseguia sentir raiva ou ressentimento das maldades praticadas pela dupla.

"Virava e mexia", Joaquim Pedro apanhava os ramos de um espinheiro chamado "joá bravo" e enquanto Luiz Manoel distraia a Mucama, o irmão mais velho colocava o ramo de espinhos para que Nhá Benta se sentasse. Quando ela gritava de dor, eles se divertiam dando risadas, debochando da pobre preta velha.

Outras vezes, quando descobriam algum ninho de galinhas com ovos chocos, divertiam-se jogando os ovos na pobre criatura, que muitas vezes chorava, mas não emitia um lamento sequer.

Mariazinha, como era carinhosamente chamada por Nhá Benta, sabia das maldades dos irmãos e comumente falava com sua mãe a respeito.

— Mamãe, não acho justo o que Joaquim Pedro e Luiz Manoel vivem a fazer com a pobre Nhá Benta.

— E o que eles fazem, menina? — indagava sua mãe com ar de austeridade.

— Eles vivem atormentando Nhá Benta e, às vezes, até machucam ela com suas brincadeiras de mau gosto.

— Ora, ora, menina, tu mesmo disseste que se trata de brincadeiras.

Mariazinha não se contentava com a insensibilidade da mãe e insistia.

— Mas são brincadeiras que muitas vezes machucam a pobre coitada!

– Deixe seus irmãos se divertirem, minha filha, porque afinal, para que foram feitos os negros a não ser para servirem à nós que somos seus senhores?

– Não concordo com a senhora, mamãe. Eles são gente, têm sentimentos e também sentem dor.

– Cala tua boca, fica quieta para que teu pai não fique irritado contigo! Só me faltava essa agora, querer proteger esses negros inúteis!

Mariazinha calou-se. Sua mãe havia encerrado a conversa e não admitia mais réplicas, mas ela não havia desistido. Quem sabe uma hora oportuna poderia falar com seu pai a respeito daquele assunto.

Os irmãos sabiam como eram os sentimentos da irmã e de vez em quando, também aprontavam com ela.

José Ferreira determinou a um dos pretos velhos da fazenda a tarefa de treinar e ensinar os filhos a andar a cavalo.

Euzébio, o preto velho era muito amigo de Nhá Benta e também se afeiçoara à Sinhazinha, mas tinha preocupação com seus irmãos traquinas, porque conhecia a índole de maldade que estava naqueles corações.

Em uma tarde ensolarada, enquanto Euzébio preparava um cavalo para o passeio costumeiro da Sinhazinha, Joaquim Pedro e Luiz Manoel olhavam-se de forma enigmática, tramando alguma coisa para prejudicar o preto velho e a irmã.

Assim que o cavalo estava arreado, Euzébio auxiliou a Sinhazinha a montar e foi na frente puxando pelas rédeas o animal que era dócil. Os irmãos seguiram atrás do animal tagarelando para distrair o preto velho. Tudo estava indo bem até que em determinado momento, Joaquim Pedro adiantou-

-se e se aproximou de Euzébio, mostrando com o dedo indicador para o céu:

– O que é aquilo no céu, preto velho?

Não era nada, era apenas uma artimanha para distrair Euzébio e a irmã que inocentes olharam para o alto.

– Não estou vendo nada, sinhozinho – replicou o preto velho, parando a montaria e colocando a mão sobre os olhos para proteger dos raios do sol.

– Olhe bem de novo, por traz daquela nuvem!

Foi um segundo de distração, o suficiente para que Luiz Manoel cutucasse o cavalo com uma vara de espinhos na ponta. O cavalo relinchou de dor e corcoveou dando pulos, derrubando Maria Anita que caiu estatelada no chão.

A menina bateu com a cabeça em uma pequena elevação do caminho e desmaiou, enquanto Euzébio em desespero a segurava no colo, correndo em direção à casa grande.

O alarido foi grande. Dona Marieta saiu correndo ao ouvir os gritos de Nhá Benta e Euzébio, e, ao ver a filha desmaiada nos braços do preto velho se desesperou.

Logo chegou o patrão, atarantado e cheio de fúria!

– O que está acontecendo nesta casa? – perguntou aos berros enquanto apeava do cavalo.

– Foi o palerma do negro Euzébio que não tomou conta da Mariazinha e ela caiu do cavalo – respondeu da janela da casa a irritadíssima dona Marieta. – Caiu com a cabeça no chão e está desmaiada!

José Ferreira entrou esbaforido, chegando ao leito onde a filha se encontrava e que naquele momento estava voltando à consciência. Nhá Benta estava colocando compressas de água fria na fronte da menina que parecia não saber o que tinha acontecido.

– Onde estou? – perguntou.

– Não sabes onde estás, minha filha? – quase gritou o Senhor Ferreira.

– Estou vendo que estou na cama, mas o que aconteceu?

– Você não se lembra de nada, minha filha? – perguntou dona Marieta.

– Não, não me lembro de nada. Só sinto que estou com dor de cabeça, mas o que aconteceu?

Os irmãos estavam preocupados, porque Mariazinha poderia dizer que tinham sido eles a distrair Euzébio, para espetar o cavalo com uma vara de espinhos. Estavam assustados com a queda da irmã, pois não haviam previsto aquele acontecimento e temiam as consequências. Sabiam que o pai era muito bravo, temiam uma merecida surra, mas ficaram aliviados quando perceberam que a irmã não se recordava do ocorrido.

Melhor assim, a culpa de toda aquela confusão cairia nas costas do preto velho!

O fazendeiro estava furioso de tal forma que não conseguia se conter, tamanha sua irritação.

– Aquele imprestável do Euzébio! – vociferava. – Recomendei a ele cuidado para com meus filhos, mas ele é um inútil mesmo, não serve para nada!

Nhá Benta tentou ainda intervir em favor de Euzébio.

– Por favô, "Sinhô", converse com Euzébio para ver o que aconteceu. Preto Véio é muito zeloso e tem muito cuidado para com Sinhazinha e os Sinhozinhos. Deve tê acontecido arguma coisa!

– Ora, cale sua boca, Mucama! Ainda tenho algum respeito pela senhora, mas cale sua boca – respondeu o fazendeiro furioso.

Vendo seu pai irritado com Nhá Benta, Mariazinha temeu pelo preto velho que ela estimava tanto. Começou a chorar.

– Por que está chorando? – perguntou a mãe.

– Porque papai vai castigar o preto velho e eu não quero! – respondeu a menina em lágrimas.

– Cuidem da minha filha – disse em tom ditatorial – eu vou cuidar desse preto imprestável.

E saiu batendo a porta.

O fazendeiro estava completamente transtornado pela ira. Aos gritos, chamou dois dos capatazes e foram para a senzala, onde Euzébio se encontrava na porta do lado de fora com os olhos em lágrimas.

Ao observar o fazendeiro se aproximando enlouquecido, o preto velho ajoelhou-se com as mãos em posição de clemência:

– Por favor, patrão! Eu não tive culpa de nada! Gosto muito de Sinhazinha e não sei o que aconteceu porque o cavalo é manso demais!

O pobre homem estava com os olhos em lágrimas, mas o Sr. Ferreira não se sensibilizou diante da súplica do preto velho. Feito um possesso, enlouquecido de fúria, esbofeteou violentamente o rosto do pobre homem que em lágrimas implorava:

– Pode fazer o que quiser de mim patrão mas, por favor, me fale como está a Sinhazinha! Não queria que nenhum mal acontecesse a ela!

Qualquer coração endurecido teria se apiedado daquele pobre homem. Um farrapo humano, já no fim da vida, cabeça toda embranquecida pelas longas e duras experiências da vida, corpo alquebrado pela idade e cabeça curvada em súplica e lágrimas.

Como dissemos, qualquer pessoa diante daquele homem em posição de súplica poderia ser tocado por algum sentimento de piedade. Qualquer um, menos o endurecido senhor José Ferreira! Apontando aos dois capatazes, disse com rancor incontido:

– Atem-no ao tronco e apliquem um castigo exemplar!

O preto velho deixou-se conduzir docilmente, apesar da truculência e da violência dos capatazes, que se comprazam com os castigos impostos aos escravos.

Amarraram-no ao tronco de suplício. Em seguida, um dos capatazes de nome Nicanor tirou a camisa do preto velho para bem mais aplicar o castigo e apanhou uma chibata de couro cru que estalou no ar, açoitando as costas do preto velho, que emitia a cada chibatada um gemido surdo!

O sangue fluía pelas marcas da vergasta, mas Nicanor, impiedoso, continuava o castigo. Até Jacinto, o outro capataz, acostumado com aquele tipo de castigo, sentiu compaixão do preto velho.

– Pare com isso, Nicanor! O velho já foi castigado o suficiente! Não percebe que ele não está bem e que não vai aguentar muito! Desse jeito, você vai matar o pobre coitado!

– As ordens do patrão eram que fosse aplicado um castigo exemplar! Você não ouviu? Está esmorecendo? – perguntou em forma de desafio. – Deixa que esse serviço eu faço com a maior "satisfação". Além do que, ordens são ordens e o patrão sabe que eu costumo cumprir as ordens que recebo.

E prosseguiu aquele açoite impiedoso. Depois de mais algumas chibatadas o "preto veio" desmaiou, mas como que tomado por uma força ruim Nicanor continuou enlouquecido a açoitá-lo de forma descontrolada, até que Jacinto segurou seu braço.

– Pare, homem, não está vendo que o preto velho já nem está respirando mais? Não percebe que você já o matou?

Só, então, Nicanor interrompeu sua ânsia enlouquecida. Baixou o braço extenuado de tanto bater. Seu rosto estava avermelhado pelos respingos de sangue do supliciado, que havia se misturado com o suor de seu rosto.

– Me deem um pouco de água, porque estou cansado e sedento – pediu o inclemente algoz.

Nhá Benta aproximou-se de Euzébio que desmaiado quase não conseguia respirar. De suas costas, pelos riscos deixados pelo chicote do capataz, brotavam sangue que empapavam seu corpo que parecia mais uma pasta sanguinolenta.

A Mucama pediu que dois escravos fortes carregassem o preto velho para a senzala. Lá Nhá Benta possuía unguentos para tentar amenizar as profundas feridas nas costas de Euzébio que gemia com voz debilitada, quase imperceptível.

Aquela noite quase ninguém dormiu na senzala. Euzébio ardia em febre e delirava, enquanto Nhá Benta fazia suas orações e colocava compressas de unguento nas costas do preto velho.

A verdade é que a Áia Mucama estava preocupada, pois o suplício havia sido muito violento e que eram muito remotas as chances do preto velho se recuperar. Havia perdido muito sangue. As feridas eram profundas e Euzébio estava muito debilitado.

Mas, tinha fé em suas orações e em seus poderosos unguentos.

Todavia, de nada adiantaram as orações de Nhá Benta nem suas beberagens nem seus unguentos poderosos. Euzébio não resistiu ao duro castigo infringido vindo a falecer depois de três longos dias de sofrimento.

Euzébio era um preto velho querido por todos e sua morte foi um acontecimento que abalou a maioria das pessoas. Quase todos na fazenda ficaram consternados, principalmente pela causa de sua morte, tão brutal e injusta.

Quase todos se sentiram entristecidos, menos algumas pessoas: o poderoso e insensível fazendeiro, dona Marieta e Nicanor.

Até Joaquim Pedro e Luiz Manoel pareciam arrependidos da maldade que haviam praticado.

– Acho que dessa vez exageramos – confidenciou Joaquim Pedro ao irmão.

– Tem razão – concordou Luiz Manoel. – Acho que exageramos.

Mas Joaquim Pedro contemporizou:

– Mas não é nossa culpa. Quem é que poderia imaginar que nossa brincadeira provocaria tudo isso?

– É verdade, não podemos nos culpar. Aliás – disse Luiz Manoel com a fisionomia séria – ninguém pode saber o que aconteceu de verdade. Isso tem que ser um segredo nosso, irmão!

– Tem razão, ninguém pode suspeitar que tudo começou com nossa brincadeira. Quem poderia imaginar que daria nisso tudo? Já havíamos feito essa brincadeira tantas vezes e nunca aconteceu nada a não ser bons tombos e boas risadas.

Foi a vez de Joaquim Pedro ficar com a fisionomia séria:

– Só que poderíamos ter matado nossa irmã!

Foi a vez do inconsequente Luiz Manoel retrucar.

– Tem razão. Não temos de ficar chateados com a morte do preto velho, porque pretos velhos vivem muito mesmo. Ainda bem que não aconteceu nada de grave com nossa irmã.

– É verdade! – concordou Joaquim Pedro.

Em seguida, deram as mãos jurando que aquele segredo iria para o túmulo com eles.

# XIX
## Enfim, a libertação

Estávamos em janeiro de 1887, quando assumiu novamente o governo do Império a princesa Isabel[7]. O governo já se apresentava bastante desgastado, por vários conflitos, particularmente, o que se referia aos movimentos abolicionistas que se tornavam cada vez mais fortes e as aspirações republicanas da política brasileira.

Na verdade, aquela era a terceira vez que a Princesa Isabel assumia o governo do Império Brasileiro. A primeira vez ocorreu entre 07 de maio de 1871 a 31 de março de 1873, por ocasião de uma longa viagem do Imperador D. Pedro II ao exterior. Foi nesse período que a Princesa sancionou a Lei do Ventre Livre.

---
7   Isabel Cristina Leopoldina Augusta Micaela Gabriela Rafaela Gonzaga de Bragança e Bourbon. Esse era o nome completo da Princesa Isabel, que seria ainda acrescentado "Orléans" em virtude do seu casamento com o príncipe Gastão de Orléans, o Conde D'Eu, neto do Rei Luis Felipe da França – (nota do autor espiritual).

A segunda vez que assumia o governo do Império foi em março de 1876 a 27 de setembro de 1877, por ocasião da viagem do Imperador D. Pedro II aos Estados Unidos da América do Norte.

Quando em janeiro de 1887 assumiu o governo pela terceira vez, a princesa forçou a renúncia do gabinete comandado pelo Barão de Cotegipe que tinha princípios escravocratas, designando como Primeiro Ministro o Conselheiro João Alfredo Correia de Oliveira, claramente favorável ao abolicionismo.

O novo governo imprimiu rapidez na tramitação de uma nova lei que seria conhecida por Lei Áurea, que foi sancionada pela Princesa Isabel no dia 13 de maio de 1888. Aquela atitude da Princesa Isabel conferiu a ela a condecoração da ROSA DE OURO, concedida pelo então Papa Leão XIII, e o título de Redentora.

No entanto, aquele seria o estopim para uma série de problemas cujas consequências culminariam com a Proclamação da República no ano seguinte, colocando fim ao reinado do segundo império no Brasil. Segundo alguns historiadores, foi uma verdadeira injustiça o exílio a um homem sério, bondoso e íntegro quanto Imperador D. Pedro II, juntamente com toda sua família. Paradoxalmente, é interessante mencionar que o Imperador também alimentava em seu íntimo princípios republicanos em seus ideais de vida.

Apesar do duro golpe sofrido, a Princesa Isabel sentia-se feliz, por ter contribuído para o final da escravidão no Brasil.

Por uma questão de justiça, é bom que fique registrado que a Princesa trazia ideais elevados em relação aos negros, com propósitos de desenvolvimento de planos para acolhimento e oportunidades daquele povo que durante séculos fora massacrado por uma política desumana e insensível. Contudo, a Proclamação da República abortou todos seus planos que ficaram apenas em seus pensamentos humanitários de altruísmo mais elevados.

Mas, aí também é outra história.

O que importa é que finalmente estava extinta a escravidão no Brasil. Os gritos dos negros recém-libertos ecoavam por toda parte, na alegria de um povo que experimentava pela primeira vez a sensação da liberdade.

Foram milhares e milhares de negros que fugiam das fazendas, vagando sem rumo, sem saber para onde ir, mas com a sensação de não serem mais perseguidos e supliciados pelos insensíveis capatazes das fazendas e pelos cruéis capitães do mato.

Nas fazendas, em que seus proprietários eram mais humanos no tratamento aos escravos, muitos preferiram continuar no trabalho. Receberiam a paga pelo serviço realizado, seriam respeitados feito gente e não precisariam mais temer por castigos imerecidos.

Na fazenda Ouro Verde ocorreu uma verdadeira debandada. Assim que tomaram conhecimento da Abolição da Escravatura os negros abandonaram o trabalho e se embrenharam nas selvas e montanhas, para nunca mais voltar.

Assim, de um momento para outro, o poderoso Sr. José Ferreira viu seu engenho parar de funcionar e seu cafezal se perder em meio ao matagal que tomava conta da lavoura.

Aquele homem poderoso e cheio de arrogância viu-se na condição de ter de implorar pelos serviços dos negros que ele tanto desprezara. Procurou melhorar as condições da Senzala, mas os novos empregados não mais aceitavam morar naquele casarão que lhes trazia tantas lembranças de agonia e tristeza.

Foi nesse momento que o Sr. Ferreira percebeu que sua filha era muito querida pelos negros recém-alforriados. Com seu jeito respeitoso e carinhoso, ela convenceu grande número a permanecer na fazenda, oferecendo em troca a oportunidade de construirem suas próprias casas para moradia além de bons salários. Muitos aceitaram de bom grado a oferta da Sinhazinha Mariazinha, como era carinhosamente chamada.

Embora contrariado, o orgulhoso fazendeiro teve de se render à nova realidade: aceitaria as condições ou ficaria completamente sem mão de obra para sua lavoura. Contudo, tanto Joaquim Pedro quanto Luiz Manoel não ficaram satisfeitos com aquela situação. Maria Anita assumia, diante de seus olhos, a preferência do pai para com a administração da fazenda, pois os negros não aceitavam mais ordens dos violentos capatazes nem do fazendeiro. Quem passou a comandar tudo foi Maria Anita que logicamente era orientada pelo pai, mas no final ela cumpria as determinações a seu modo.

Com dezoito anos de idade, Mariazinha era uma exímia amazona, cavalgava com desenvoltura e, ao lado do pai, supervisionava as lavouras, sempre com um sorriso de bondade e uma palavra amiga aos antigos escravos.

– Bom dia, Juvêncio! – cumprimentava.

– Bom dia, Lindolfo, bom dia, Juvenal, bom dia, Lourenço, bom dia, Sebastião!

E assim por diante. Na verdade, ela conhecia a grande maioria e fazia questão de cumprimentar a todos chamando-os pelo nome. Era uma atitude simples, mas que fazia muita diferença, pois os novos empregados sentiam-se valorizados e respeitados. Sentiam que Mariazinha era completamente diferente de seus pais e de seus irmãos. Todos, sem exceção, sentiam por ela muito respeito, carinho e estima.

Quando as casas foram concluídas, fez questão de fazer uma visita a cada um dos empregados. Aquilo jamais havia acontecido antes. Pessoas humildes, acostumadas com a chibata e o chicote tinham, naquele momento, uma casa para morar, e a Sinhazinha ia visitá-los em suas casas.

Os empregados da Fazenda Ouro Verde sentiam-se felizes e honrados a cada visita da Sinhazinha. A presença da moça iluminava aquelas humildes residências com seu sorriso, sua simpatia e sua simplicidade.

Sinhazinha era amada por todos!

Quando alguma das esposas dos empregados dava à luz, fazia questão de fazer uma visita à mamãe e ao bebê levando sempre algum presente, uma roupinha de criança que ela sempre prevenida adquiria nas viagens que fazia ao Rio de Janeiro.

Quatro anos se passaram e a fazenda Ouro Verde continuou a prosperar, então, sob nova direção. Todos pareciam muito felizes...

Quase todos...

Quase todos, porque os irmãos de Mariazinha roíam as unhas de inveja e ódio. Percebiam que diante daquela situação, jamais teriam oportunidade de assumir o comando da fazenda.

Era uma tarde de muito calor e o sol já declinava no ocaso de forma que Mariazinha estava na varanda com o pai observando ao longe a lavoura, quando percebeu a presença de um homem na porteira. Era um rapaz jovem ainda, de cor morena trajando uniforme do Exército Brasileiro. Estava pedindo permissão para adentrar a porteira.

– Óh, de casa, com sua licença, posso entrar? – gritou a distância.

– Tem toda! – respondeu o Sr. Ferreira.

O rapaz entrou, apeou de seu cavalo, um belo alazão bem arreado.

Mariazinha sentiu um estremecimento. Aquele rapaz era um mulato bem apessoado, vestia uniforme do Exército que exibia no ombro uma divisa, o que significava que não era soldado raso. Além do mais, chamava atenção o porte majestoso, educado em sua postura, além de um corpo atlético e um jeito diferente que mexeu com os sentimentos da moça.

Aproximou-se, tirou o quepe com uma reverência em sinal de respeito:

– Muito boa tarde, perdoem-me a intromissão, mas peço licença para me apresentar: Sou Evaristo Candeias, Cabo do Exército Brasileiro às suas ordens, senhor! Venho da parte do Capitão Hernandez.

Quando mencionou o nome do Capitão Hernandez, a fisionomia do fazendeiro ficou mais descontraída, mas mesmo assim continuou um tanto quanto preocupado, pois o Capitão Hernandez era um antigo amigo que há muito não via. Era uma alta patente do Exército Brasileiro e fora um daqueles bons amigos que havia intercedido a seu favor no negócio por ocasião da aquisição da fazenda Ouro Verde. Devia favores, tinha consciência disso, mas o Capitão jamais havia cobrado nenhuma compensação. Por essa razão estava ainda um tanto quanto receoso: estaria o Capitão Hernandez pretendendo cobrar algum soldo atrasado, pelo favor prestado depois de tantos anos?

– Pode apear e se aproximar, Cabo Evaristo! O senhor é muito bem-vindo em nossa casa!

Em seguida, sempre com o quepe embaixo do braço, o soldado cumprimentou com educação o Sr. Ferreira, em seguida se curvou diante de Dona Marieta e de Maria Anita, beijando as mãos de ambas em sinal de respeito.

Apesar de algumas reservas, o fazendeiro sentiu de imediato alguma simpatia pelo visitante, mesmo porque viera em nome de seu amigo o Capitão Hernandez. Convidou-o a se sentar na varanda, apresentando Maria Anita e sua desconfiada esposa, dona Marieta.

– A que devo a honra de sua visita, Cabo Evaristo? – inquiriu o fazendeiro.

– Estamos interessados em como solucionar um grave problema originado pela libertação dos escravos: mão de obra!

– E como poderemos auxiliar o amigo nesse assunto?

– A forma como o senhor resolveu o problema de mão de obra em sua fazenda, conseguindo manter os libertos trabalhando, sem diminuir a produtividade e sem conflitos, ganhou notoriedade. O Capitão Hernandez tomou conhecimento e me mandou para cá para saber exatamente como o senhor conseguiu atingir esse objetivo, que é o grande problema da maioria dos fazendeiros de café e cana-de-açúcar.

– Mas me diga uma coisa, Cabo Evaristo, o senhor é um homem do Exército, porque estaria interessado em administração de fazenda? – perguntou o fazendeiro.

O rapaz sorriu com muita simpatia exibindo duas fileiras perfeitas de dentes alvos.

– Perfeitamente, Senhor Ferreira, antes de mais nada, deixe-me dizer que o Capitão Hernandez tem o senhor em alta conta e fez muito boas referências a seu respeito!

O fazendeiro sorriu satisfeito, sentindo-se lisonjeado, enquanto o soldado prosseguia:

– O senhor sabe que a abolição dos escravos trouxe um seríssimo problema de mão de obra para as lavouras de cana-de-açúcar e café, que são itens importantíssimos na pauta de exportação, o que nos traz riqueza e segurança à nossa economia. O governo está preocupadíssimo com esse problema e até está incentivando a vinda de imigrantes da Europa e Japão, mas esse é um processo que sabemos pode demandar ainda algum tempo! Todavia, o assunto é de extrema urgência, de forma que precisamos encontrar uma solução imediata para o problema.

– Tem toda razão, Cabo Evaristo! Esse é um problema muito sério!

– Por favor, em consideração à sua amizade com o Capitão Hernandez, pode me chamar apenas de Evaristo! Podemos dispensar a formalidade, porque considero que estamos aqui entre amigos!

Maria Anita parecia encantada com a figura daquele rapaz, por sua elegância, sua desenvoltura, inteligência e simpatia! Até então, jamais havia se interessado por ninguém ou flertado com alguém. Aquela era a primeira vez que isso acontecia e ela não conseguia disfarçar seu interesse. Era uma atração muito forte e, aos seus olhos, Evaristo parecia ser alguém muito especial, que falava direto aos sentimentos do seu coração!

Seu interesse não passou despercebido pela rancorosa mãe que olhando de lado começou a desconfiar e manifestar seu desagrado! Aproveitando uma pequena pausa, manifestando toda sua deselegância e falta de educação, intrometeu-se na conversa de forma atabalhoada:

– Muito bem, senhor Evaristo, poderia me explicar como uma pessoa da cor negra conseguiu entrar para o Exército?

Aquelas palavras, totalmente despidas de bom-senso e educação, caíram como uma bomba na conversa. Até mesmo o Sr. Ferreira, homem um tanto quanto grosseiro, sentiu-se incomodado com as palavras desairosas da esposa.

Mas o rapaz não perdeu o prumo nem a classe. Via-se que era uma pessoa extremamente educada. Fechou os olhos, respirou fundo e pensativo demorou alguns instantes para dar a resposta. Possivelmente, deveria estar acostumado com aquele tipo de questionamento, pouco lisonjeiro por parte de pessoas estúpidas feito dona Marieta. Depois, com educação e um sorriso nos lábios respondeu:

– A senhora tem toda razão, dona Marieta! A verdade é que fui gerado de um relacionamento furtivo entre um homem branco com uma mulher negra! Esse homem que foi meu pai, por acaso era um dos irmãos do Capitão Hernandez. Ele se apaixonou por minha mãe, mas infelizmente veio a falecer antes do meu nascimento. O Capitão Hernandez é meu tio, cuidou de minha mãe e me criou com todo carinho como se eu também fosse um de seus filhos e dessa forma facilitou minha entrada no Exército onde sou tratado com o maior respeito, onde tenho em meus companheiros uma verdadeira família.

Maria Anita sorriu diante da elegância na resposta de Evaristo. Sem alterar seu tom de voz, sem qualquer alteração em sua fisionomia, com absoluta serenidade havia respondido àquela pergunta estúpida da forma mais natural possível.

O Sr. Ferreira pareceu sentir-se incomodado diante daquela situação.

– Peço desculpas pela intromissão de minha esposa, Cabo Evaristo. Marieta é mesmo meio destrambelhada, não dê importância ao que ela fala!

– Absolutamente, Senhor Ferreira! Já estou acostumado com esse tipo de questionamento! Já ocorreu a libertação dos escravos, mas na cabeça de muita gente, os negros ainda não têm direito a nada! Ainda existem pessoas que não consideram os negros como gente. Todavia, não dou importância para isso, porque no meio onde estou, sou respeitado e sei do meu valor. Sei que minha situação é uma exceção à regra, mas tenho fé que um dia nesse país que amo, os negros haverão de ser respeitados tanto quanto qualquer homem branco.

Aos olhos de Maria Anita, Evaristo tomava a forma de uma pessoa admirável! Aquele sim era um homem verdadeiro, um ser humano incrível, inteligente e educado que ela jamais havia visto.

Procurando demonstrar sua simpatia ao rapaz, Maria Anita resolveu se manifestar.

– Concordo plenamente com suas palavras, Sr. Evaristo, porque eu, por meus princípios cristãos, tenho a maior consideração por nossos irmãos negros, que foram trazidos para nosso país contra a vontade e aqui foram escravizados de forma cruel, torturados da forma mais bárbara possível, trabalhando duro nas lavouras, contribuindo com seu sacrifício para que muitos fazendeiros se tornassem ricos pelo trabalho desse povo valoroso e incompreendido.

O rapaz recebeu com simpatia as palavras de Maria Anita. Foi quando ele olhou fundo em seus olhos e sentiu um estremecimento. Sentiu que aquelas palavras eram verdadeiras, sinceras, mas acima de tudo aquele olhar parecia evocar nos escaninhos de sua memória a lembrança de uma pessoa muito querida. Alguém que ele não se recordava, mas que estava lá em algum cantinho escondido de seu inconsciente.

A conversa já se estendia de modo que o Sr. Ferreira resolveu convidar o visitante para adentrar a casa.

– Vamos entrar, Sr. Evaristo – disse o Sr. Ferreira conservando ainda alguma formalidade.

– Com sua licença, Sr. Ferreira, mas não quero incomodar.

– Não nos incomoda, de jeito nenhum – Maria Anita se apressou em responder.

– Muito obrigado pela hospitalidade, sinto-me honrado.

Naquele momento, chegaram os irmãos Joaquim Pedro e Luiz Manoel e não gostaram do que viram. Para eles, moreno ou mulato eram considerados negros e sentimento de racismo era o que eles mais tinham. Maria Anita apressou-se em apresentar os irmãos.

– Sr. Evaristo, esses são meus irmãos, Luiz Manoel e Joaquim Pedro.

E voltando-se para os irmãos:

– Esse é o Sr. Evaristo, Cabo do Exército Brasileiro, filho de um grande amigo do papai, o Capitão Hernandez!

Os rapazes cumprimentaram o cabo com um sorriso amarelo no rosto, mas os olhares que trocaram entre si foram muito eloquentes: antipatia imediata.

Durante o jantar o Cabo explicou o propósito de sua visita.

– Como já disse, Sr. Ferreira, o governo brasileiro está preocupado com a situação de mão de obra no Brasil de forma que convocou o exército para encontrar soluções para o problema. Foi quando o Capitão Hernandez ficou sabendo que o Senhor havia encontrado uma alternativa administrativa com soluções engenhosas, resolvendo esse problema com muito sucesso! Foi, então, que o Capitão me convocou para que fizesse uma visita à sua fazenda e que pudesse fazer um estágio por aqui, para entender quais foram as alternativas que o senhor encontrou e entender seu funcionamento, levando essas soluções que redundaram em sucesso para outras fazendas que enfrentam grave crise de mão de obra.

Aquele era o soldo que o antigo amigo estava cobrando. Se o Sr. Ferreira estava preocupado em ter de pagar alguma coisa pelo favor prestado, naquele momento seus olhos desanuviaram. O que o amigo estava pedindo não era nada mais que um simples favor que ele poderia pagar sem nenhum custo!

Respirou aliviado e com um sorriso de satisfação respondeu:

– Na verdade, Sr. Evaristo, tenho de reconhecer que o mérito todo desse trabalho é de minha filha, Maria Anita!

– Não me diga – respondeu o rapaz admirado! – Tenho de manifestar minha admiração porque o resultado alcançado pela Fazenda Ouro Verde atingiu boa repercussão até no Rio de Janeiro.

Mais uma vez a irascível dona Marieta manifestou-se com sua conhecida estupidez:

– Está admirado de que? Nossa filha Maria Anita é muito inteligente! E não é para o bico de qualquer um não – concluiu com a sensibilidade de um elefante em uma loja de cristais.

Maria Anita apressou-se em consertar as palavras de sua mãe destrambelhada.

– Desculpe mamãe, Sr. Evaristo, porque ela é assim mesmo. Fala as coisas sem pensar, mas no fundo é uma pessoa maravilhosa. Quem a conhece sabe disso!

– Eu sou assim mesmo – respondeu a ranzinza genitora de Maria Anita – quem quiser gostar de mim como sou que goste, quem não gostar que faça de menos!

– Ora, ora, ora, Marieta, deixe de histórias e vá ver se o jantar vai demorar, porque já estou com fome e hoje temos um ilustre convidado para a ceia – respondeu o Senhor Ferreira!

Os dois irmãos, que estavam calados, não ficaram nem um pouco satisfeitos com o que estavam presenciando. Aquele homem poderia ser um cabo do exército, mas para eles era apenas um negro. Estava sendo tratado com muitas honras e, sob o olhar ardiloso da dupla, não havia escapado o interesse da irmã pelo rapaz. Pediram licença e se retiraram para o quintal. O sol já havia se escondido por trás do horizonte e a escuridão da noite começava a se manifestar.

– E aí? O que você está achando dessa novidade? – questionou Joaquim Pedro.

– Não estou gostando nenhum pouquinho! Você percebeu como Maria Anita olha para o crioulo? – respondeu com ironia Luiz Manoel.

– E você acha que eu não iria perceber? Isso não está me cheirando bem! Não estou gostando mesmo disso.

– Vamos esperar mais um pouco. De repente são apenas apreensões de nossa parte! – respondeu contemporizando Luiz Manoel.

– Espero que você tenha razão. Mas e se esse crioulo ficar por aqui e nossa irmã se apaixonar e eles começarem a namorar? Já pensou ter um sobrinho negrinho te chamando de tio?

– Vamos com calma, irmão, se isso acontecer teremos que agir. Você acha que vamos deixar a vida desse crioulo fácil? Ah! Nem pensar!

Joaquim Pedro sorriu.

– Tem razão, não vamos dar mole de jeito nenhum. Se ele acha que a vida dele será fácil, é porque não nos conhece ainda! – disse com raiva incontida.

Nisso ouviram a voz esganiçada de dona Marieta:

– Joaquim Pedro e Luiz Manoel, venham porque o jantar já está pronto!

Antes de entrar combinaram:

– Vamos disfarçar, temos que nos mostrar amigo do crioulo para que ninguém desconfie de nada, para que possamos agir na hora certa.

No jantar, a conversa foi animada. Os irmãos de Maria Anita procuraram demonstrar simpatia conversando com o cabo do exército, fazendo perguntas mais idiotas possíveis.

– Evaristo – disse Joaquim Pedro demonstrando intimidade – o senhor sabe atirar bem?

A pergunta era sem muito nexo diante do elevado nível da conversa, mas o cabo procurou responder sem afetação.

– Treinamento com armas de fogo é muito intenso no exército! Fazemos isso todos os dias e é nossa obrigação ter um bom domínio das armas que manuseamos!

Foi a vez de Luiz Manoel soltar sua patacoada.

– O senhor já matou alguém, Evaristo?

A pergunta sem propósito provocou mal-estar em Anita.

– Essa pergunta de meu irmão é sem propósito. Não precisa responder se não quiser – disse a moça preocupada.

– Faço questão – respondeu o rapaz. – Senhor Luiz Manoel, sou soldado do exército e a função do exército é defender o país em uma eventual guerra. Se isso acontecer, como qualquer outro soldado, certamente estarei disposto a matar e a morrer em defesa de nossa pátria. Sempre servi em meu quartel e estou preparado para o que der e vier, mas posso dizer que Graças a Deus ainda não fui convocado para nenhum conflito e até hoje não atirei nem matei ninguém.

– Mas se precisasse matar alguém, o senhor mataria? – insistiu Luiz Manoel.

Foi a vez de o Senhor Ferreira intervir.

– Cale sua boca, seu estúpido, estamos falando de economia, de política, de trabalho e você vem com essas perguntas que só um idiota poderia fazer! Se não tem nada que preste para dizer, que cale sua matraca!

A situação ficou um tanto quanto constrangedora, mas nesse momento chegou a cozinheira trazendo o café, cujo aroma agradável rescendeu no ambiente e a conversa mudou imediatamente, mudando o clima do ambiente.

– O café está servido, Sr. Evaristo – disse Maria Anita. – Posso lhe garantir que esse café é o melhor da região, porque foi colhido em nossa fazenda, foi manuseado e limpo com nossos pilões, torrado e moído aqui mesmo. Além do mais, foi adoçado com açúcar que nós mesmos produzimos. Então, pode ver que tudo foi feito aqui na fazenda e disso temos orgulho e satisfação. Pode saborear e dar sua opinião.

O rapaz deu um sorriso de satisfação e saboreou com gosto.

– Ah! Isso sim é café! Posso assegurar, senhorita, que jamais havia tomado um café tão saboroso como esse!

Foi a vez do Sr. Ferreira manifestar sua satisfação!

– Não quero me gabar, senhor Evaristo, mas nosso café é reconhecido como o melhor da região! E nosso açúcar também não fica atrás! Então, o senhor pode verificar que o sucesso de nossa produção não é por acaso!

– Sem dúvida, senhor Ferreira, posso assegurar que a fama que a Fazenda Ouro Verde alcançou nesses últimos anos não é por acaso: a qualidade do seu café, do seu açúcar e o sistema de trabalho que vocês desenvolveram traz como consequência natural o sucesso merecido que vocês atingiram. Sinto-me honrado por estar em sua fazenda para ter a oportunidade de aprender com vocês e levar para outras regiões esse método de trabalho e a filosofia que desenvolveram para que tudo isso se tornasse realidade em um momento de crise de mão de obra!

O fazendeiro não cabia em si de tanta satisfação diante de tantos elogios. Maria Anita não conseguia ocultar seu sorriso de alegria e contentamento. Tinha a viva impressão que, dali em diante, sua vida seria bem diferente de que fora até então! Um fato novo viera trazer motivação em sua existência.

Todos pareciam animados e felizes, até a ranzinza dona Marieta parecia mais simpática, contagiada pelo clima do ambiente. Quase todos. Menos os irmãos rancorosos, que trocavam olhares entre si muito significativos. Haviam formulado entre eles a promessa que jamais deixariam que as coisas fossem fáceis para o visitante e para a irmã. Fariam de tudo para que aquela felicidade que se desenhava a cada sorriso de Evaristo e Maria Anita não chegasse a bom termo. Pensamentos de maldade rondavam aquelas mentes perturbadas.

O papo correu animado até mais de dez horas da noite, regado a um cafezinho muito gostoso e boa prosa.

O Sr. Ferreira sabia ser bom anfitrião quando conveniente e Evaristo caíra nas graças do velho fazendeiro que, aos poucos, parecia também conquistar a casmurrice de dona Marieta. Mas, apesar da boa conversa, o rapaz parecia cansado. Maria Anita, ao perceber, disse:

– Papai, acho que já está muito tarde e o Sr. Evaristo deve estar cansado da viagem. Seria melhor nos recolher, porque amanhã teremos muito trabalho.

O fazendeiro concordou com a filha e, em um gesto de simpatia e cordialidade, concluiu a conversação dizendo que o rapaz era muito bem-vindo e que tanto ele quanto Maria Anita estariam à disposição para demonstrar como era elaborada a administração da fazenda.

Na condição de convidado especial, ocuparia o quarto de hóspedes da residência do fazendeiro, podendo permanecer o tempo que fosse necessário.

Joaquim Pedro e Luiz Manoel tinham a impressão de que Evaristo já era considerado um membro da família e isso os contorcia de inveja, raiva e ódio.

Dizem que a vingança é um prato que se come frio. Os irmãos saberiam esperar o momento oportuno para executar seus planos sombrios.

# XX
## Nova oportunidade

No dia imediato, Evaristo levantou-se cedo, já encontrando o Sr. Ferreira e Maria Anita em pé.

A mesa do café encontrava-se posta. Convidado, sentou-se para tomar o café que fora servido com esmero, com requeijão, queijo de meia cura, frutas da época e pão caseiro assado em forno de lenha.

– Receita especial de minha mãe – disse dona Marieta, surpreendentemente simpática.

Evaristo sorriu feliz, observando que dona Marieta mostrava-se mais simpática com ele. Maria Anita também sorriu satisfeita porque conhecia sua mãe e percebia que o rapaz havia caído nas graças de sua genitora.

– Meu caro Evaristo – disse o Sr. Ferreira – hoje vamos dar uma volta a cavalo pela fazenda para que conheça as lavouras e nossa propriedade.

– Será um grande prazer, Sr. Ferreira. Na verdade, estou ansioso para conhecer tudo em sua fazenda. Tenho certeza que terei a oportunidade de um grande aprendizado.

– O senhor vai verificar que aqui todos trabalham com satisfação e a produção da lavoura melhora quando os empregados trabalham satisfeitos.

– Tenho certeza disso, Senhor Ferreira. O Senhor é um sábio por em tão pouco tempo haver conseguido tal façanha!

O fazendeiro sorriu.

– Na verdade, o grande segredo está aqui Sr. Evaristo – disse o fazendeiro abraçando a filha. – Todo mérito desse sucesso deve-se à forma de lidar com essas pessoas! Considero isso um dom que minha filha tem. Eu, por mim, jamais teria conseguido o que ela conseguiu – finalizou com sinceridade.

– Devo confessar que estou surpreso com tudo o que o senhor está me dizendo, Senhor Ferreira. Sua filha é que é responsável por tudo isso?

– Exatamente, Sr. Evaristo, minha filha! Desde menina ela sempre foi muito gentil e atenciosa para com os escravos enquanto eu sempre fui muito ignorante e duro. Quando eles foram libertados, a maioria desertou em debandada geral, fugindo pelas matas.

Maria Anita interveio.

– Vamos sair para essa cavalgada de reconhecimento, senhor Evaristo. Teremos muito tempo para explicar como tudo isso aconteceu. Posso lhe assegurar que não foi fácil e que demandou certo tempo para que tudo desse certo.

– Tem toda razão, senhorita Maria Anita, tenho absoluta convicção que não deve ter sido fácil. Mas como disse seu pai, o mérito é todo seu.

A moça sorriu com simplicidade e sem afetação.

– Papai é grato porque realmente o resultado foi bom e ele tem a humildade de reconhecer que sem o respeito ao ser humano nada se consegue. A lei da chibata já acabou e quem ainda não percebeu, terá sérios problemas – concluiu.

O cabo do exército estava admirado pela personalidade firme daquela moça, frágil na aparência, mas que demonstrava uma firmeza de caráter admirável.

Montaram nos cavalos e partiram para a jornada de reconhecimento. Atravessaram a pastagem onde algumas vacas pastavam ao lado de suas crias. A pastagem era verdejante e sem pragas, o que demonstrava que era muito bem cuidada.

Seguiram adiante, onde poderia divisar a distância o enorme canavial, onde uma dezena de empregados ex-escravos, brandiam a foice ceifando as canas, que eram amontoadas à beira do carreador, onde outros empregados carregavam os carros de boi, que partiam em direção ao engenho, ao lado da sede da fazenda. Ao se aproximarem, os empregados interromperam momentaneamente o trabalho e Anita os cumprimentou, um a um:

– Bom dia a todos! Você está bem, Alfredo? Como vai, Benedito? Como está, Florêncio? Como estão os filhos, Geraldo? Sua esposa está bem, Sebastião? Ela melhorou? E você, Claudino? Melhorou da dor nas pernas, Clodoaldo? E você como está, Altino? Está bom, Euzébio?

E assim por diante.

Todos os empregados respondiam com um sorriso de satisfação!

– Bom dia, Sinhazinha! Que Deus a abençoe sempre!

Em seguida cumprimentaram também o fazendeiro.

– Bom dia, Senhor Ferreira!

O cumprimento era cordial, mas diferente ao dedicado à moça. O cabo do exército observou que todos pareciam satisfeitos, apesar da dureza do trabalho. Observou que Anita tratava a todos sem afetação, mas com muito respeito. Ficou impressionado pelo fato da moça saber o nome de todos e fazia questão de não simplesmente chamá-los pelo nome, mas acima de tudo demonstrava interesse perguntando pelos filhos, pelas esposas, pela saúde de cada um! Aquilo era algo tão simples, mas simplesmente extraordinário! Essa foi a primeira anotação que fez em sua agenda! Estava vivamente impressionado. Aquela primeira lição seria inesquecível para ele. Eles se afastaram um pouco e o cabo do exército aproveitou para tirar suas primeiras dúvidas.

– Como você consegue guardar o nome de todos eles?

– A grande maioria eu os conheço desde criança. São todos ex-escravos de nossa fazenda que aprendi a respeitar e a valorizar enquanto crescia vendo como sofriam dando duro na lavoura e depois ainda eram surrados pelos cruéis capatazes de papai.

– Eles não quiseram ir embora depois da libertação?

– Muitos foram, mas depois voltaram quando ficaram sabendo que era eu quem comandava a fazenda!

– Devo te confessar que estou muito impressionado com tudo isso que estou presenciando! Parabéns! Você é uma administradora inteligente e generosa acima de tudo!

Tocaram em frente.

A lavoura de cana-de-açúcar estendia-se a perder de vista e grande parte do canavial estava pronto para a ceifa, apresentando os colmos já maduros.

– Esse ano a safra da cana-de-açúcar promete muito – disse com satisfação o Sr. Ferreira. – Na verdade, até precisava de uma quantidade maior de mão de obra, mas não é justo com nossos empregados, porque eles também precisam de um incentivo. Então, estou pagando um adicional por produção e eles dão conta do trabalho com muito esforço e louvor e no final do mês ainda têm um ganho adicional!

– Estou impressionado! – exclamou admirado o cabo do exército.

– Ideia de minha filha – respondeu com orgulho o fazendeiro. – No início eu fui contra essa ideia, mas depois verifiquei que todos se esforçavam muito e no final o resultado trazia boas compensações financeiras e todos se sentiam felizes.

Seguiram adiante.

Mais à frente apresentava-se o cafezal verdejante, com as ramagens todas cobertas por flores brancas, até parecendo um véu de noiva! O cheiro das flores rescendia no espaço com um suave aroma trazido pelo vento!

Era uma belíssima paisagem que se estendia a perder de vista, com o verde da folhagem misturada às flores do cafezal. Na verdade, tudo aquilo era uma cena poética que tocava o coração do cabo do exército, que vivamente impressionado disse:

– Não é à toa que no interior existem muitos poetas, principalmente os violeiros porque eles têm onde se inspirar. Essa paisagem do cafezal em flor seria digna de uma das mais belas poesias!

Maria Anita parecia muito feliz, porque descobria naquele soldado do exército, que por sua própria condição profissional deveria ser duro de sentimentos, o seu lado sensível e poético.

– Toda vez que o cafezal está em flor e eu venho fazer a vistoria, também sinto desabrochar em mim o lado poético. Se fosse uma poetisa, também faria um poema digno dessa paisagem bucólica!

O Sr. Ferreira resmungou:

– Vocês estão aqui para falar de poesia ou para falar de trabalho?

O rapaz sorriu meio desconcertado. O fazendeiro continuou:

– É tudo muito lindo, mas olhem lá na frente, o eito cheio de homens trabalhando duro na enxada. O trabalho é duro em um sol inclemente. Isso não é nada fácil e nem tem nada de poético.

Maria Anita sabia que o pai tinha razão, mas ela não queria estragar aquele momento de devaneios e sonhos, falando baixinho com um sorriso de cumplicidade:

– Não ligue para o papai não, ele é assim mesmo! Na verdade, também tenho pena do trabalho duro dos empregados, mas antes era muito pior. Não tinham direito a descanso e era embaixo de chibata.

Passando pelo eito, novamente os cumprimentos de praxe e o trato respeitoso da Sinhazinha. Era fácil perceber que todos exibiam um sorriso sincero à filha do fazendeiro.

O rapaz observou que os empregados transpiravam por todos os poros, camisas suadas e enormes chapéus de palha apropriados para fazer sombra e proteger o rosto dos raios solares, que naquele momento ardiam feito brasa. Observou que muitos paravam de vez em quando para tomar água acondicionadas em várias moringas de barro, que se encontravam posicionadas em locais frescos e estratégicos, para atender à sede de todos, conservando o frescor da água.

Quando voltaram para casa já passava do meio-dia e o almoço estava à mesa. Dona Marieta os recebeu com mais simpatia!

– E então Sr. Soldado, gostou da fazenda?

– Muitíssimo, dona Marieta! Vossa fazenda é um modelo de produção e de administração! Vocês estão de parabéns!

– O Senhor tem razão – respondeu a esposa do Sr. Ferreira cheia de orgulho – trabalhamos muito para chegar onde chegamos.

Maria Anita corrigiu:

– Ora mamãe, quem trabalhou mesmo e com enormes sacrifícios foram os escravos que agora são nossos empregados e continuam trabalhando duro!

– Ora, ora, menina, só porque o seu pai deixou que você administrasse a fazenda já acha que sabe de tudo!

– Ela tem toda razão – corrigiu o senhor Ferreira. – Vamos deixar de conversa e vamos almoçar porque estou com fome. Vamos nos servir, Senhor Evaristo!

Depois do almoço o Senhor Ferreira disse que desejava tirar uma soneca. Aquele era para ele um costume sagrado.

O soldado, por sua vez, dirigiu-se ao quarto que lhe fora destinado, onde começou a fazer suas anotações de tudo que havia observado naquela manhã. Sua primeira anotação foi observar a importância do tratamento que era dispensado aos empregados. Anotou que todos, sem exceção, eram tratados com muito respeito e dignidade! Observou também que trabalhavam com boa vontade e determinação, porque sabiam que no final do mês receberiam, além do salário, um adicional por produção. Aquela era uma atitude inovadora! Outra coisa muito importante que não escapou à sua observação foi a liberdade dos empregados que podiam interromper o trabalho para tomar água e enxugar o suor dos rostos e descansar um pouco. Aquilo jamais seria permitido na época da escravidão! Aquilo poderia parecer muito pouco, uma bobagem, mas era uma conquista importante alcançada pela filosofia administrativa da Fazenda Ouro Verde, ou melhor, da filosofia de sua administradora!

A verdade é que Evaristo começou a perceber que apesar de conhecê-la há tão pouco tempo, tinha a viva impressão de que já a conhecia de outras eras. Como explicar isso? Perguntava para si mesmo. A verdade é que já começava a nutrir um sentimento de admiração profunda por aquela moça, tão bela e ao mesmo tempo de uma inteligência ímpar. Além do mais, observou que Maria Anita era portadora de sensibilidade rara no trato com as pessoas! Evaristo percebia que ela começava a ocupar um lugar em seu pensamento, de forma constante. Não deixava de pensar na moça, em seu semblante róseo e em seu sorriso simples, cativante e belo! Sacudiu a cabeça tentando afastar os pensamentos. Viera a trabalho e não deveria se apaixonar, pois isso poderia atrapalhar a missão a qual fora incumbido! Mas qual o quê, fazia suas anotações e quando dava conta, lá estava ele com seus pensamentos voltados para Maria Anita.

Já passavam das 15h quando alguém chamou à porta. Era Maria Anita.

– Estava pensando Sr. Evaristo se não gostaria de conhecer o engenho.

Ele sorriu espontaneamente.

– Por favor senhorita, gostaria que você dispensasse o tratamento de senhor! Chame-me apenas por Evaristo, combinado?

Ela também sorriu diante da observação do rapaz.

– E por outro lado, também dispenso o tratamento de senhorita, por favor! Chame-me apenas de Anita, que é o nome que mais gosto.

– Combinado, Anita! – respondeu Evaristo com um sorriso de satisfação. – Aceito o convite para conhecer o engenho.

Os cavalos já estavam prontos. Montaram e saíram imediatamente.

Quando chegaram ao engenho, Evaristo ficou admirado com a dimensão das edificações. Ao todo eram uma dúzia de moendas gigantescas, onde as canas eram moídas e se transformavam em garapa. Cada moenda era conectada a vários cilindros que por sua vez eram ligados entre si por meio de poderosas coroas dentadas de ferro fundido, que se movimentava por tracionadas pela força descomunal de parelhas de burros que giravam atreladas a um enorme braço de madeira.

Era interessante observar as moendas movimentando-se de forma harmônica, tracionada pelos animais que em movimentos circulares faziam com que as engrenagens produzissem um ruído semelhante a uma roda de carro de boi, como se fosse uma música triste, um lamento!

Enquanto isso, os empregados municiavam as moendas com canas previamente preparadas, canalizando o caldo para enormes tachos que em seguida eram transportados para tachos ainda maiores, onde sob a ação do fogo provocava a fervura da garapa que se transformava em melado viscoso, para em seguida chegar no ponto da rapadura e posteriormente ao açúcar mascavo.

O cheiro do melado da cana quando chegava ao ponto do açúcar era cuidadosamente agitado em movimentos circulares por empregados habilidosos que utilizavam enormes cabos de madeira semelhante a conchas, fazendo com que aquele cheiro agradável se espalhasse a distância.

Diante da admiração de Evaristo, a moça fez uma observação espirituosa:

– Veja só, Evaristo, aqui na fazenda Ouro Verde até os burros são engenheiros!

O rapaz não conseguiu deixar de sorrir diante da brincadeira da moça.

Do mesmo modo que o fez anteriormente, Anita cumprimentou um por um dos empregados.

Em seguida, adentraram a outro galpão de grande dimensão, bem arejado, onde o açúcar mascavo era trazido para ser depurado para a devida secagem e em seguida ser tratado cuidadosamente por empregados especialistas para finalmente chegar na granulometria adequada, para exportação.

Depois, o açúcar era ensacado em sacos de estopa brancos onde se via a estampa da Fazenda Ouro Verde.

– Nosso engenho e nosso açúcar são o orgulho de papai – comentou a moça.

– E com toda razão, Anita – respondeu Evaristo, com sinceridade e admiração.

Os empregados demonstraram seu apreço e estima a Anita, oferecendo rapadura e garapa à moça e ao visitante.

Evaristo aceitou de bom grado e pôde apreciar o sabor do caldo de cana, bem como a rapadura oferecida.

– Explique ao nosso amigo como é feita a rapadura, Feliciano – pediu a moça.

O empregado solícito imediatamente atendeu ao pedido da Sinhazinha.

– Hoje, nós nos sentimos muito felizes, porque temos a liberdade de, durante o processo de produção, separar um pouco de garapa para nosso consumo. E como todos nós gostamos de rapadura, separamos também o melado quando ele chega ao ponto, um pouco antes do ponto do açúcar. Então, fazemos nossa festa Sinhô – disse com simplicidade o empregado. – Porque todos nós gostamos muito de rapadura e agora podemos comer à vontade e também levar para nossas casas. Inventamos vários tipos de rapaduras: fazemos uma com mamão verde, outra com abóbora e outra com amendoim e por fim a rapadura tradicional, pura e simples. Eu confesso que gosto mais da rapadura que fazemos com mamão verde e abóbora, que é um dos pedaços que o senhor comeu!

Realmente, Evaristo havia percebido que aquele pedaço de rapadura que havia experimentado tinha suave sabor de doce de abóbora. Agora estava explicado.

Evaristo estava muito satisfeito com tudo que observava. Liberdade de trabalho, estímulo à iniciativa de cada um, bom ambiente de trabalho, condições adequadas. Realmente aquilo tudo era uma inovação sem precedentes.

Nos dias que se seguiram, o soldado retornou às lavouras de café e ao canavial, sempre fazendo suas observações e apontamentos.

Após uma semana de muita observação, já considerava, com satisfação, que o seu trabalho chegava ao fim. Avisou o Sr. Ferreira que deveria ficar mais uns dois ou três dias para finalizar suas anotações e que em seguida retornaria para o Rio de Janeiro, para apresentar o resultado de seu trabalho aos seus superiores no exército.

Quando Anita soube, sentiu um estremecimento. Havia se afeiçoado de tal forma ao soldado que só de imaginar que o rapaz partiria dentro de poucos dias sentiu seu coração apertar de angústia. O que fazer para retê-lo um pouco mais?

A verdade é que Evaristo também sentia uma ponta de tristeza pelo fato de ter de ir embora. Entretanto, não tinha outro jeito, já estava concluindo sua missão e não poderia estender indefinidamente sua permanência por lá. Precisava retornar ao quartel com seu relatório, pois era urgente.

Maria Anita estava pensando em como enriquecer mais os apontamentos do soldado e, de alguma forma, retê-lo na fazenda por mais alguns dias. Pensou, pensou e de repente teve uma ideia luminosa: a verdade é que o soldado havia observado apenas os quesitos de trabalho nos campos e administração. Não seria interessante que ele também fizesse visita aos empregados em suas casas?

– Evaristo – disse a moça animada – estive pensando em algo que acredito seja importante para suas observações e entendo extremamente necessário que você possa complementar em seus apontamentos, além do trabalho e da administração.

– E do que se trata? – perguntou o rapaz interessado.

– Acho que seria muito interessante você fazer uma visita aos nossos empregados em suas casas, observar como eles vivem, verificar como se sentem em relação a essa nova realidade.

– Não seria invadir a privacidade deles?

– Posso garantir que não. Pelo que percebi, eles demonstraram simpatia por sua pessoa. Por ser um representante do exército, sua visita à casa de cada um seria para eles motivo de satisfação. Posso garantir que se sentiriam muito honrados com sua presença.

– Se você acha que isso seria bom, confesso que também vejo com bons olhos essa oportunidade. Não preciso nem dizer que tenho por essa gente o maior respeito, por tudo que passaram e pela alegria que demonstram em trabalhar em sua fazenda!

– Amanhã é domingo – disse a moça. – Vou mandar avisar que iremos fazer uma visita rápida a cada um, sem muita demora, porque caso contrário, iremos passar o dia inteiro só em visitas – disse Anita sorrindo.

Assim aconteceu.

No dia seguinte, acordaram cedo e logo às 7h da manhã chegaram à primeira residência, do negro Fulgêncio como era chamado. Ele e a esposa já estavam à porta juntamente com os dois filhinhos pequenos.

– Sejam bem-vindos à nossa humilde morada, Sinhazinha e o "Dotô"!

O rapaz sorriu com a simplicidade de Fulgêncio.

– Bom dia, Fulgêncio, mas não sou doutor, sou apenas um cabo do Exército Brasileiro!

– Pode entrar que a casa é sua! – disse Fulgêncio com satisfação, como se o Cabo Evaristo e a Sinhazinha fossem uma visita real e sua casa fosse um palácio.

Adentraram o ambiente doméstico. Casa simples, de chão batido com uma mesa e quatro cadeiras na sala. A esposa de Fulgêncio havia preparado um cafezinho que serviu imediatamente.

– Para mim é uma honra sua visita à nossa casinha, Senhor! A Sinhazinha vem sempre nos visitar, mas é a primeira vez que recebemos a visita de um cabo do Exército Brasileiro! Estou muito feliz e honrado! Obrigado mesmo!

Os olhos do negro Fulgêncio brilhavam de satisfação.

Evaristo sentia-se emocionado. Aquele era um momento que para ele seria inesquecível. Tomando um café preparado pela esposa de um ex-escravo que agora tinha sua casinha, simples é verdade, mas que trazia um sentimento de gratidão e alegria àquelas pessoas que até há pouco não tinham direito a nada.

– Me fale um pouco de sua vida, Fulgêncio. Fale de sua vida depois de liberto!

# XXI
## CONCRETIZANDO UM SONHO

Os olhos do Negro Fulgêncio encheram-se de lágrimas, recordando sua infância, sua juventude sofrida referente a um tempo não muito longínquo que ainda fazia seu coração sofrer.

— A verdade "dotô" — (por sua simplicidade Fulgêncio continuava a chamar o Cabo Evaristo de doutor) é que tive uma infância muito triste e sofrida.

— Eu já nasci beneficiado pela lei do Ventre Livre, mas vi meus pais e outros amigos sofrerem os maus-tratos da escravidão e da ignorância das pessoas que gostavam de fazer o povo negro sofrer. Faço questão de dizer que Sinhazinha era diferente: sempre foi muito bondosa com todos nós, mas tinha gente ruim aqui na fazenda. Ah! Isso tinha! Vi meus pais sofrendo açoite e eu chorava porque não entendia o que estava acontecendo, porque eles eram surrados. Foram anos e anos de sofrimento e amargura na alma, que pareciam não ter mais fim! Eu pensava comigo mesmo: Até quando vai durar essa agonia? Será que Deus não vê o que está acontecendo? Ou Deus só abençoa os brancos como seus filhos? Às vezes, chegava até a pensar que nós não éramos filhos de Deus, porque não tínhamos direito a nada, apenas à dor e ao sofrimento.

O trabalhador fez uma breve pausa. Seus olhos estavam cheios de lágrimas e sua voz embargada. O soldado respeitou o silêncio sentindo também no fundo de seu peito talvez o mesmo o que era sentido pelo negro Fulgêncio, que após breve espaço de tempo, suspirou fundo e continuou:

– Essas coisas são muito difíceis de explicar, "dotô". Quando não existe esperança na vida o sofrimento aumenta demais, parece que o tempo não passa. Assim os dias eram longos e as semanas infindáveis, os meses pareciam não ter fim e os anos intermináveis. Quando não existe alegria de viver, quando não se tem esperança no futuro a vida perde o sentido. Então, o tempo parece que fica parado porque não tem razão para contar os dias, os meses e os anos. Para que? Quando você espera uma data feliz, você não vê a hora de chegar aquele dia, então você conta os dias, as semanas e os meses. Mas quando se sabe que não existe nada de bom para acontecer na vida, para que ficar contando os dias?

Fulgêncio fez mais breve pausa, para continuar sua história:

– Não tínhamos nem um dia de domingo para descansar, mas isso nos últimos anos da vida de meus pais se modificou. Uma vez apareceu por aqui um padre que era muito bondoso, quase um santo. O nome dele era Padre Damião que rezou uma missa no meio da pastagem da fazenda. A pedido do padre, o patrão permitiu que nós assistíssemos à missa, desde que ficássemos um pouco distantes. Olha "dotô", aquela foi a primeira missa que assisti e posso dizer que foi a coisa mais linda que eu já vi. O padre pediu ao patrão que fosse mais bondoso com os escravos e isso de alguma forma foi bom porque a partir de então, vez ou outra nós podíamos descansar aos domingos! Meu pai morreu picado por uma jararaca traiçoeira e minha mãe adoeceu e também morreu algum tempo depois. Fiquei sozinho nesse mundo, mas já era um trabalhador da fazenda do Dr. Ferreira. Braços fortes e força na enxada permitiram que eu pudesse ficar por aqui. Foi quando conheci Terezinha, hoje minha esposa. Ela era linda e eu desejava que um dia pudesse me casar com ela. Foi então que as coisas boas começaram a acontecer: ficamos sabendo que a Princesa Isabel havia assinado uma lei que dava liberdade total aos escravos! Foi muita alegria "Dotô", imagina aquele povo sofrido de repente fica sabendo que não havia mais escravidão no Brasil! Muita gente sumiu no mundo para sentir a sensação da liberdade, sem que nenhum capitão do mato fosse atrás para castigar.

Fez breve pausa, olhou para Mariazinha e para o Cabo do Exército dizendo:

– Me perdoe, "Dotô" mas, estou falando muito, não é verdade?

– Por favor, Fulgêncio, quero que continue falando! Você é um homem de muito valor e faço questão de conhecer sua história de vida!

– Então, tome mais um cafezinho, "Dotô". Terezinha, sirva mais um cafezinho para o "Dotô" e para a Sinhazinha!

Enquanto Evaristo tomava outro cafezinho gostoso, Fulgêncio continuava sua história.

– Muita gente foi embora! No fundo do meu coração, minha vontade também era sumir no mundo! Mas meu coração ficaria preso aqui para sempre porque a mãe de Terezinha resolveu ficar na fazenda. Então, eu também fiquei e não me arrependi. Não me arrependi porque algum tempo depois quem começou a mandar em tudo por aqui foi a Sinhazinha, que era muito querida por todos nós! E a Sinhazinha nos reuniu e prometeu que seria justa, que pagaria um bom salário, que permitiria a construção de nossas casinhas, simples é verdade, mas que seriam somente nossas. Eu acreditei na Sinhazinha e confesso que a partir de então fui feliz. Construí minha casinha e vim morar com Terezinha e hoje temos dois filhos lindos que não são escravos! Minha maior alegria é ver meus filhos correndo para todos os lados sem nenhum capataz para castigar, sem ninguém para ameaçar, e tenho esperança de um futuro melhor para eles.

Quando falou no futuro dos filhos, os olhos do Negro Fulgêncio encheram-se de brilho. Abaixou a cabeça e chorou, dizendo:

– Sabe o que desejo para os meus filhos "Doto"? Vou abrir meu coração e contar um segredo ao senhor: Quando vi o senhor pela primeira vez com o uniforme do exército pensei: eis aqui um homem de valor, ele é negro, mas conseguiu entrar para o Exército Brasileiro! Deve ser um homem educado, sabido, valente! Fiquei pensando que esse seria o sonho de meus filhos, ver eles crescerem, poderem estudar um pouquinho e se um dia conseguissem entrar para o Exército Brasileiro eu morreria feliz, porque esse seria meu sonho que iria agradecer a Deus pela eternidade!

Evaristo era um homem firme, acostumado com situações difíceis, mas tinha um coração sensível. A confissão do Negro Fulgêncio tocou seu coração e o soldado do exército chorou emocionado.

– Fulgêncio, posso te assegurar que seu sonho não é impossível. Pode ter certeza que quando seus filhos forem maiores, pode me procurar! Vou conversar com meu tio, pois ele é um homem de bom coração e vai ajudar! Pode ter certeza que seus filhos, quando tiverem idade, poderão ingressar no Exército Brasileiro!

Os olhos de Fulgêncio brilhavam. Imaginar seus filhos um dia vestindo o uniforme do Exército Brasileiro seria a realização de um sonho que até então parecia impossível em seus pensamentos.

– Mas eles terão de estudar antes! – recomendou Evaristo.

Naquele instante, foi Sinhazinha quem respondeu:

– Já estou pensando nisso, Evaristo. Minha intenção é construir uma escola aqui na fazenda e contratar um professor para educar as crianças. Esse é um sonho que já até havia falado a respeito com meu pai que concordou.

– Ah! Sinhazinha, a senhora é uma pessoa bondosa e abençoada – disse Fulgêncio, emocionado, beijando as mãos da moça.

Evaristo fez questão de manifestar seu apoio àquela iniciativa tão altruísta, considerando os costumes da época.

– Parabéns, Maria Anita! Essa é uma atitude que demonstra o elevado espírito de compreensão e consciência para um problema humano tão grave: a educação! Não posso deixar de anotar essa providência como uma das mais importantes ações que encontrei aqui em sua fazenda!

Maria Anita sentiu-se feliz e lisonjeada com as palavras de Evaristo. Se queria agradar o amado, certamente atingiu seu alvo em cheio, porque o rapaz demonstrava visivelmente sua emoção e admiração por aquela atitude.

Já passava das oito da manhã, embora a conversa estivesse muito boa, precisavam visitar as casas dos demais colonos.

– Ah! "Dotô", por favor, o senhor ainda não pode ir embora porque quero mostrar a hortinha que temos no fundo do quintal e a galinhada que criamos!

Foram ao quintal da casa onde uma dezena de galinhas e pintinhos ciscavam no terreiro. Um pouco mais abaixo, um cercado para proteger das próprias galinhas, uma pequena horta de hortaliças verdejantes. Fulgêncio parecia orgulhoso de sua horta e da galinhada.

– Das galinhas "Dotô", quem cuida é a Terezinha. Ela trata dos bichinhos, arruma os ninhos para botarem e esses ovos servem de mistura e, de vez em quando, matamos um franguinho que minha Terezinha sabe preparar na panela de barro, como poucas cozinheiras sabem preparar. Acertei em cheio casando com ela, porque é uma cozinheira de mão cheia! Para nós é uma festa!

Seguiram adiante até a entrada da horta.

– Mas aqui está minha hortinha que eu cuido com o maior carinho! – disse o trabalhador cheio de orgulho.

Realmente a horta estava bem cuidada. Era bonito observar cada canteiro separado com diversas hortaliças: como alface, almeirão, repolho, couve-manteiga e pimentão! Tudo verdinho e cheio de viço!

Fulgêncio complementou:

— É por esse motivo que me sinto feliz trabalhando na Fazenda Ouro Verde, "Dotô". Aqui tenho trabalho, sou respeitado e me sinto gente! Mas não é só isso: ganhamos nossa casinha, construída com nosso esforço, simples é verdade, mas a gente se sente bem porque ninguém virá aqui nos retirar ou nos maltratar. Além do mais, Sinhazinha nos deu a liberdade para ter nossas próprias criações, como as galinhas e também plantar um pedacinho de terra, onde fizemos nossa horta. E agora o mais importante – finalizou o trabalhador emocionado – saber que vamos ter uma escola aqui na fazenda e que meus filhos poderão estudar e um dia ser gente de bem, isso não tem dinheiro nenhum no mundo que pague.

As palavras emocionadas de Fulgêncio foi o "grand finale" daquela primeira visita.

Evaristo abraçou com muita emoção aquele homem simples, corajoso e guerreiro! Havia sofrido muito em sua vida, mas quando encontrou a oportunidade, soube esquecer as dores do passado e enfrentar os novos desafios da vida! Evaristo reconhecia em Fulgêncio um homem verdadeiramente feliz com o pouco que tinha!

Deixaram a casa de Fulgêncio e Terezinha para trás, seguindo para a casa mais próxima: era a do negro Aristeu e Sebastiana. Foram recebidos na porta da casa como se fossem um casal real fazendo uma visita aos súditos.

– Sejam bem-vindos Sinhazinha e "Dotô"!

Evaristo sorriu e nem comentou nada, porque observou que todo aquele pessoal usaria aquele tratamento! Era melhor deixar assim mesmo!

Aristeu e Sebastiana tinham duas filhas, idade entre sete e oito anos!

Tomaram mais um cafezinho gostoso oferecido pela dona da casa! "E seria falta de educação a recusa, mas aquilo não representava nenhum sacrifício", pensou Evaristo, porque o cafezinho de Sebastiana estava realmente muito saboroso!

Evaristo fez questão de ouvir toda história de Aristeu, muito semelhante à de Fulgêncio. Sentia-se feliz trabalhando na Fazenda Ouro Verde porque a Sinhazinha era uma santa de bondade! Sabia respeitar os trabalhadores, interessava-se verdadeiramente pela vida de cada um e ajudava sempre!

Aristeu fez questão de pontuar sua admiração pela Sinhazinha!

– Conheço Sinhazinha desde "menininha" "Dotô", e ela sempre foi assim desse jeitinho, carinhosa e respeitosa com todos nós!

A exemplo de Fulgêncio, Aristeu também tinha sua criação de galinhas e um pequeno chiqueiro, onde criava alguns porquinhos.

– Isso é que fez a diferença na minha vida "Dotô", posso ter minha criação de galinhas, uns porquinhos e ter um pedacinho de terra para fazer uma hortinha para plantar algumas coisinhas! Sentir que aquilo que colho é meu, que posso comer aquilo que plantei! Ah! "Dotô", isso para mim é demais porque nunca tive isso em minha vida antes!

Quando Maria Anita disse que teria uma escola na fazenda e que suas filhas poderiam estudar, Aristeu abraçou as filhas e chorou emocionado:

– Ah! Minhas filhas, papai está tendo uma vida digna aqui na fazenda, mas vocês vão ter muito mais do que tenho, porque vão aprender a ler e escrever e um dia poderão ser alguém na vida!

Em seguida, ajoelhou-se e beijou as mãos de Maria Anita!

– Que Deus te abençoe, Sinhazinha! A senhora é uma pessoa de bom coração, uma santa!

Aquela demonstração de reconhecimento era realmente sincera e comovente. Evaristo não conseguia esconder sua emoção, enxugando, discretamente, os olhos marejados de lágrimas.

Já estava próximo do meio-dia, Maria Anita sugeriu que retornassem para a sede da fazenda para almoçar. Depois do almoço retomariam as visitas.

Assim fizeram.

A verdade é que Evaristo estava vivamente impressionado com tudo que havia assistido. Gente simples, mas valorosas Pessoas trabalhadoras, mas felizes e reconhecidas!

Não era difícil entender o sucesso da administração da Fazenda Ouro Verde! Era fácil identificar as causas, o por quê da produtividade ser tão alta e por que todos trabalhavam felizes!

A colônia compunha-se de mais de cinquenta casas e seria impossível visitar todos da forma como tinha sido feito com as primeiras. Até aquele momento Anita e Evaristo tinham visitado apenas duas residências.

Resolveram, então, que apenas passariam em cada casa, cumprimentariam os moradores, e Evaristo anotaria os nomes de cada um e dos filhos e idade, observando se todos agiam da mesma forma: se também tinham o hábito de cultivar suas hortas e animais de criação.

Aquilo era demais importante!

No final do dia Evaristo sentia-se exausto. A tarefa fora extenuante, mas havia cumprido a totalidade de seus objetivos, tendo conseguido passar visita a todas as casas e efetuado as anotações necessárias. Voltando-se para sua companheira de jornada, observou que Maria Anita também parecia muito cansada, mas conservava aquele sorriso meigo em seu semblante.

O sol já estava declinando no horizonte tingindo o céu de rubro com seus últimos raios, despedindo-se daquele dia que jamais voltaria. Era um momento poético para aqueles jovens que caminhavam vagarosamente por uma trilha no meio da pastagem de retorno à sede da fazenda, como se não desejassem chegar.

Evaristo sentia necessidade de externar sua admiração por aquela moça, ainda tão jovem, mas de grande sabedoria e, acima de tudo, sensibilidade de alma.

– Sabe de uma coisa, Maria Anita? – disse o rapaz desejando puxar assunto.

– O que? – perguntou ela curiosa.

– Confesso que posso entender perfeitamente a razão do sucesso da Fazenda Ouro Verde!

– E o que você acha que é a razão do sucesso da Fazenda?

– A razão do sucesso dessa fazenda tem nome e sobrenome: Maria Anita Ferreira!

O semblante da moça ficou avermelhado diante do elogio.

– Ora, você está sendo apenas lisonjeiro comigo!

– Estou sendo realista depois de tudo que observei ao longo desses dias. Todos aqui nessa fazenda, sem exceção, te admiram demais e te respeitam. Acho ainda mais que isso, todos têm por você verdadeira adoração!

A voz do rapaz estava embargada pela emoção. Na verdade, ele sentia desejos de dizer a ela o quanto a admirava. Que naqueles dias que passaram juntos, desejava abraçá-la, beijá-la com sofreguidão, acariciar seu rosto, seus cabelos, mas tinha receio de confessar seus sentimentos. No dia seguinte, pela manhã, iria embora. O tempo estava se esgotando e se não tomasse uma atitude, poderia nunca mais voltar a se encontrar com Maria Anita.

Sentia no fundo de seu coração que aquela era uma moça diferente de todas as outras que havia conhecido. Parecia que Maria Anita também correspondia aos seus sentimentos, mas... e se estivesse enganado?

Maria Anita pareceu entender o conflito que naquele momento ia no coração de Evaristo. Resolveu encorajá-lo, pois seus sentimentos também pareciam explodir em seu coração. Estavam exatamente a meio do caminho, entre a colônia e a sede da fazenda, onde havia um pequeno bosque em plena campina da pastagem.

Ela parou na frente do rapaz e olhando firme em seus olhos disse:

– E você, pessoalmente, o que acha de mim?

O rapaz respirou fundo: aquela era a "deixa" que esperava e não perdeu tempo. Pegou em suas mãos e olhando em seus olhos disse:

– Eu acho que você é a mulher mais linda que existe na face da Terra! Que você não é apenas linda de fisionomia e de aparência, você é linda de alma, de sentimentos. Você é a mulher que reúne todas as qualidades que um homem jamais imaginaria encontrar em apenas uma mulher: beleza, inteligência, bondade, sensibilidade e bom-senso acima de tudo!

Dizendo isso, abraçou-a de encontro ao seu peito e a beijou longamente. Maria Anita deixou-se levar docilmente, sentindo os lábios ardentes de Evaristo e sua mão forte, mas suave, acariciando seus cabelos e sua face!

Aquele foi um minuto que para aqueles jovens marcaria toda eternidade. Naqueles breves segundos, de um beijo apaixonado, viajaram no tempo, voltaram no passado, anteviram o futuro belo e dadivoso, deixaram-se embalar na música do vento vespertino que soprava tépido! Ouviram o canto dos pássaros despedindo-se daquele dia maravilhoso, ouviram a voz dos anjos sussurrando em seus ouvidos e a melodia das harpas divinas que apenas os corações apaixonados ouvem. Depois, deixaram-se levar pelo enlevo daquele momento mágico, no doce e suave aroma do amor que toca as fibras mais sensíveis dos corações daqueles que amam!

– Ah! Meu Deus! – sussurrou a moça com a voz apaixonada. – Não imaginei jamais que isso pudesse ter acontecido comigo! Apaixonei-me por você desde o primeiro momento em que te vi! – confessou a moça.

– Devo também confessar que desde o momento em que meus olhos cruzaram com os seus, meu coração pulsou descompassado em meu peito! Tinha certeza naquele instante que havia encontrado a mulher de minha vida! Os dias que se seguiram apenas vieram confirmar aquilo que meu coração já sabia: que você era tudo aquilo que eu havia imaginado e muito mais! – respondeu Evaristo com um sorriso de satisfação no rosto.

– Você irá embora amanhã! – disse a moça com uma ponta de tristeza.

– É verdade, preciso apresentar meu relatório ao exército, mas prometo que voltarei tão logo seja possível.

– E quanto tempo isso vai levar? – perguntou a moça com tristeza.

– O mais rápido possível, porque agora não vejo a hora de poder retornar. Quando voltar gostaria de falar com seu pai e pedir sua mão em casamento!

– Meu Deus! Papai vai sofrer um enfarto! – brincou a moça.

– Você acha que deveria falar com ele antes de partir?

A moça ficou com a fisionomia preocupada.

– Não, ainda não! Deixa que eu vou preparar papai e mamãe para essa notícia. Quando você retornar, eles já estarão sabendo de tudo e ficará mais fácil. Acho que nem papai nem mamãe estão preparados para isso.

– Está bem, minha querida! Mas para mim será difícil ir embora sem te dar um beijo de despedida!

– Ficaremos na saudade dos pensamentos recordando esse momento que aqui estamos. Tudo será mais lindo quando retornar!

– Espero que seus pais aceitem nosso casamento. Às vezes, fico preocupado com sua mãe e seus irmãos que parecem não ter muita simpatia para com os negros e pessoas pardas feito eu.

– Meu amor, não se preocupe com isso! Deixe por minha conta! Ademais – continuou – quem deve gostar de você sou eu e confesso, de coração, adoro sua cor! Você é um mulato lindo que entrou em meu coração e aqui se aninhou para nunca mais sair! Eu te amo, Evaristo, e vou te amar por toda minha vida!

Aquele era um momento de enlevo e os apaixonados não perceberam que a noite já havia descido com seu manto negro, cobrindo de mortalha os campos.

Aquele momento era de alegria e muito amor para aqueles corações apaixonados.

Todavia...

Todavia, duas figuras sorrateiras camufladas nas sombras acompanhavam a distância o doce enlevo daqueles corações apaixonados. E pela reação, certamente demonstravam não terem gostado nenhum pouquinho do que presenciaram. Eram os irmãos de Maria Anita: Joaquim Pedro e Luiz Manoel. Sentiram verdadeira aversão por Evaristo desde o momento em que o conheceram e a cena que presenciaram fez com que aquelas mentes doentias se enchessem ainda mais de rancor e ódio.

Aquilo não poderia terminar bem! Os irmãos juraram naquele momento que haveriam de encontrar uma forma de vingança, colocando por terra os planos de felicidade da irmã. O que ela pensava da vida? Quem aquele soldadinho de meia-tigela metido a galã pensava que era? Jamais iriam admitir que a irmã pudesse ter algum relacionamento com um homem de cor parda! Poderia ser quem fosse! E ainda mais: que pudesse desse relacionamento tomar o lugar deles na administração da fazenda. Realmente aquilo era inadmissível no pensamento dos irmãos.

Juraram vingança...

# XXII
## Uma menção honrosa

No dia seguinte, Evaristo, envergando seu uniforme de soldado do Exército Brasileiro, partiu bem cedo. Despediu-se de cada um com educação e seriedade, mas, quando apertou a mão de Maria Anita, tirou o boné, beijando sua mão em um gesto de cavalheirismo e galanteio.

Repetiu o gesto com dona Marieta que ficara olhando atravessado. Em seguida, montou em seu cavalo e partiu deixando para trás uma nuvem de poeira provocada pelas patas de seu alazão. Havia prometido ao Sr. Ferreira que no máximo em trinta dias retornaria com novidades a respeito de tudo que havia anotado em seu relatório.

Todos ficaram na varanda da casa olhando a figura do cavaleiro que desaparecia na distância. Maria Anita sentiu um aperto no coração enquanto seus olhos ficaram orvalhados de lágrimas.

Desatento ao que ia no coração da filha o fazendeiro confidenciou:

– Gostei desse rapaz! Gostei dele, mesmo sendo meio negro!

Foi o suficiente para que Maria Anita o defendesse:

– Ora, papai, como o senhor é cheio de preconceito! O que importa a cor da pele das pessoas? O senhor ainda não aprendeu que o que importa mesmo é a pessoa? E o senhor acaba de dizer que gostou do rapaz, por que ficar preocupado com a cor de sua pele?

O Sr. Ferreira ficou surpreso com a reprimenda da filha e não entendeu muito bem o motivo, mas não dona Marieta que, atenta, observou:

– Acho que tu e esse rapazinho metido a soldado do Exército ficaram de trelelê...

Mas, foi o Sr. Ferreira quem defendeu a filha.

– Ora, Marieta, deixa de bobagem, você conhece nossa filha. Ela se afeiçoa a qualquer um, principalmente a esses negros.

– E tenho muito orgulho disso – finalizou Maria Anita com os olhos cheios de lágrimas.

Naquele momento, o Sr. Ferreira percebeu que realmente sua filha estava diferente. Resolveu ficar calado, aquilo poderia ter sido apenas alguma coisa passageira. Essa era sua esperança. Jamais admitiria em seu orgulho ver sua filha desposando um homem que não fosse branco. Mas nos dias que se seguiram, passou a temer pelo pior. Passou a observar melhor sua filha notando que ela parecia distraída, pensamento distante. Já não demonstrava a mesma motivação nem mesmo a alegria de antes. Só se alegrava mesmo por ocasião das visitas à lavoura e ao engenho, conversando com os trabalhadores, que nos comentários mencionavam Evaristo.

– Gostamos muito do Sr. Evaristo – disse Nicanor. – Ele pareceu ser uma pessoa de bem, esperamos que sua visita tenha sido boa!

– Sem dúvida, Nicanor, o Sr. Evaristo é uma pessoa de bem, de verdade!

– O Sr. Evaristo é uma pessoa muito educada, todos nós gostamos dele, Sinhazinha! – disse Afrânio.

– É verdade – emendou Gaudêncio – conversei bastante com todos nossos companheiros e posso dizer, Sinhazinha, que não teve um só que não tivesse gostado do Sr. Evaristo.

Ela sorria feliz a cada referência que faziam do seu amado.

O Sr. Ferreira acompanhava a distância todos os comentários e não podia deixar de observar que a fisionomia da filha iluminava-se a cada referência que os trabalhadores faziam a respeito do rapaz.

Os dias foram passando lentamente. No final de cada dia, Maria Anita ficava na varanda olhando ao longe a estrada que desaparecia na linha do horizonte, na esperança de que um dia pudesse observar a figura de seu amado retornando à fazenda.

Transcorridos mais de trinta dias e Maria Anita sentia imensa tristeza. Já havia passado o tempo que Evaristo havia prometido voltar e até aquele momento, nada... Seus pensamentos estavam povoados de dúvidas e muitas incertezas. Teria se enganado com Evaristo? Não, não podia admitir essa hipótese. Todos na fazenda haviam gostado do rapaz, ela não poderia ter se enganado.

Na dor de sua saudade, apegava-se a qualquer coisa para alimentar sua esperança. Em sua memória procurava recordar os olhos e o sorriso do amado, o calor de seus beijos naquele fim de tarde e suas doces palavras que tocaram seu coração! Não, alguma coisa deveria ter acontecido, mas ela tinha certeza que Evaristo também a amava e se até então não retornara conforme sua promessa, era porque algo grave deveria ter acontecido.

Assim, mais uma semana se passou de forma melancólica.

Era uma tarde de sábado e o calor se fazia intenso. Como era habitual, Maria Anita encontrava-se na varanda da casa com o olhar perdido na distância, quando percebeu que um cavaleiro se aproximava. Como estava muito longe, não era possível identificar a pessoa do cavaleiro, mas seu coração pulsou descompassado no peito. Quando se aproximou mais, pôde identificar que o cavaleiro vestia um uniforme do exército, mas suas apreensões aumentaram porque o soldado que se aproximava não era Evaristo. Teve ímpetos de desespero, porque aquilo não podia ser um bom sinal. Por que viera outro soldado e não seu amado, como havia prometido?

Chegando à porteira, a exemplo de Evaristo, o Soldado pediu permissão para adentrar a sede da fazenda. Tanto o Sr. Ferreira quanto dona Marieta também estranharam a presença do soldado.

Enquanto autorizava a entrada do soldado, o fazendeiro ranzinza não deixou de reclamar: – Ora bolas, agora é outro soldado que vem até aqui? Será que Evaristo acabou se esquecendo de fazer alguma anotação em seu relatório? Daqui a pouco virá o batalhão inteiro!

O soldado aproximou-se e com educação e respeito perguntou:

– Senhor José Ferreira?

– Sim, eu mesmo. A que devo a honra de sua visita? – respondeu de mau humor o fazendeiro.

– Estou aqui trazendo uma mensagem do Capitão Hernandez!

Dizendo isso, tirou do alforje um envelope e estendeu em direção ao fazendeiro.

Maria Anita estava desesperada. O que havia acontecido? Por que em vez do seu amado viera aquele soldado portando uma carta do Capitão do Exército endereçada a seu pai? Teria dado alguma coisa errada em relação à missão de Evaristo?

Seu coração pulsava descompassado em seu peito e ela torcia as mãos agoniadas enquanto o Sr. Ferreira abria cuidadosamente a carta que dizia assim:

*Prezado amigo José Ferreira*

*É com imensa satisfação que informo que o relatório do Cabo Evaristo foi para todos nós um grande aprendizado em termos de filosofia administrativa, filosofia de trabalho e propósitos humanos e motivacionais.*

*Em um momento difícil para a grande maioria dos grandes produtores brasileiros de café e açúcar, o Senhor nos traz uma preciosa lição de como encontrar alternativas de motivação para com os trabalhadores.*

*O resultado disso só poderia ser o sucesso que alcançastes, mas acima de tudo, permitir que os trabalhadores sejam livres, felizes e produtivos. O sucesso que sua fazenda hoje alcança é mais do que merecido e que asseguramos, pode ser considerado como referência.*

*Estamos impressionados com o estilo liberal de administração adotado em sua fazenda. Informamos que o exemplo de sua fazenda será replicado em outras propriedades que hoje enfrentam grandes problemas de mão de obra.*

*Como um merecido tributo, desejamos oferecer ao senhor e sua filha, uma menção honrosa no Quartel do Exército Brasileiro, aqui no Rio de Janeiro.*

*Contamos com sua honrosa presença, bem como de Maria Anita, mencionada no relatório do Cabo Evaristo Hernandez.*

O ofício terminava informando a data e horário da cerimônia, que seria realizada dentro de dez dias, na qual estariam presentes autoridades do Exército e do governo ligadas a assuntos da Economia, Agricultura e Trabalho.

Terminada a leitura o fazendeiro sorriu satisfeito, enquanto a esposa atabalhoada o questionava:

– O que nos interessa essa "menção honrosa"? Isso vale alguma coisa?

O soldado pareceu ficar meio constrangido diante da observação desairosa de dona Marieta, mas o Sr. Ferreira respondeu imediatamente.

– Cala tua matraca, mulher! Tu não sabes de nada!

Em seguida, voltando-se para o soldado se desculpou:

– Não ligue para Marieta, ela sempre foi assim mesmo, meio lunática! Não sabe das coisas! Pode dizer ao Capitão Hernandez que nos sentimos muito honrados e que iremos comparecer a essa cerimônia.

O soldado bateu continência:

– Obrigado Senhor! Volto imediatamente levando sua resposta ao Capitão!

Dizendo isso e sem mais delongas montou em seu cavalo e partiu imediatamente.

Maria Anita tivera ímpetos de perguntar ao soldado por Evaristo, mas ficou pensando consigo mesma que as coisas possivelmente haviam saído de forma diferente do que havia imaginado. Mas, a esperança se acendeu em seu coração: dentro de dez dias, por ocasião da cerimônia, finalmente teria a oportunidade de reencontrar com seu amado.

Aqueles seriam os dez dias mais longos de sua vida!

* * *

Finalmente chegou aquele dia tão esperado.

Maria Anita e seu pai estavam no Rio de Janeiro dirigindo-se para o Quartel do Comando Maior do Exército chegando pontualmente às 18h. Adentraram as dependências do quartel, onde soldados perfilados prestavam continência aos visitantes que eram conduzidos à entrada do edifício onde o Capitão Hernandez os aguardava.

Quando se aproximaram, o Capitão Hernandez quebrou o protocolo e abraçou longamente o fazendeiro.

– Seja bem-vindo, meu amigo! Hoje é um dia em que nos sentimos extremamente honrados com sua presença e de sua bela filha! Aliás, muito mais bela do que foi descrita pelo Cabo Evaristo, que não poupou elogios à sua beleza e inteligência, senhorita – disse o Capitão curvando-se e beijando a mão de Maria Anita.

Adentraram o anfiteatro do Quartel, que era reservado para cerimônias de honrarias e menções honrosas destinadas aos grandes vultos que haviam realizado grandes feitos que justificassem a homenagem do Exército Brasileiro.

O porte do anfiteatro era sóbrio e simples, mas impressionava pelo ambiente que cercava a cerimônia. Deslumbrada diante de tudo que via, Maria Anita procurava com o olhar a presença do amado, mas ele não estava ao alcance de sua vista. Onde estaria?

Não teve muito tempo para divagações porque o Capitão os conduziu para os lugares especialmente reservados aos homenageados, diante da tribuna onde se encontravam autoridades do governo, todos com a fisionomia austera.

Sentaram-se enquanto a banda do Exército executava o Hino Nacional Brasileiro. Todos se levantaram com a mão direita à altura do coração em sinal de respeito.

Após a execução do Hino Nacional, o mestre de cerimônia chamou o representante do Governo para fazer seu discurso, que durou cerca de dez minutos, em que destacou as dificuldades da economia, a necessidade de uma solução imediata para a mão de obra no campo e a importação de mão de obra estrangeira, que viriam do Japão, Itália e outros países europeus.

Em seguida, discursou o Capitão Hernandez salientando a importância da agricultura, enaltecendo o café e a cana-de-açúcar na composição das exportações, sendo que o Brasil sempre fora destaque exatamente pelo bom desempenho da agricultura, que então se encontrava abalada diante da escassez de mão de obra.

Aqueles discursos todos pareciam enfadonhos demais para Maria Anita. Seu pensamento estava voltado apenas para Evaristo. O que havia acontecido? Esperava que ele estivesse presente à cerimônia, mas qual o que. Já nem conseguia mais prestar atenção aos discursos, imaginando como tudo aquilo acabaria para finalmente perguntar ao Capitão Hernandez pelo seu amado.

Foi quando finalizando seu discurso o Capitão fez uma referência que despertou Maria Anita de seu torpor. Disse o Capitão:

– Finalmente, para nos falar a respeito de um caso muito interessante, que nos traz luz para a solução dos problemas de mão de obra nos campos, convidamos o Cabo Evaristo Candeias Hernandez para finalizar essa cerimônia com seu depoimento.

Naquele instante, Maria Anita quase desmaiou de emoção. Respirou fundo, sentindo o coração pulsar descompassado dentro do seu peito ao ver entrar no auditório a figura de Evaristo, trajando uniforme de gala do Exército.

Sob os aplausos dos presentes, Evaristo iniciou seu depoimento dizendo que realmente ficara extremamente impressionado com o caso de sucesso absoluto da Fazenda Ouro Verde, propriedade do Sr. José Ferreira e administrada por sua filha Maria Anita.

Disse ter ficado profundamente admirado que a grande maioria dos trabalhadores da propriedade eram ex-escravos que resolveram continuar na fazenda, enquanto outros haviam chegado de fazendas mais distantes. Destacou a forma humana de tratamento, a remuneração pelo trabalho que era muito satisfatória trazendo ainda o componente de pagamentos extras por produção. Fez questão de mencionar que Maria Anita era uma administradora inteligente, competente e acima de tudo respeitosa no trato aos trabalhadores, que conhecia cada um, fazendo questão de chamá-los pelos respectivos nomes.

Evaristo falava com entusiasmo acerca de tudo que havia presenciado e seus olhos brilhavam visivelmente emocionados em seu depoimento.

Discursou informando que os proprietários da fazenda ajudaram os trabalhadores na construção de suas próprias casas, cedendo terreno para que cada qual tivesse um pequeno espaço para plantar e cultivar suas hortaliças e seus animais domésticos.

Maria Anita parecia encantada com o que ouvia. Aquele discurso não era enfadonho nem cansativo. Era seu amado falando o que para ela parecia música aos seus ouvidos.

Finalmente, Evaristo destacou o aumento de produção da fazenda, referente à colheita do café e à fabricação do açúcar, contribuindo com a economia do país, uma vez que eram dois itens de extrema importância na pauta de exportações.

Destacou que havia ficado muito emocionado ao observar que a Família Ferreira tinha também preocupação com a educação dos filhos dos trabalhadores e que estariam construindo uma escola na fazenda para que as crianças tivessem a oportunidade de estudar.

Concluiu agradecendo a todos da família, especialmente à Maria Anita que havia se colocado à disposição para que pudesse levar a bom termo seu trabalho de pesquisa.

O público presente aplaudiu com entusiasmo o depoimento do Cabo Evaristo. Em seguida, o Mestre de Cerimônia informou que o proprietário da Fazenda Ouro Verde Sr. José Ferreira e sua filha receberiam Menção Honrosa do Exército, por relevantes serviços prestados ao país.

Em seguida, chamou o Sr. José Ferreira. Coube ao Capitão do Exército colocar em seu peito a honrosa medalha. Depois, o Mestre de Cerimônia chamou a Srt.ª Maria Anita, cabendo ao Cabo Evaristo a honrosa missão de condecorá-la com a medalha.

Foi um momento de muita emoção. Seus olhos se cruzaram e Maria Anita observou o brilho nos olhos do rapaz. Nada disseram, nem precisava porque a eloquência de seus olhos irradiava a mais bela das poesias que o mais sensível dos poetas jamais poderia retratar em palavras.

Logo depois, foram convidados para o jantar no salão nobre dos eventos do exército. O Capitão sentou-se entre Maria Anita e o fazendeiro, enquanto o Cabo Evaristo sentou-se ao lado da jovem.

O jantar foi servido em clima de alegria e confraternização. Maria Anita sentia-se feliz por estar ao lado do seu amado. Queria dizer tantas coisas, mas o momento não era oportuno. Todavia, Evaristo disse que ainda na semana seguinte, tiraria alguns dias de licença do Exército para uma visita à fazenda.

Assim aconteceu.

Quando chegou à fazenda naquela tarde, o Sr. Ferreira já tinha conhecimento do fato e apesar de sua casmurrice, dona Marieta parecia também feliz com o evento porque Maria

Anita já os havia alertado que Evaristo pediria permissão para o namoro e oficializar o relacionamento dos dois.

Entretanto, a surpresa foi ainda maior, menos para os irmãos Luiz Manoel e Joaquim Pedro, porque...

Porque diante de todos pediu licença e permissão para namorar Maria Anita e mais ainda... Se fosse de gosto dos pais da moça, gostaria de oficializar o casamento para trinta dias.

O Sr. Ferreira quase desmaiou.

– Ora, ora, Sr. Evaristo, eu e Marieta fazemos muito gosto nesse seu namoro com nossa filha, porque já vimos que o senhor é gente boa, além do mais, sobrinho de meu amigo, o Capitão Hernandez. Então, faço gosto sim, mas porque tanta pressa no casamento?

Dona Marieta resolveu também dar seu palpite, atabalhoada como sempre:

– Eu bem que desconfiava dessa conversa de saírem para a lavoura para estudar os trabalhadores! Ah! Vejo que minhas desconfianças tinham fundamento! Mas quer saber de uma coisa, senhor Evaristo? Eu também faço gosto nesse casamento e quero que seja logo! Não quero que minha filha fique malfalada nas redondezas!

Todos riram das parvalhices de dona Marieta.

O fazendeiro então questionou os irmãos, até aquele momento calados.

– E vocês, não dizem nada? Pelo menos cumprimentem os noivos! Sua irmã foi pedida em casamento pelo Cabo Evaristo, um homem importante do Exército Brasileiro e vocês não dizem nada?

Os dois irmãos ficaram sem graça, cumprimentando Evaristo como um ato meramente protocolar:

– Parabéns! Sejam felizes!

Maria Anita estava feliz e não percebeu nada, mas o Cabo Evaristo notou a ironia dos irmãos. Desde o princípio, sabia que não era bem aceito por eles, percebendo naquele momento que com aqueles dois teria problemas...

# XXIII
## UMA TRAMA DIABÓLICA

Trinta dias passaram rápido.
O casamento de Maria Anita e do Cabo Evaristo foi o acontecimento da região. Vieram convidados do Rio de Janeiro, mas os noivos fizeram questão que os trabalhadores da fazenda fossem convidados e participassem das festividades.

O Capitão Hernandez estava presente como convidado de honra.

O casamento foi oficializado em missa campal em uma cerimônia de muita emoção. Durante a missa, os ex-escravos ajoelharam-se chorando emocionados. Maria Anita estava ainda mais linda que nunca, vestida de noiva.

– Sinhazinha até parece um anjo que desceu do céu – dizia Nicanor.

– Um verdadeiro anjo de "buniteza" e bondade – retrucou Sebastião.

— Eu peço de todo meu coração que eles sejam felizes – destacou Floriano.

Assim, as opiniões eram unânimes. Todos, do fundo de seus corações e sentimentos desejavam de verdade que realmente os noivos fossem muito felizes. Menos Luiz Manoel e Joaquim Pedro.

Após o casamento, Maria Anita manifestou desejo que Evaristo se desvinculasse do Exército. A opinião de Maria Anita foi endossada pelo pai.

— Sabe de uma coisa, Evaristo? – disse o Sr. Ferreira. – Já que você é meu genro e faz parte da família, acho que seria de bom alvitre que você saísse do Exército para se dedicar à administração da fazenda, juntamente com Maria Anita.

Fez uma pausa e continuou:

— Tenho observado que você também gosta da fazenda, que se dá bem com os trabalhadores e eles também gostam de ti. Isso é muito importante. Você é diferente desses dois – disse se referindo a Joaquim Pedro e Luiz Manoel – que não querem saber de nada. Você é trabalhador e tenho certeza que juntamente com o auxílio de Maria Anita essa fazenda irá prosperar mais ainda!

Costumeiramente, o sisudo e casmurro Sr. Ferreira parecia feliz e com um sorriso concluiu:

— Além do mais, quero um pouco de descanso. Pretendo descansar e viajar com minha Marieta, aproveitando o pouco de vida que me resta! Está na hora de gastar um pouco de dinheiro que ganhei comigo mesmo! Quero viver o resto de minha vida feliz e tranquilo sabendo que a fazenda estará em boas mãos!

Desnecessário é dizer que dona Marieta também estava muito feliz.

– Ora, ora, até que enfim esse velho pão-duro resolve gastar um pouco do dinheiro que ganhamos depois de tantos anos de trabalho.

Todos riram felizes e descontraídos.

Assim aconteceu. Evaristo solicitou baixa ao Exército e se entregou de corpo e alma em sua nova missão, enquanto o Sr. Ferreira e dona Marieta embarcaram em uma longa viagem para Portugal. Haviam planejado ficar por lá alguns meses.

A vida seguiu em frente. Maria Anita e Evaristo viviam momentos muito felizes. Na companhia um do outro pareciam ter encontrado um pedaço do paraíso aqui na Terra. Tudo que faziam, faziam juntos! O mundo parecia mais colorido e mais alegre.

Na verdade, os corações que se amam, quando correspondidos encontram beleza em tudo. No sol que brilha, nas flores que desabrocham nos campos, no canto dos pássaros, na chuva que cai, na lua que brilha nas noites apaixonadas e no brilho das estrelas das noites escuras. A beleza está nos olhos e nos corações apaixonados e por essa razão, tudo se torna belo ao redor daquele que amam.

Quatro meses se passaram.

O Sr. Ferreira e dona Marieta escreveram informando que haviam encontrado todos os parentes e amigos de outrora em Portugal e que na semana seguinte estariam embarcando para a Espanha. Que não os esperassem tão cedo de volta.

Os trabalhos na fazenda seguiam seu curso, acompanhados também por Evaristo. Todos os empregados da fazenda sentiam-se confiantes e felizes com a dupla de administradores. Maria Anita que já era um doce de pessoa, então se revelava ainda mais amorosa e compreensiva para com os trabalhadores, suas esposas e filhos.

A construção da escola estava bem adiantada. Percebia-se que aquela escola era a menina dos olhos tanto de Evaristo quanto de Maria Anita.

Enfim, todos que residiam na Fazenda Ouro Verde pareciam viver momentos de alegria e felicidades.

Menos os irmãos de Maria Anita. Não se conformavam pelo fato do Sr. Ferreira ter delegado a administração da fazenda a um estranho que havia aparecido assim sem mais nem menos na fazenda há tão pouco tempo. Nas mentes doentias e preconceituosas de Luiz Manoel e Joaquim Pedro, a cor da pele fazia diferença e para eles, moreno, mulato ou negro era tudo a mesma coisa. Na opinião dos irmãos, nenhum prestava porque os pretos haviam nascido para servir os brancos. A escravidão havia sido proclamada, mas não havia sido ainda abolida das mentes de muitas pessoas!

Lamentavelmente, até nos dias de hoje!

E, incomodados com aquela situação, aquelas mentes ociosas e perturbadas começaram a arquitetar um plano diabólico: deveriam aproveitar a ausência do pai para colocar um ponto final na felicidade da irmã e do cunhado. Evaristo deveria morrer urgente e, se necessário, deveriam também dar um fim à irmã. Só dessa forma, entendiam eles, teriam chance de assumir a direção da fazenda. Pensaram bastante e amadureceram uma ideia que para eles seria perfeita: convidariam o cunhado para uma caçada e, no momento adequado, simulariam um acidente.

Havia uma grande gleba de terra na Fazenda Ouro Verde, onde a mata fora preservada, próxima à encosta da Serra da Mantiqueira. No meio da mata proliferavam animais, bichos de pequeno e médio porte, macacos, bugios, jaguatiricas e muitas aves. Os irmãos haviam preparado uma "ceva" no meio da mata para atrair os animais. Ficavam escondidos nas moitas próximas e quando os animais e aves vinham para comer o milho deixado na ceva, eram abatidos a tiros. Normalmente eram boas as caçadas. Sempre que faziam suas aventuras no meio da selva abatiam pacas, tatus e muitas aves. Era mais pelo prazer da caça que outra coisa, porque nem sempre comiam as caças que traziam.

Por sua vez, os irmãos procuraram se aproximar de Evaristo, fazer amizade, conquistar a confiança do cunhado para poderem colocar em prática aquele plano terrível. Eles, nem ao menos se aproximavam do casal durante as refeições e raramente o cumprimentavam, mas naquela noite Evaristo e Maria Anita foram surpreendidos, porque os irmãos apresentaram-se risonhos na hora do jantar.

– Ora, que novidade, vocês jantando conosco – estranhou Maria Anita.

– Ora, será que não podemos sentar à mesa com vocês para cearmos juntos, pelo menos de vez em quando? – perguntou Luiz Manoel.

Solícito, Evaristo respondeu:

– Claro que sim, sentem-se porque para mim a presença de vocês é motivo de satisfação.

– Obrigado, cunhado – respondeu Joaquim Pedro. – Na verdade, já faz algum tempo que estamos ensaiando para nos aproximarmos mais de vocês, mas confesso que estávamos meio sem jeito.

– Ora, falo por mim e por Maria Anita que estamos felizes que vocês estejam aqui conosco essa noite para o jantar.

Mas, apesar do aparente gesto amistoso dos irmãos, Maria Anita estava desconfiada. Ela conhecia a maldade dos irmãos e se preocupava com isso, mas Evaristo sempre manifestava desejo de conquistar os cunhados. Dessa forma, resolveu não criar muitos obstáculos.

– Me desculpem, meus irmãos – disse a moça – é que não estou acostumada com as gentilezas de vocês, coisa muito rara!

– É verdade – retrucou Joaquim Pedro – não tiramos sua razão porque sempre aprontamos demais e também fomos muito egoístas. Mas agora é diferente! Evaristo é nosso cunhado e sentimos que devemos estar mais perto para quem sabe, podermos ser amigos! Ou não pode?

Evaristo sorriu satisfeito. O que ele mais desejava era conquistar a confiança e a amizade dos irmãos de sua amada.

– Lógico que pode – respondeu! Sinto-me honrado em poder contar com a amizade de vocês.

– Pois é – emendou Luiz Manoel – eu e Joaquim Pedro temos pensado: Evaristo entrou em nossa família, casou-se com nossa irmã! Podemos considerá-lo como irmão!

Os olhos do ex-cabo do Exército ficaram orvalhados pela emoção.

– Meus queridos cunhados, eu nasci de uma relação extraconjugal de meu pai e nunca tive irmãos! Agora tenho vocês! Maria Anita é minha esposa adorada e considero vocês irmãos de meu coração! Não imaginam a felicidade que me dão!

Maria Anita ainda estava meio desconfiada, mas diante da felicidade manifestada por Evaristo não teve coragem de refutar. Ficou pensando que estivesse sendo maldosa demais e que seus irmãos tinham o direito ao arrependimento, e, naquele momento pareciam sinceros!

O jantar se estendeu naquela noite. Foram dormir tarde depois de conversarem acerca de muitos assuntos. Evaristo falou dos treinamentos que havia recebido no Exército, das marchas, das caminhadas e das armas que utilizava para os treinamentos de tiros.

Os irmãos ouviam atentos e Maria Anita ouvia admirada. Os planos dos irmãos estavam indo bem: estavam descobrindo os gostos do cunhado e ficaram satisfeitos ao ouvirem das práticas de tiro ao alvo e do manuseio das armas.

Falaram da aventura na mata, das caçadas, dos banhos de cachoeira porque no meio da mata havia uma grande cachoeira de pedras com mais de dez metros de altura. Manifestaram desejo de fazer uma grande caçada na companhia do cunhado.

Evaristo mostrou-se interessado em participar de uma caçada com os irmãos. Inicialmente, Maria Anita não gostou da ideia, mas foi vencida pelos argumentos dos irmãos e do próprio marido: na opinião de Evaristo, fazer uma caçada na mata com os cunhados era a oportunidade de demonstrar a eles sua habilidade no manejo das armas e sua destreza nos tiros. Certamente, iria conquistar a admiração e a amizade de ambos definitivamente.

Entusiasmados, marcaram para o próximo final de semana a grande aventura. Naquela manhã de sábado em que os três se preparavam para a grande caçada, Maria Anita despediu-se do marido. Sentia seu peito apertado e seu coração pulsando descompassado em seu peito. Um estranho pressentimento rondava seus pensamentos, tendo a sensação de que alguma coisa ruim estava para acontecer. Antes de sair, Evaristo abraçou longamente a esposa e a beijou, enquanto ela com lágrimas nos olhos pediu:

– Meu amor, não vá, por favor! Tenho a impressão que alguma coisa ruim vai acontecer!

Os irmãos trocaram olhares significativos, sentindo um arrepio gelado que percorreu a espinha de ambos. Maria Anita parecia pressentir a terrível trama que eles estavam planejando. Ficaram preocupados, mas trataram de animar Evaristo.

– Ora irmã – disse Joaquim Pedro – dá uma folga para seu marido! Você não desgruda dele nenhum momento! Homem gosta de vez em quando ter um momento de sossego e nossa caçada vai fazer muito bem para seu marido! Você vai ver que ele vai voltar mais apaixonado ainda! – finalizou em tom de brincadeira.

Maria Anita acabou rindo da piada do irmão e concordou.

– Está bem, meu amor, eu não dou mesmo nenhum minuto de sossego a você! Vai, vai fazer sua caçada, espairecer um pouco, se divertir! Sei que os homens gostam de ter seus momentos de lazer e certamente essa caçada vai te fazer bem!

Seria apenas um dia e uma noite. Iriam pernoitar na mata e retornariam no final do dia no domingo.

Antes de sair, ela ainda ficou olhando os três cavaleiros que desapareciam na distância, acenando ao esposo que antes de desaparecer completamente de sua vista também acenou para ela.

A verdade é que Maria Anita não estava se sentindo bem. Uma sensação de tristeza tomou conta de seu coração! Ela queria apenas chorar. Voltou para o quarto, deitou-se na cama, abraçou o travesseiro e chorou copiosamente.

O dia pareceu longo demais. O tempo não passava. Almoçou sozinha sentindo uma sensação de tristeza que a deixava sem vontade de fazer nada. Tentou tirar um cochilo depois do almoço, mas só teve pesadelos.

Acordou por volta das 15h e resolveu dar uma saída para se distrair um pouco e espantar os fantasmas que rondavam seus pensamentos. Foi em direção à escola que estava sendo construída e observou que já estava com as paredes levantadas. Olhou de fora e ficou imaginando quando estivesse concluída, as crianças rindo, brincando e aprendendo naquele lugar! Aqueles pensamentos a deixaram mais alegre, principalmente porque naquele momento um dos trabalhadores passava por perto e a cumprimentou: era Nicanor!

Em seguida, conversou um pouquinho com o trabalhador e depois se dirigiu ao bosque no meio da pastagem onde pela primeira vez havia beijado seu amado. Lá ficou por algum tempo rememorando em doce enlevo aqueles momentos inesquecíveis que ficariam para sempre em sua memória. Quando voltou para casa o sol já estava declinando em direção ao poente. O calor ainda era intenso, mas começava a soprar uma suave brisa vespertina de forma que se deitou um pouco na rede da varanda e ficou lá balançando, sentindo a suave brisa que soprava em seu rosto como uma carícia feita pelas mãos de seu amado esposo.

Deixou-se levar pelos pensamentos e lá ficou um bom tempo, observando o céu que na escuridão da noite sem lua ficava cravejado de diamantes refulgentes na abóbada celeste. Despertou dos devaneios quando a cozinheira a chamou para jantar. Sentou-se à mesa, mas praticamente não comeu nada. Não sentia nem um pouco de fome! Um sentimento de saudade tomava conta de seu coração e aquela sensação de coisa ruim começou novamente a tomar vulto em sua mente.

Terminado o jantar preferiu recolher-se para o quarto, deitando-se na cama. Abraçou o travesseiro sentindo vontade de chorar. Alguma coisa não estava certa – pensava consigo mesma – por que aquela sensação ruim de que alguma coisa estava para acontecer?

Procurou o recurso da oração e orou longamente. Pediu a Deus proteção ao seu amado. "Como estaria ele agora? No meio da mata com seus dois irmãos naquela noite escura, certamente não era uma boa aventura." Agora sentia que não deveria ter permitido que Evaristo participasse daquela louca aventura. "Que coisa mais idiota, pensava, ter o prazer de matar os animais e as aves passando uma noite escura no meio da mata fechada. Aquela certamente não era uma ideia das mais felizes."

Continuou orando e, aos poucos, foi se acalmando, adormecendo por fim.

Acordou cedo no domingo, com a luz do sol iluminando todo espaço celeste, espantando as trevas da noite. Levantou-se, tomou o café e pediu a um dos trabalhadores que preparasse um cavalo. Iria espairecer andando pelos campos. Aquela era uma boa ideia para passar o tempo.

Aliás, quando estamos preocupados e ansiosos com alguma coisa, o tempo parece que não passa! Era assim que Maria Anita sentia: o tempo não passava! Cansou de andar a cavalo, voltando à sede da fazenda: eram ainda 11h da manhã.

Sentou-se à varanda olhando o horizonte! Sentiu que deveria fazer uma prece pedindo proteção ao seu amado e orou: "Senhor, proteja Evaristo onde ele estiver. Que nada de mal lhe aconteça, que nesse momento ele seja coberto por suas bênçãos, Senhor!"

Em seguida, como se estivesse conversando com seu amado disse em pensamento: "Meu amor, onde você estiver, saiba que o amo e que o amarei por toda minha vida!" Depois, resolveu ir até o pomar, munida de uma cesta para apanhar frutas, enchendo o cesto com laranjas, tangerinas, frutas do conde que ela adorava, voltando em seguida para casa. O calor estava insuportável e o sol a pino convidava a uma água fresca e um pouco de sombra.

O almoço já estava pronto, mas Maria Anita mal tocou nos alimentos. Aproveitou para saborear as tangerinas e frutas do conde que havia apanhado e retirou-se para um cochilo. Em seus pensamentos imaginava que se dormisse bastante, despertaria por volta de umas três horas da tarde e possivelmente seu amado já estaria voltando de sua aventura.

A temperatura estava muito elevada de forma que Maria Anita demorou em adormecer, mas quando dormiu foi um sono profundo. Um sono pesado, mas vazio, sem sonhos nem pesadelos.

Ao despertar sentia-se assustada. Olhou para o velho relógio de parede observando que passava das quatro da tarde.

Levantou-se rapidamente: já estava na hora dos aventureiros retornarem da caçada.

Ficou na varanda olhando a distância para poder ver quando haveria de surgir as figuras dos três cavaleiros, mas qual o quê... O tempo foi passando lentamente e nada.

O sol cumpriu com sua jornada daquele dia, descendo na linha do horizonte. As sombras bruxuleantes da noite foram descendo, aos poucos, cobrindo tudo com seu manto negro. Qualquer vulto ao longe era uma esperança e Maria Anita ficava atenta para ver se não eram os cavaleiros, mas logo percebia que eram apenas sombras.

A noite finalmente caiu de vez e os três caçadores não retornaram. Em desespero, Maria Anita dirigiu-se à casa de Fulgêncio e Nicanor, os trabalhadores com quem ela tinha mais afinidade e confiança. Relatou a eles suas apreensões, preocupada porque eles deveriam ter retornado à tarde e já era noite e seu marido e seus irmãos ainda não haviam chegado.

Aqueles homens eram simples, mas não eram bobos. Também eles ficaram preocupados com o relato da Sinhazinha, porque não confiavam nos irmãos de Maria Anita. Coisa boa não poderia ter acontecido, mas não pretendiam alarmar ainda mais o coração da Sinhazinha, tão bondosa, com maiores preocupações. Com o jeito simples das pessoas da roça procuraram acalmar seu coração.

– O caminho de volta é longo, Sinhazinha! Não se alarme, porque possivelmente eles não se deram conta do adiantado da hora e não conseguiram sair da mata a tempo. São três homens bem armados, nada de mal pode ter acontecido.

Amanhã cedo estarão aqui na fazenda, pode ter certeza! – ponderou Fulgêncio.

– Fulgêncio tem razão, Sinhazinha! Quando estamos na mata, perdemos a noção do tempo e quando damos conta, já anoiteceu! Ainda mais quando estamos distraídos em uma caçada! Deve ter sido isso que aconteceu. Acalme seu coração, porque certamente amanhã eles retornarão à fazenda.

Os dois caboclos diziam aquilo com o intuito de acalmar Maria Anita, mas no fundo de seus corações suas preocupações eram outras. O fato de não terem retornado de uma caçada que duraria no máximo dois dias não era um bom sinal.

Aquela noite Maria Anita não conseguiu conciliar o sono! Passou a noite inteira acordada e atormentada! De vez em quando vencida pelo cansaço e pelo sono cochilava, mas logo em seguida acordava assustada, parecendo ouvir o grito de seu esposo que a chamava. Abria a janela, olhava para fora e apenas a escuridão sem fim parecia traduzir a angústia que ia em sua alma.

No dia seguinte, não teve dúvidas: chamou Fulgêncio e Nicanor pedindo a eles que fossem atrás do esposo e dos irmãos. Nicanor e Fulgêncio escolheram mais três trabalhadores de confiança e partiram em busca de notícias dos aventureiros. No final do dia, retornaram com três corpos nos cavalos. Haviam encontrado os corpos dos irmãos e de Evaristo na clareira caídos. Os três haviam sido mortos a tiros. O mais estranho é que os três apresentavam ferimentos no peito, isso é, haviam sido atingidos por algum inimigo de frente. O que poderia ter acontecido? Quem poderia ter provocado aquela tragédia sem limites? Quem sabia que os três estariam naquele local ermo e teriam motivos para assassiná-los em meio à mata fechada? Os três estavam armados, por que não reagiram e não se defenderam? Afinal, Luiz Manoel e Joaquim Pedro eram odiados e possivelmente deveriam ter inimigos, mas e Evaristo que era admirado e amado por todos?

Enfim, as perguntas eram muitas e nenhuma resposta poderia trazer o consolo ao coração de Maria Anita. Seu mundo havia desmoronado e para ela a vida não tinha mais sentido, não tinha mais razão de ser!

"O que fazer da vida agora?" Era a pergunta que fazia para si mesma, sem resposta para suas lágrimas e desespero.

Os trabalhadores da fazenda estavam todos condoídos e oravam por Maria Anita e por Evaristo!

O tempo é o remédio para todos os males, diz o ditado popular. Poderíamos dizer que, menos para as dores da alma, porque essa fica no coração e com o tempo vai amenizando, mas jamais vai embora. Fica lá, escondidinha em algum canto do sentimento e de vez em quando vem a saudade, então, o remédio são as lágrimas e a memória dos bons momentos que se foram.

Assim, Maria Anita continuou sua vida, chorando, recordando, sentindo saudades e uma dor que jamais a abandonava. De vez em quando se postava na varanda e ficava recordando a última lembrança que guardava com carinho em sua memória: a figura de seu amado esposo naquele fatídico dia, indo embora para aquela louca aventura acenando para ela a distância, para nunca mais voltar...

"Afinal, o que realmente havia acontecido?" Aquela era a pergunta que todos faziam e ninguém tinha resposta.

# XXIV
## Epílogo

O tempo ia passando lentamente para Maria Anita. A moça entregou-se ao desespero silencioso, em reclusão mental, em perquirições íntimas, questionando por que Deus havia permitido que tudo aquilo tivesse acontecido.

Seus pais retornaram do passeio à Europa e diante daquela tragédia o Sr. Ferreira assumiu novamente a direção da fazenda, porque Maria Anita não tinha mais nenhuma condição física nem espiritual para prosseguir com aquela responsabilidade.

Não mais tinha alegria e prazer em nada que fizesse. Todos trabalhadores da fazenda observavam condoídos a situação daquela que para eles tinha sido como um anjo e oravam por ela. Observavam que a cada dia Maria Anita se acabava, como se a vida se esvaísse pouco a pouco pela absoluta falta de vontade de viver.

Mas ninguém podia fazer nada, porque a moça se entregava ao desalento absoluto. Apenas recordações dos momentos felizes. Quantas vezes o Sr. Ferreira com a ajuda dos trabalhadores iam buscá-la já à noite no bosque. Lá estava ela deitada sob o tronco de ipê onde ela e Evaristo haviam se beijado pela primeira vez.

Recusava alimentar-se e dessa forma em pouco tempo Maria Anita era apenas um farrapo humano, uma sombra da mulher esbelta de algum tempo antes. A seguir naquele ritmo, com a saúde abalada, Maria Anita não viveria muito tempo. Aliás, essa era e impressão geral: a moça tinha vontade de morrer, para quem sabe, na morte encontrar novamente seu amado.

Todos estavam extremamente preocupados, mas ninguém sabia o que fazer. O fazendeiro, entretanto, tinha uma esperança: sabia que a escola poderia ser algo que poderia motivar novamente a filha, de forma que tomou todas as providências para que as obras fossem aceleradas e quando foi concluída a escola reuniu em frente à escola todos os trabalhadores e seus respectivos filhos!

Amparada pelo pai e por Nicanor, Maria Anita compareceu à inauguração. As crianças vieram abraçá-la trazendo ramalhetes de flores, e os trabalhadores se ajoelharam e fizeram uma prece pedindo pela saúde da benfeitora. Aquele foi um momento de extrema emoção! A moça soluçou chorando copiosamente! Abaixou a cabeça e talvez pela debilidade, talvez pela forte emoção do momento, desmaiou.

Foi levada ao Rio de Janeiro para tentar uma alternativa com os médicos, mas foi tudo em vão. Maria Anita encontrava-se extremamente debilitada, contraiu uma gripe forte que acabou por se transformar em uma pneumonia. Baldados foram os esforços dos médicos, a constituição física da moça não respondia aos medicamentos de forma que veio a óbito em uma semana!

A morte da moça foi uma tragédia que abalou completamente todos os moradores da Fazenda Ouro Verde e toda vizinhança. A moça era conhecida por todos por sua generosidade, sua simplicidade e sua bondade.

O Senhor Ferreira tomou o propósito de dar continuidade ao projeto administrativo da fazenda, chamando para auxiliá-lo naquela empreitada Nicanor e Fulgêncio. A escola recebeu o nome de "MARIA ANITA FERREIRA" onde tantas crianças receberam o benefício da leitura e da escolaridade.

Eu me encontrava muito emocionado com a triste história de Francisca, suas experiências pregressas. Muitas lutas, muito sofrimento, mas acima de tudo, muito aprendizado. Todavia, uma questão me incomodava: o que havia acontecido de fato naquela tragédia terrível em que Evaristo e os dois irmãos de Maria Anita foram encontrados mortos? O que de fato teria ocorrido para que os três fossem assassinados daquela maneira?

Meu preceptor espiritual, Dr. Herculano, sabedor de meu interesse no assunto, inclusive pelo fato de que era meu propósito efetuar um relatório em forma de livro, levando aos nossos irmãos encarnados uma pálida ideia do funcionamento da lei de causa e efeito, mas, sobretudo do amor e misericórdia do Criador, aplicadas ao espírito em suas experiências sucessivas, permitiu que eu pudesse acessar também aquele terrível episódio, pelas lembranças registradas de Evaristo.

Confesso que foi com emoção incontida que comecei a ler e me inteirar dos fatos que ocorreram naquele trágico final de semana.

\* \* \*

Evaristo seguiu com os irmãos de Maria Anita para aquela aventura. Sua memória registrou a distância a última figura de sua amada e acenou com o lenço. Estava feliz, mas algo o incomodava. Talvez porque depois de alguns meses, iria passar uma noite longe da esposa que tanto amava.

Certamente seria uma aventura inesquecível, e uma noite passaria rápido. Depois teria o resto da vida para viver com a esposa. Em seus pensamentos pensou que certamente Deus haveria de abençoá-lo com filhos. A alegria de ser pai fez com que o ex-cabo do Exército ficasse com um sorriso no rosto.

Os irmãos de Maria Anita procuravam distraí-lo, falando de caçadas anteriores. Todas memoráveis e muito divertidas. Passar a noite em mata fechada era para corajosos e eles entendiam que Evaristo era um homem corajoso.

Chegaram à mata, onde pegaram uma trilha por onde cavalgaram por mais de duas horas em mata fechada, até chegar em um ponto onde havia uma clareira cheia de palhas de milho e algumas armadilhas desarmadas.

Por toda parte a penumbra reinava mesmo durante o dia, em virtude das sombras provocadas pelas árvores de elevado porte, mas a clareira ficava toda iluminada pela luz do sol que penetrava trazendo vida e alegria em meio às sombras da mata.

Tão logo chegaram, tomaram todas as providências: prepararam as armadilhas, debulharam as espigas espalhando os grãos de milho por larga extensão além da clareira, fazendo uma pequena trilha de grãos esparsos até a entrada das arapucas, de forma a induzir os animais ou aves a cair nas armadilhas.

Havia três árvores em cujos troncos e forquilhas os irmãos haviam preparado um esconderijo em cada uma delas, de forma que os três ficariam escondidos em locais estratégicos.

Assim fizeram: Os três, cada qual em seu esconderijo não tiveram que esperar muito, pois em poucos minutos surgiu um bando de porcos do mato se fartando no milho deixado como isca. Dois porcos caíram na armadilha, mas eram grandes demais ameaçando quebrar as amarras das armadilhas.

Os três pularam dos esconderijos onde se encontravam. Um dos porcos conseguiu escapar, mas Evaristo mirou cuidadosamente e disparou a espingarda. O tiro foi certeiro e o animal caiu abatido.

Os irmãos comemoraram o bom início da caçada: de imediato um porco do mato que deveria pesar pelo menos mais de uma arroba de carne boa, sem gordura!

Cumprimentaram o cunhado, não poupando elogios por sua pontaria certeira.

– Nossa, meu amigo – exclamou demonstrando admiração Luiz Manoel – nunca vi alguém com tanta habilidade no manejo de uma arma de fogo!

Evaristo sentiu-se lisonjeado com o elogio.

– Sempre fui campeão de tiro em minha corporação. Até tenho medalha!

Enquanto ajeitavam a caça em local apropriado, os irmãos trocaram ideia enquanto Evaristo parecia distraído com outro afazer.

– Mano, precisamos tomar cuidado! O homem é bom de tiro. Não podemos falhar, senão o tiro pode sair pela culatra!

– Tem razão, mano – retrucou Joaquim Pedro – o homem é mesmo perigoso, por isso temos de ser cautelosos. Deixe por minha conta. Vamos deixá-lo confiante hoje e amanhã antes de irmos embora, eu fico por trás e você pela frente. Eu atiro primeiro em suas costas e você pela frente, não vai ter erro. Nossa estratégia é a surpresa. Vamos agradá-lo bastante, elogiar, fingir que estamos admirados com sua destreza e ele não vai suspeitar de nada. Quando se der conta, estará pedindo as bênçãos para São Pedro!

Aquela tarde tiveram ainda a oportunidade de abater algumas aves, e Evaristo acertou em cheio com um tiro uma pomba do ar em pleno voo.

Os irmãos eram só bajulação e elogios! Evaristo realmente era um grande campeão de tiro – repetiam a todo instante!

– Eu jamais gostaria de ser seu inimigo! – disse Joaquim Pedro.

– Deus me livre – emendou Luiz Manoel – ser seu inimigo seria decretar morte certa!

O ex-cabo sorriu diante das bobagens que os irmãos diziam.

– Uma vez vocês me perguntaram se eu seria capaz de matar alguém, lembram-se?

Os rapazes disseram que sim, meio desconcertados com o questionamento.

– Pois bem, naquele dia eu não tive vontade de responder a vocês, mas hoje eu vou responder: mataria sim, mas apenas em última instância, na proteção da vida de alguém indefeso, ou em defesa de minha própria vida!

Os irmãos ficaram desconcertados e com sorriso amarelo no rosto. Aquela resposta era demais preocupante.

A noite chegou e depois de uma conversa no meio da fogueira em meio à mata, cada qual se dirigiu para seu esconderijo. Era um local alto em meio a uma forquilha onde havia sido improvisada uma desconfortável cama de varas, arbustos e folhas.

Evaristo não conseguia conciliar o sono. Mosquitos o atormentavam com suas picadas, os ruídos dos bichos noturnos, o pio agourento da coruja e o esvoaçar do curiango tiravam o sono do ex-cabo do Exército. Seu pensamento não se afastava da amada, a todo instante parecia ver seu rosto e seu sorriso. Sentiu saudades! Finalmente vencido pelo cansaço, acabou adormecendo.

Acordaram cedo. Os raios do sol penetravam pela clareira e a bicharada fazia muito ruído enquanto os pássaros cantavam em forte alarido saudando mais um dia!

O ex-cabo do Exército levantou-se espreguiçando, fazendo alongamento, um exercício que costumava fazer no Exército, tentando aliviar a tensão de uma noite maldormida. Sentia o corpo dolorido, mas depois de algumas flexões, sentiu-se bem melhor.

Os dois irmãos também se levantaram enquanto Evaristo preparava o café.

– E aí, conseguiu dormir? – perguntou Luiz Manoel para puxar conversa.

— Demorei um pouco para dormir, mas depois dormi como um justo — respondeu Evaristo.

— Nossa, eu quase não dormi essa noite com os mosquitos me picando — reclamou Joaquim Pedro. — Não picaram você? — questionou.

Embora os mosquitos o tivessem incomodado, Evaristo não desejou se queixar.

— Não, os mosquitos não me incomodaram — respondeu.

Luiz Manoel ironizou:

— Talvez porque nosso sangue é de branco. Deve ser mais doce!

Evaristo não gostou daquela resposta, percebendo a ironia do cunhado. Resolveu se calar.

Tomaram o café em silêncio. Parecia que ninguém estava disposto a conversar. Evaristo estava percebendo que aquela aventura havia sido um grande equívoco. Estava se esforçando para parecer simpático, mas na verdade, não se sentia bem na companhia dos irmãos de Maria Anita.

Terminado o café resolveu mudar um pouco os planos.

— Enquanto vocês refazem a ceva e preparam novas armadilhas, vou dar uma volta nas redondezas. Quero explorar um pouco a mata!

Os irmãos se olharam de forma significativa!

— Isso mesmo, Evaristo! Dá uma volta por aí, quem sabe você se distrai. Enquanto isso eu e Joaquim Pedro vamos preparar novas armadilhas. Quem sabe hoje possamos pegar algum bicho bem maior!

Evaristo nem respondeu. Apanhou a espingarda de dois canos e colocou na cintura sua garrucha e saiu pela mata.

Pela posição do sol, Evaristo calculou que deveria ser mais ou menos umas oito horas da manhã.

Tão logo ficaram sozinhos, os irmãos começaram a fazer o planejamento, de como colocariam em prática o sinistro plano. Quando Evaristo retornasse de sua exploração seria a hora certa. Com certeza retornaria cansado, iria se sentar e quando isso acontecesse, Joaquim Pedro ficaria em suas costas e Luiz Manoel ficaria em sua frente para distraí-lo.

A um sinal, Joaquim Pedro deveria atirar nas costas de Evaristo enquanto Luiz Manoel o atingiria no peito. Não tinha como dar errado. Depois o arrastariam até uma cachoeira que ficava a distância de mais ou menos uns três quilômetros, onde o jogariam cachoeira abaixo. Seu corpo jamais seria encontrado.

O que dizer à irmã quando retornassem? Que Evaristo era teimoso e apesar deles tentarem impedir, saiu para fazer uma exploração na mata e não havia retornado. Que o haviam procurado à exaustão sem o encontrarem. Que possivelmente havia sido vítima de alguma onça pintada, que "vira e mexe" era encontrada naquela região.

Poderiam procurá-lo à vontade, seu corpo jamais haveria de ser encontrado no local onde seria jogado.

Esse era o plano.

Evaristo, em seu passeio pela mata, acabou encontrando o riacho onde belíssima cachoeira chamou sua atenção. Era uma queda considerável com mais de dez metros onde uma névoa subia em virtude do choque das águas com as pedras. Resolveu descer até o fundo onde um enorme lago se formava. Teve ímpetos de tirar a roupa e tomar um banho no lago, mas preocupado resolveu ficar apenas observando.

Atitude prudente e correta, porque não demorou para observar enorme jararaca serpenteando entre as águas. Resolveu se afastar um pouco e seguir a corrente, observando as árvores e as plantas nativas que proliferavam à margem do riacho. Bromélias em abundância floriam nas forquilhas úmidas das árvores encopadas e os pássaros cantavam felizes indiferentes à sua presença.

De repente, viu uma grande pomba do ar, no galho de uma árvore próxima. Seria uma excelente caça. Apanhou a espingarda e verificou que os dois cartuchos estavam posicionados e apontou a mira. Naquela distância seria um tiro certeiro, não havia como errar.

Observou atentamente a tranquilidade do animal, indiferente ao perigo, na inocência de uma criatura que Deus colocou no mundo com alguma finalidade. O dedo estava em riste no gatilho, era só apertar para matar a ave. Ficou pensando que um tiro do calibre daquela arma destroçaria o frágil corpo daquela pequena criatura. De repente sentiu que não valia a pena tirar uma vida, fosse de uma ave, um animal ou qualquer ser vivo.

Seu dedo afrouxou, abaixou a arma e como que avisada por um instinto de preservação, a ave alçou voo se perdendo no meio da mata.

Evaristo sentiu o coração feliz por não ter matado a ave. Em pensamento disse:

"Vai com Deus, criatura abençoada!"

Seus olhos ficarem molhados de lágrimas. Naquele instante, a figura de Maria Anita aparecia na tela de seu pensamento como dizendo: "Cuidado!"

Andou mais um pouco retornando para a cachoeira que era seu ponto de referência e em seguida para a clareira onde se encontravam os irmãos de Maria Anita.

Quando chegou ao acampamento já passava das onze horas da manhã. Observou que os irmãos estavam um tanto quanto estranhos. Tirou o chapéu, bebeu um gole de café e puxou conversa.

– E aí, nenhuma caça caiu nas armadilhas?

– Nós é que perguntamos, não matou nenhuma caça em sua aventura na selva?

Novamente, Evaristo não gostou do tom de voz de Joaquim Pedro. Seu instinto de soldado dizia que deveria ficar alerta.

– Sente-se um pouco, você deve estar cansado – comentou Luiz Manoel.

Novamente, seu instinto de defesa lhe dizia que algo não estava certo. Por que haveria de se sentar?

– Obrigado por sua preocupação, Luiz Manoel, mas não vou me sentar porque não estou cansado! – respondeu o ex-cabo.

Em seguida, notou que Joaquim Pedro discretamente estava se posicionando em suas costas. Procurando manter a naturalidade, Evaristo segurou a espingarda que estava com a alça sob seu pescoço. Se fosse necessário, poderia imediatamente apanhá-la em defesa própria.

Luiz Manoel parecia querer conversar, mas Evaristo com o canto dos olhos procurava manter Joaquim Pedro dentro do ângulo de sua visão.

– Encontrou alguma coisa que chamasse sua atenção? – dizia Luiz Manoel, – você chegou até a cachoeira?

De repente, Evaristo percebeu que Joaquim Pedro havia feito um movimento mais brusco, desaparecendo de sua visão. Olhou para trás instintivamente empunhando a arma a tempo de observar que o irmão de Maria Anita estava com a arma apontada para seu peito. Em um movimento rápido procurou abaixar-se enquanto o tiro era disparado em sua direção. Com a esquiva o tiro acertou em cheio o próprio irmão enquanto Evaristo disparava sua arma atingindo em cheio o peito de Joaquim Pedro. O irmão de Maria Anita parecia não acreditar no que estava acontecendo: com os olhos esbugalhados uma enorme ferida aberta no peito, curvou-se sobre o próprio corpo, desabando no chão da clareira.

Tudo aconteceu de forma muito rápida e ao se dar conta da tragédia que estava vivendo, Evaristo aproximou-se em desespero de Joaquim Pedro, tentando levantá-lo e reanimá-lo, mas ao fazer isso percebeu que havia cometido um erro fatal: Luiz Manoel estava gravemente ferido, mas não estava morto.

– Maldito negro, chegou sua vez de morrer! Meu irmão errou o tiro, mas eu não vou errar dessa distância.

Evaristo voltou-se e percebeu à sua frente, a menos de três metros de distância, o outro irmão de Maria Anita com o peito todo ensanguentado, com a carabina apontada para ele. Suas mãos tremiam mas parecia que um sentimento de ódio o mantinha em pé:

– Desde a primeira vez que o vimos não fomos com a sua cara! Além de ser negro, ainda veio desposar nossa irmã e assumir com ela a administração da fazenda! Mas seu dia chegou, seu negro miserável!

Luiz Manoel estava cambaleante, e suas mãos tremiam. Naquele instante, Evaristo percebeu que se mantivesse a calma, ainda teria uma chance. O problema é que para levantar Joaquim Pedro do chão havia deixado sua carabina à pequena distância.

Ficou quieto estudando a situação e ao perceber que Luiz Manoel havia se distraído um pouco com seu falatório de ódio racial, tentou em um salto alcançar a arma. Infelizmente não deu tempo, porque seu algoz disparou e o tiro atingiu o lado esquerdo do peito, perfurando os pulmões e o coração.

Tudo escureceu à sua volta. Não viu mais nada e enquanto seus pensamentos desapareciam na inconsciência da morte, ouviu a voz de Maria Anita que o chamava:

– Meu amor, eu te amo, jamais se esqueça disso.

Seus olhos fecharam-se para sempre naquela existência.

Luiz Manoel ainda tentou se arrastar até o corpo do irmão já morto, mas estava gravemente ferido. Também não resistiu vindo a desencarnar depois de algumas horas de longa agonia.

Estava completo o quadro da tragédia. O fato que esclarecia como foram encontrados os corpos pelos amigos de Maria Anita que haviam partido da fazenda no dia seguinte em busca de seus irmãos e seu marido.

\* \* \*

Concluída minha leitura dos fatos, procurei meu preceptor espiritual, o Dr. Herculano, para as explicações necessárias. O bom amigo procurou esclarecer meus questionamentos.

– Augusto, a reencarnação é o instrumento perfeito da Justiça Divina. É através da reencarnação que amigos e inimigos marcam reencontros de reajuste e burilamento do espírito endividado em novas experiências de vida. Aquele que abusou da riqueza viverá nova experiência na condição da pobreza para valorizar aquilo que não valorizou em existências passadas. O bruto e o violento reencarnarão na condição de fragilidade para aprender a respeitar os mais fracos. O poderoso que abusou do poder de mando irá reencarnar em condições de precariedade e o que abusou da inteligência para enganar e se locupletar com o alheio, reencarnará na condição de deficiência mental. Cada espírito viverá no futuro de acordo com a necessidade evolutiva mais premente, para que na dor possa melhor avaliar e valorizar as experiências negligenciadas de alhures.

O mentor fez breve pausa para prosseguir:

– Nossa irmã Francisca, em existências pretéritas vividas na Roma antiga, abusou de seus atributos físicos através da exploração do sexo. Sua beleza serviu para escravização dos sentidos de muitos que pela invigilância dos prazeres da carne se perderam no caminho. Mais tarde, em nova experiência reencarnatória em terras da Espanha, quando não tinha mais os atributos físicos de outrora, induziu jovens a se entregarem ao sexo dirigindo uma casa de prostituição com objetivo único de dinheiro fácil na exploração de terceiros. Como a lei sempre oferece oportunidades redentoras seja pelo amor ou pela dor, ainda no final dessa existência Francisca contraiu o mal de Hansen, em que segregada pela sociedade sofreu na carne o estigma de uma doença impiedosa, mas que redime o espírito. Francisca experimentou na eclosão da doença implacável assistindo ao desprezo de todos, assistindo dia a dia a deterioração do corpo que ela mesma havia explorado. Foi na dor da doença incurável que veio o arrependimento, com o arrependimento o sentimento de culpa, e com o sentimento de culpa a consciência dos abusos praticados.

Mais uma breve pausa e Herculano prosseguiu:

– Dessa forma, quando retornou ao plano espiritual, Francisca era um espírito renovado no exercício da dor e do isolamento que experimentou em sua encarnação em terras da Espanha. Já trazia consigo a consciência dos equívocos praticados alhures. Em suas ultimas existências vividas na França e depois no Brasil Colônia, uma condição de desprendimento espiritual que burilou em seu próprio benefício evolutivo. Na condição de irmã dos irmãos Charles e Pierre e posteriormente Joaquim Pedro e Luiz Manoel, Francisca granjeou a simpatia dos espíritos superiores. Em sua última experiência, motivada pela tragédia que envolveu seus irmãos e seu marido, a pobre moça entregou-se ao desencanto para com a vida, o que acabou provocando seu desenlace prematuro naquela experiência passada. Contudo, como tinha créditos e merecimento, foi amparada espiritualmente reerguendo-se no plano espiritual após algum tempo de trabalho e aprendizado. Já apresentava um estado de compreensão bastante considerável, além da capacidade de perdão e renúncia. Perdoou os irmãos tresloucados e ao mesmo tempo que desejava de alguma forma auxiliar seus irmãos improvidentes, sofria também pelo estado de desorientação que vivia Evaristo, seu esposo, que na França havia vestido a roupagem de François Roupert que vivia ainda envolvido nas sombras do ódio contra seus cunhados.

– Após várias visitas a Evaristo nas regiões de sofrimento, conseguiu com seu amor resgatar seu amado, mas Joaquim Pedro e Luiz Manoel continuavam no processo de purgação dos males praticados. Muitos daqueles que foram perseguidos e sacrificados pelos irmãos os perdoaram, mas outros tantos os perseguiam sem tréguas nas regiões do umbral. As torturas que infringiram através do tronco e do chicote, então, sofriam na alma. O ferro em brasa que marcavam o corpo e cegavam os escravos, agora sofriam no plano umbralino as consequências desses atos praticados. O sofrimento era intenso e aparentemente impiedoso, mas muitas vezes necessário, uma vez que temos dois caminhos para a evolução espiritual: pelo amor ou pela dor.

– Os irmãos de Francisca em suas existências pregressas semearam discórdia, dor e sofrimento e naquele momento colhiam o resultado da semeadura invigilante do passado. O espírito sofre, mas o sofrimento tem um objetivo: fazer com que desperte em consciência para o arrependimento e quando vem o arrependimento o espírito roga e implora nova oportunidade para sua própria redenção.

– Como sabemos, o arrependimento é de extrema importância, mas não basta por si só, é necessário que haja a reparação do mal praticado, seja pelo amor ou pela dor. Dessa forma, os bons espíritos sempre analisam as possibilidades de novas oportunidades reencarnatórias, de acordo com as necessidades de cada um e de acordo com as possibilidades para que possam suportar as provas a que desejam ser submetidos. Ninguém recebe prova superior que suas forças possam suportar e, dessa forma, amigos espirituais que intercedem a seu favor propõem-se a auxiliá-los em nova empreitada reencarnatória.

– Francisca rogou pelos irmãos e a espiritualidade superior ouviu, analisou e ponderou sua rogativa. Pedia a chance de mais uma oportunidade reencarnatória, onde receberia seus irmãos na condição de filhos, para auxiliá-los na condição de mãe, para que pudessem resgatar parte dos débitos de outrora, através de dificuldades materiais para valorizar aquilo que no passado não haviam dado o devido valor. Mais ainda, no resgate às atrocidades praticadas contra os escravos, reencarnassem desprovidos da visão material. Foi levado a efeito o planejamento, Francisca também desejava desvencilhar-se de débitos contraídos no passado, particularmente na França feudal onde vivera na riqueza e na opulência das castas e da nobreza. Sentia que tudo aquilo ainda lhe fazia mal e seu espírito clamava pela oportunidade do resgate redentor para suas falhas do passado. Dessa forma, reencarnaria no Brasil interior de São Paulo na década de 1950 em condições de muitas dificuldades. Sofreria as dores da incompreensão, mas haveria de reencontrar seu amado esposo na figura do peão Fernando Paixão da Cruz.

– Assim aconteceu – prosseguiu o Mentor – Francisca reencarnou e a história nós já sabemos. Reencontrou-se com Evaristo que vivendo curto espaço de tempo, suficiente para valorizar pela experiência o aprendizado que em espírito necessitava e havia implorado. Aceitou a oportunidade de ser o pai biológico dos irmãos que tiraram sua vida e vice-versa. Havia tirado suas vidas e agora seria o instrumento para que os irmãos pudessem voltar à vida material. Francisca preparou-se para essa grande oportunidade e até agora estamos acompanhando que nossa irmã está superando com galhardia e valor, adquirindo novos valores espirituais que ela tanto almejou.

O mentor Herculano fez breve pausa e continuou:

— Francisca reencarnou e seus irmãos continuaram ainda por bom tempo em processo de sofrimento nas regiões do umbral, até que no momento aprazado, quando já cansados de tantas torturas sofridas, foram resgatados e preparados para o processo reencarnatório.

Aquele assunto era de extremo interesse e vivamente interessado questionei:

— Existem espíritos que rogam pela oportunidade reencarnatória, como foi o caso de Francisca e de Fernando, mas como podemos entender o processo dos irmãos de Francisca? O processo reencarnatório deles ocorreu sem o consentimento deles?

Minha pergunta era oportuna e o mentor sorriu antes de responder.

— Sim, Augusto. A grande maioria dos processos reencarnatórios obedece a um planejamento extremamente minucioso a pedido dos próprios interessados. É objeto de análise os propósitos do espírito reencarnante, seu desejo de resgate e reparação moral, espiritual e material, quais os espíritos com quem irá se relacionar, amigos e inimigos do passado, condições materiais e meio onde irá viver sua experiência material, as dificuldades que se propõem a reparar e uma série de detalhes que compõem o planejamento reencarnatório. Tudo analisado adequadamente, ponderado pela equipe espiritual responsável pelo processo reencarnatório. Às vezes, na ânsia da reparação espiritual e material, o espírito deseja determinado tipo de provação, que não é aprovado pela equipe, uma vez que analisa qual a real possibilidade de sucesso, e quando observa que o espírito está pedindo provas superior às suas próprias possibilidades, não autoriza. Nenhum espírito reencarna sujeito a provações que sejam superiores às suas próprias forças.

– Todavia, aqueles espíritos que pela condição que se apresentam, em termos de inconsciência espiritual, por terem abusado do poder, da inteligência, do mando e outras possibilidades do passado, a exemplo de espíritos renitentes que desperdiçaram suas vidas através do suicídio de forma reiterada, existem instrumentos específicos que ocorrem por meio das reencarnações compulsórias.

– Para atenuar o sofrimento espiritual que passam nas regiões umbralinas, sempre existe um espírito abnegado que os recebe na condição de filhos para auxiliá-los nesses processos de dolorosos resgates expiatórios. Foi o que aconteceu com os irmãos de Francisca que reencarnaram na condição de filhos amparados pela irmã, que agora na condição de mãe abnegada tudo fará para que os filhos desprovidos das condições que outrora desprezaram, possam alcançar pela dor e sofrimento a própria redenção.

Estava satisfeito com os esclarecimentos do Mentor Herculano. Mas o que seria da vida de Francisca e de seus filhos doravante?

– Caro Augusto, quando o espírito reencarna em nova experiência material, são traçadas as linhas mestras de sua trajetória. Com a permissão do Criador, porque é assim sua lei de amor e misericórdia, são mobilizados todos os recursos necessários para que o espírito reencarnante tenha sucesso em sua nova experiência. Terá como companheiro invisível ao seu lado, na condição de protetor ou "anjo da guarda" um espírito amigo que se propõe acompanhá-lo em sua jornada terrena. Nos momentos difíceis irá encorajá-lo, insuflando ideias felizes, inspirando bons pensamentos e conselhos. Assim, o espírito reencarnante segue sua trajetória amparado por seu anjo da guarda que atento sempre procura orientar seu protegido. No entanto, quando o espírito está na matéria sofre influências das mais diversas e apesar de todo esforço de seu protetor, muitas vezes o protegido acaba enveredando por caminhos tortuosos que não faziam parte do planejamento original e com isso acaba colhendo as consequências de sua invigilância.

Herculano fez uma breve pausa e prosseguiu:

– O que desejo deixar claro, Augusto, é que o espírito tem seu livre-arbítrio e pode alterar tantas coisas quando na vida material, tanto para o bem quanto para o mal. Podemos exemplificar: o reencarnante propõe-se a algum resgate doloroso através de um acidente ou alguma enfermidade, mas o curso pode ser alterado se o interessado esforçar-se na melhoria íntima, na prática do bem, do amor e da caridade. As dores e os sofrimentos de provação podem ser substancialmente amenizados ou mesmo até excluídos uma vez que pelo exercício do amor o espírito evolui e aprende a lição necessária. Não aprendemos que existem dois caminhos para a evolução espiritual? Pelo amor ou pela dor! A dor é a última instância que resta como instrumento para o espírito infrator resgatar o mal praticado, quando poderia resgatar pelo amor, pela prática do bem e da caridade.

Fiquei em silêncio ouvindo com atenção e interesse as ponderações de Herculano, que prosseguiu:

– Francisca é um espírito forte, determinado e está cumprindo adequadamente o que se propôs em seu planejamento reencarnatório. Vencendo todas as dificuldades, seus filhos deverão crescer amparados pelo amor da abnegada mãezinha. Está previsto que em um futuro muito próximo, deverá chegar por essa região um amigo de Chedid que ouviu a história da moça e se interessou por ela. Pelas referências que trará de Chedid e Sara, Francisca aceitará de bom grado o auxílio do amigo. O sentimento de gratidão com o tempo acabará se convertendo em amor e Youssef deverá se casar com Francisca, que lhe dará mais um filho e duas filhas lindas e maravilhosas. O novo filho será o retorno à matéria de François, Evaristo ou Fernando, como o queiramos, porque ao longo de tantas experiências reencarnatórias os nomes perdem a importância ao longo do tempo. Quanto às meninas, serão as reencarnações de Marriete e Charlote que em existência passada na França foram filhas de François Roupert.

– Assim está previsto – concluiu o mentor. – Vamos esperar pelos acontecimentos com alegria e confiança em Deus que tudo provê diante de nossas necessidades, quando aprendemos nas palavras do grande apóstolo Paulo: *Eu tudo posso Naquele que me fortalece.*

Retornei ao meu domicílio espiritual no final daquele dia. As palavras de Herculano ainda ecoavam em minha memória e, com sentimento de gratidão ao Criador, orei ao Pai por sua misericórdia infinita:

"Senhor dos tempos, como somos ainda pequenos diante de seu amor e grandeza! Como é bom Senhor ter a consciência que somos Seus filhos muito amados. Que o Senhor nos ama infinitamente e que provê a cada um todos os recursos que necessita para que seja feliz, que possa evoluir e alçar voos mais elevados da espiritualidade. Que como Pai amoroso que És, não castiga, não pune, não manda para o inferno eterno. Na verdade Pai, temos de reconhecer que a cada experiência reencarnatória colhemos os frutos que semeamos no passado e que semeamos novas sementes que certamente iremos colher em existências vindouras! Suas leis são perfeitas assim como perfeito És, Senhor! Dessa forma, através das experiências reencarnatórias sucessivas, caímos e nos levantamos, sofremos, sorrimos, morremos e renascemos novamente!

Assim é a Lei!"

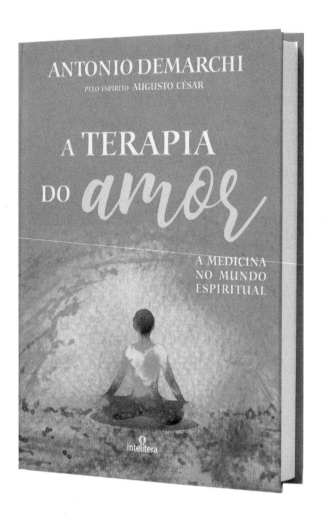

## A Terapia do Amor
*Antonio Demarchi* pelo Espírito *Augusto César*

    Quando Augusto César despertou, descobriu um mundo estranho e surpreendente, descortinando em sua visão uma nova realidade de vida.

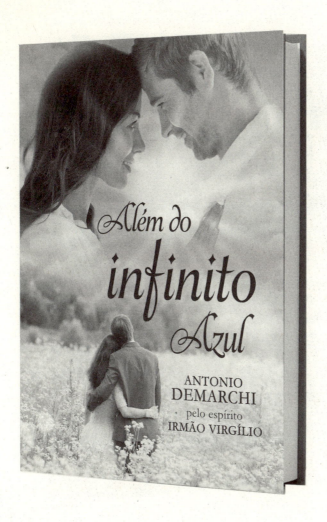

# Além do infinito azul
*Antonio Demarchi* pelo espírito *Irmão Virgílio*

Surpresas, alegrias, tristezas, lutas, renúncia e exemplos de amor estão presentes neste romance. Uma obra que emociona e ilumina, tendo na lei de causa e efeito a expressão máxima do amor de Deus por nós.

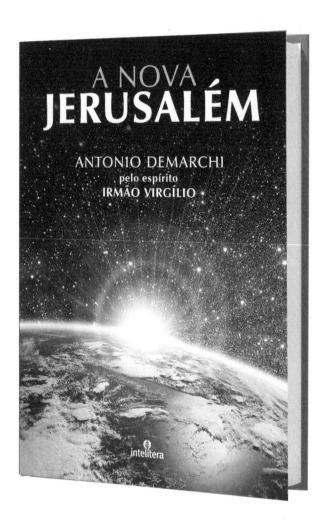

## A Nova Jerusalém
*Antonio Demarchi pelo espírito Irmão Virgílio*

Este profético e envolvente romance, traz detalhes da TRANSIÇÃO PLANETÁRIA, a MARCA DA BESTA e os SINAIS DO APOCALIPSE e descreve o planeta para onde serão encaminhados os espíritos rebeldes.

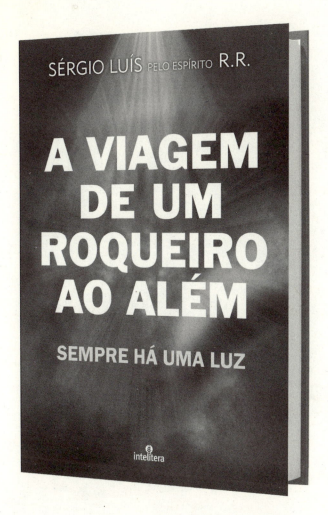

## A Viagem de um Roqueiro ao Além
*Sérgio Luís pelo Espírito R. R.*

    R. R. é o pseudônimo adotado por um vocalista e compositor de uma famosa banda brasileira de pop-rock.

    Ídolo na Terra, ele narra sua perplexidade ao descobrir sua realidade espiritual, depois de abandonar o corpo físico, vitimado pela AIDS.

## Ninguém domina o coração
*Maurício de Castro pelo Espírito Saulo*

 Um livro envolvente e emocionante que nos mostra o caminho do verdadeiro amor. Descubra se Luciana será capaz de perdoar aqueles que a fizeram tanto sofrer.

## Minha Vida no Umbral
*Marcos Alencar* pelo Espírito *Luís Felipe*

Um livro surpreendente que leva você a viajar pelo mundo espiritual e a descobrir se todas as pessoas têm uma chance para o perdão.

Para receber informações sobre nossos lançamentos, títulos e autores, bem como enviar seus comentários, utilize nossas mídias:

intelitera.com.br

@ atendimento@intelitera.com.br

▶ inteliteraeditora

◉ intelitera

f intelitera

Esta edição foi impressa pela Lis Gráfica e Editora no formato 160 x 230mm. Os papéis utilizados foram Off White UPM Creamy Imune 60g/m² para o miolo e o papel Cartão Supremo 250g/m² para a capa. O texto principal foi composto com a fonte Sabon LT Std 13/18 e os títulos em Sabon LT Std 26/30.